엄마가 사라졌다

일러두기
· 본문의 주는 옮긴이 주입니다.
· 본문의 나오는 나이와 학년은 미국의 기준을 따랐습니다.

엄마가
사라졌다

수 코벳 지음 ㅣ 고정아 옮김

생각과느낌

지은이의 글

독자 여러분께

몇 년 전, 캘리포니아의 스탠포드 대학에서 1년 동안 원하는 것을 선택해서 공부할 수 있는 기회를 얻었다. 이전까지 10년도 넘게 신문 기자로 일한 나는 사실들에 대해 글을 쓰는 게 지겨워져서, 소설 쓰는 법을 공부하기로 했다.

창작 교수는 학생들에게 단편 소설을 한 편씩 쓰라는 과제를 주었다. 대학에서 젊고 똑똑한 친구들에 둘러싸여 있다 보니, 다시 젊어져서 다른 인생을 살고 싶어 하는 여자의 이야기가 떠올랐다. 그 여자는 결국 소원을 이뤄 마흔 번째 생일 날 아침 열두 살로 돌아간다는 내용이었다.

그 소설은 그걸로 끝날 수도 있었다. 하지만 담당 교수는 우리가 제출한 작품을 다른 등장인물의 관점에서 다시 써보라는 새로운 과제를 주었다. 내 이야기 속의 여자에게는 세 명의 아들이 있었기 때문에, 나는 엄마가 사라지고 나서 갑자기 엄마가 하던 일들을 떠맡게 된 큰아들 패트릭의 관점으로 이야기를 다시 썼다.

아들의 관점으로 이야기를 다시 쓴 것은 매우 중요했다. 이 작업을 통해서 나는 다시 열두 살이 된다는 게 얼마나 힘든 일인지를 느낄 수 있었다. 돈도 없고, 전화도 없고, 차도 없고, 자유도 없고, 도와주지 않는

어린 동생들과 수많은 숙제에 시달리며 산다는 게 얼마나 괴로운 일인가 하는 것을.

아들의 이야기를 쓰면서 나는 이 이야기가 어린 독자들을 대상으로 한 작품이 될 것임을 깨달았다. 그래서 친구의 조언에 따라 이야기의 초점을 바꾸었다. 주인공을 버나뎃 맥브라이드의 성실한 아들 패트릭 맥브라이드로 설정하고, 패트릭이 엄마의 실종 사건을 밝혀 가고 엄마를 되찾기 위해 노력하는 과정을 중심 줄거리로 삼은 것이다.

『엄마가 사라졌다』는 처음에는 후회를 극복하는 이야기로 시작했지만, 완성하고 보니 마법과 요정들의 이야기, 자식들의 삶에 도움을 주려는 어머니의 사랑 — 죽은 뒤에까지 힘을 발휘하는 — 에 대한 이야기가 되었다.

독자 여러분이 이 책을 재미있게 읽고 패트릭과 버나뎃이 깨닫게 된 교훈을 마음속에 함께 느끼길 바란다. 인생이 우리에게 주는 축복들을 기쁘게 받아들이고, 또 소원을 빌 때는 한번 더 생각해 봐야 한다는 것을.

수 코벳

우리가 잠자는 동안 나이가 우리에게 빚어 놓는 변화란

그 얼마나

놀 라 운 가

_ 마크 트웨인

패트릭의 이야기

9월 7일 노동절

　패트릭의 엄마는 노동절*에 사라졌다. 그러니까 엄마의 생일 전날이자 패트릭이 중학교 2학년이 되기 하루 전날에.

　"엄밀하게 말하면, 공휴일이 맞지."
　엄마가 아침 식사를 하며 말했다.
　"하지만 현실적으로 신문사에는 쉬는 날이 없어, 알겠니? 오늘 아침에도 다른 날처럼 신문이 왔잖아. 게다가 수요일 신문에 실을 기사가 하나 있는데, 내일까지 편집국에 넘기려면 아직 갈 길이 멀어. 그러니까 엄마가 오늘도 일하는 거야."
　그러자 패트릭의 아빠가 신문 위로 패트릭과 동생들을 넘겨다보며 말했다.
　"걱정 말고 나한테 다 맡겨. 얘들아, 필요한 게 있으면 아빠한

* 노동절 | 미국의 노동절은 9월 첫째 주 월요일이다.

테 다 말하렴."

　패트릭은 필요한 게 없었다. 약속이 있었기 때문이다. 친구 두 명
과 자전거를 타고 존스 해변으로 가서 지칠 때까지 수영을 하고,
그 다음에는 모래밭에서 축구를 하기로 되어 있었다. 여름 방학
의 마지막 날을 장식할 완벽한 계획이었다. 패트릭은 얼른 나가고
싶어 좀이 쑤셨다.

　하지만 식사를 마치고 그릇을 치울 때, 아빠 제러드 맥브라이드
의 호출기가 조리대 위에서 요란스럽게 울렸다.

　"병원이야."

　아빠가 불이 켜진 호출기 문자판을 보고 말했다. 산부인과 의사
인 아빠는 휴일에도 호출이 오면 일하러 가야 했다. 아빠는 전화
기를 들고 빠르게 번호를 눌렀다. 패트릭은 얼른 신문 스포츠 면
을 접어 식탁 위에 내려놓았다. 그리고 옷을 입으러 이층으로 뛰
어 올라갔다. 아빠가 전화를 끊기 전에 현관을 빠져나가야 하는
데…….

　"패트릭!"

　엄마가 패트릭을 불렀다.

　"옷 입어야 돼요."

　패트릭이 아래층에 대고 소리쳤다.

　"애야, 어서 내려와."

　이런 젠장! 무슨 일인지 뻔했다. 패트릭은 반바지를 입고 손에 티

셔츠를 든 채 터덜터덜 계단을 내려갔다. 아, 신문만 읽지 않았어도! 그랬다면 자신은 벌써 집 밖에 나갔을 것이다.

아빠가 전화기를 내려놓으며 말했다.

"여보, 미안해. 리 부인의 혈압이 치솟고 있대. 지금 당장 분만을 시켜야겠어."

아빠는 싱크대에서 손을 씻고 집을 나갔다.

엄마가 패트릭에게 물었다.

"패트릭, 오늘 특별히 할 일이 있는 건 아니지?"

"아녜요, 있어……."

패트릭은 입을 다물었다. 엄마는 존스 해변까지 자전거 타고 가는 일을 허락하지 않기 때문이다. 그러니 사실대로 말할 수는 없었다.

"카일이랑 더피랑 만나기로 했어요."

"만나서 뭐하게?"

"그건 몰라요. 뭔가 하겠죠."

"닐도 같이 할 수 있는 일이겠지? 고등학교 운동장에 데리고 가서 함께 야구라도 하렴."

엄마가 접시들을 식기 세척기에 넣으며 말했다.

"엄마, 오늘은 방학 마지막 날이에요."

패트릭이 하소연했다. 패트릭이 세상에서 가장 하기 싫은 일이 있다면 그건 바로 꼬마 동생을 하루 종일 달고 다니는 일이었다.

"알아, 패트릭. 하지만 어쩔 수 없잖니. 아빠가 돌아오실 때까지만이야. 산모가 아기를 빨리 낳을 수도 있어."

"빨리라고요? 아기 낳는 데 최소 두 시간은 걸려요. 점심 전에는 절대 안 끝날 거예요. 그렇게 늦어서는 아무것도 못해요."

패트릭은 부엌 의자에 털썩 주저앉았다. 나한테 보살핌의 손길이 필요하지 않게 된 순간부터 나는 동생을 보살피는 처지가 되고 말았어, 패트릭은 한탄했다.

엄마가 식탁으로 다가오며 애원하듯 말했다.

"패트릭, 아침 동안만 좀 봐 주렴. 그때까지는 기사를 완성할게. 친구들하고는 오후에 노는 거야."

엄마가 패트릭의 머리카락을 어루만지려고 하자, 패트릭은 엄마의 팔 밑으로 고개를 숙여 빠져나갔다. 내 나이가 몇인데 엄마는 머리를 어루만지려고 하는 거야?

늘 그렇지 뭐, 패트릭은 생각했다. 닐은 야구를 하겠다고 했다. 좋아, 15분 동안만이다.

"형, 나 목말라. 뭐 마실 거 없어?"

패트릭이 카일에게 공을 던지는데 닐이 말했다.

"없어."

"엄마는 늘 마실 걸 가지고 다니는데."

"난 엄마가 아냐. 어서 내야로 들어가."

"재미없어."

닐이 2루로 뭉그적뭉그적 걸어가며 말했다.

카일이 소리쳤다.

"나도 그래."

카일은 패트릭을 홈으로 불렀다.

"쟤 좀 어떻게 집에 떼어놓고 올 수 없냐? 아직 시간이 있어……."

카일이 속삭였다.

"지금 몇 시야?"

그러자 더피가 외야에서 뛰어오면서 대답했다.

"9시 30분."

"아냐, 아직은 안 돼. 아무래도 바닷가에는 너희끼리 가야겠다.

그 다음에 만나자. 어디가 좋을까?"

"필드포가 어때?" 더피가 말했다.

"좋아. 필드포 구내매점에서 1시에 만나자." 패트릭이 말했다.

"꼭 나오는 거지?" 더피가 물었다.

"당연하지. 이따 보자."

패트릭은 그렇게 대답하고, 방망이와 야구공과 글러브를 스포츠
가방에 쑤셔 넣었다. 더피와 카일은 자전거를 타고 숲 쪽으로 내달
렸다. 패트릭은 두 친구가 먼지를 가득 일으키며 사라지는 모습을
지켜보았다. 고등학교 울타리를 이루는 나무들 너머 자전거 길이
있었다. 그 길은 왠타그 공원도로를 지나 바닷가로 이어졌다.

"가자, 꼬맹이."

패트릭이 닐을 돌아보며 말했다.

"엄마가 그렇게 부르지 말라고 했잖아."

"엄마가 여기 있냐?"

패트릭은 오전 내내 닐을 돌봤다. 닐은 패트릭이 가져다준 주스를 쏟았다. 그 바람에 패트릭은 스펀지와 휴지로 주스를 닦고 닐에게 새 셔츠를 입혀야 했다. 닐은 벽장 꼭대기 칸의 크레용 상자를 내려달라고 하고 뚜껑을 열어달라더니 그림을 그릴 종이를 갖다달라고 했다. 그러고는 그림을 냉장고에 붙이게 스카치테이프를 갖다달라고 했고, 우유와 과자를 갖다달라고 했고, 지퍼를 올려달라고 했고, 다른 상자를 내려달라고 했고, 같이 클루 게임*을 해달라고 했다. 끊임없는 '해달라'의 향연이로군, 패트릭은 생각했다.

정오가 되자 패트릭은 엄마의 작업실 문을 열고 고개를 디밀었다.

"점심 언제 되냐고 닐이 물어보래요."

"아, 패트릭, 점심……."

엄마는 넋이 나간 표정이었다.

"도대체 이걸 어떻게 해야 하니? 지금껏 작업한 걸 저장하지도 않았는데 커서가 멈춰 버렸어."

"컨트롤-브레이크** 해보셨어요?"

"벌써 서른 번쯤 해봤지."

"그러면 다시 부팅하는 수밖에 없어요."

"아아아아. 난 정말 컴퓨터가 싫어."

엄마가 키보드에 머리를 박으며 탄식했다. 전원 스위치를 누르자 모니터가 잠시 깜박거리다가 이내 검게 변했다.

"두 시간 동안 일한 게 전부 날아가 버렸어."

"닐한테 점심 언제 된다고 말할까요?"

"지금 내가 차려 줄게. 아빠가 전화했다."

"오고 계신대요?"

"아니, 노동절 기념이라도 하려는지 산모들이 일제히 아기를 낳기 시작했다지 뭐니? 벌써 둘을 분만시켰는데도, 다른 산모는 분만 중이고, 또 한 명의 산모는 대기 중이래."

"그러면 저는 지금부터 자유죠?"

"뭐라고? 지금 내가 하는 말 못 들었니?"

"아침에 엄마가 말했잖아요. 오전 동안만 봐 달라고요."

"그건 이 멍청한 컴퓨터가 기사를 몽땅 날릴 줄 몰랐을 때 한 얘기였지. 미안하다, 패트릭. 나라고 기분이 좋은 게 아냐."

* 클루 게임 | 보드 게임의 일종으로 범인을 먼저 찾는 사람이 이긴다.
** Control-Break | Ctrl, Alt, Delete 키를 한꺼번에 누르는 것으로 프로그램의 실행을 중단시킨다.

패트릭은 점심을 먹고 접시와 컵을 식기 세척기에 넣었다. 엄마는 벌써 작업실로 돌아갔다. 바로 밑의 동생인 케빈은 네 시간째 TV를 보고 있었다.

초인종 소리에 거실 창밖을 내다보니 집 앞에 '해충 박멸'이라고 쓰인 차가 서 있었다.

패트릭이 위층에 대고 소리쳤다.

"엄마! 해충 방제 회사에서 왔어요."

"뭐라고? 노동절 날에?"

"어쨌건 왔어요. 나가서 말할까요? 오늘은 엄밀하게 말하면 공휴일이라고?"

"내가 내려가마."

엄마가 현관 앞으로 나갔다. 방제 회사 남자와 이야기하는 엄마의 어깨가 축 처졌다. 남자는 방독면을 목에 걸고 있었다. 엄마가 고개를 끄덕이더니 방충망이 쳐진 문을 닫으며 말했다.

"이삼 분만 기다려 줘요."

엄마는 세 아들이 나란히 앉아서 TV를 보고 있는 소파로 갔다.

"지난주에 비가 와서 보충 작업을 한다는구나."

"그러면 우린 어떻게 해야 하죠?" 패트릭이 물었다.

"아저씨가 약을 칠 동안 모두 집 밖에 나가 있어야지. 브랜도 같이 끌고 가."

"안 돼요, 엄마! '하와이 5-0'이 이제 막 시작했단 말예요." 케빈이 소리쳤다.

"케빈, 정신 차려라. 연속극이라니?"

"하지만 연속극밖에 안 해요."

"케빈, 바깥을 좀 보렴. 햇빛이 저렇게 밝게 빛나잖니? 저런 말도 안 되는 프로그램으로 머리를 오염시키지 말고 나가서 뭐라도 좀 해라."

"할 게 아무것도 없어요!"

케빈이 꿍얼거리자 엄마가 말했다.

"할 게 얼마나 많은데. 할 일이 백 가지는 되겠다. 내가 지금 할 일이 아무것도 없다면 말이다."

"엄마, 그건 너무 억지예요." 패트릭이 말했다.

"패트릭, 네가 개를 데리고 나가라."

해가 기울 무렵까지도 엄마는 여전히 '나에게 보채지 마.' 하는 표정이었다. 엄마는 부엌에서 지난 6월에 쓰고 넣어둔 나일론 도시락 가방을 닦고 있었다. 닐이 케빈 옆에 앉아 TV에 빠져들자, 패트릭은 차고로 나가서 전자 기타를 둘러맸다. 곧 부엌문이 덜컹 열리더니 엄마가 "패트릭!" 하고 소리쳤다. 그리고 엄지손가락을 아래로 내려 보였다. 너무 시끄럽다는 거다.

"이게 너무 시끄러운 거면, 어떻게 엄마가 날 부르는 소리를 들을 수 있었겠어요?"

패트릭이 중얼거렸다. 하지만 엄마는 이미 등을 돌리고 있었다. 패트릭은 음량 다이얼을 왼쪽으로 돌렸다. 아주 조금. 괜히 엄마를 화나게 해봐야 좋을 게 없었다. 그랬다간 플러그를 확 뽑아버릴 테니까.

패트릭은 엄마가 듣는 노래를 묻어버리기 위해서라도 음악을 크게 틀어야 했다. 어쩌면 그렇게 하나같이 깨진 사랑이나 잃어버린 꿈을 두고 징징거리는 노래들인지. 엄마가 라디오를 틀어 놓고 노래를 따라 부를 때면, 패트릭은 엄마의 노래가 음정이 맞지 않는다는 사실과 청승맞은 가사 사이로 롱아일랜드 사투리가 물씬물씬 풍긴다는 사실 가운데 어떤 게 더 끔찍한지 알 수가 없었다. 한 번은 엄마가 나무 숟가락에 대고 노래를 부르는 모습도 본 적이 있다. 그건 정말로…… 민망한 일이었다.

"너희 셋 다 대학에 보내고 나면 나는 술이 너울너울 달린 치마를 입고 어깨에 기타를 둘러메고서 컨트리 음악의 고향 내슈빌로 갈 거야. 아빠는 매니저나 하면 되겠지."

패트릭은 이 말도 한두 번 들은 게 아니라서 엄마가 말하면 그냥 못 들은 척했다. 하지만 케빈은 그런 엄마더러 멋지다며, 얼른 TV 채널을 돌려 모자를 눌러쓴 남자가 나와서 '씹는 담배가 입 안에 있어서 애인에게 키스를 할 수 없네.'라고 노래하는 장면을 보여주곤 했다. 엄마를 TV 앞으로 잡아끄는 건 수준 낮은 음악밖에 없는 것 같았다. 물론 케빈은 썩은 음식에 파리가 달라붙듯 눈만 뜨면 TV 앞에 붙어 앉았다.

.

아빠가 집에 돌아왔을 때 패트릭은 오이를 썰고 있었다. 엄마는 오븐에서 피자를 꺼냈다. TV 시청을 금지당한 케빈은 식탁에 앉아 게임보이로 외계인과 전투를 벌이고 있었다.

"남자 아기가 두 명, 여자 아기가 두 명이었어."

아빠가 식탁에 둘러앉은 가족에게 말했다. 엄마는 아무 말도 하지 않았다.

"당신, 기사는 다 썼어?" 아빠가 물었다.

"하!" 엄마가 한숨을 쉬듯 말했다.

"아니라는 뜻으로 알겠어. 그럼 우리 아들들의 방학 마지막 날은 어땠나?" 아빠가 물었다.

"엉망이었어요." 패트릭이 말했다.

"심심했어요." 닐이 말했다.

"케빈은?" 아빠가 물었다.

"뉴욕 메츠의 경기를 TV에서 안 해 줬어요." 케빈이 말했다.

"그래, 어쨌건 내가 볼 때 여름이 끝난 건 좋은 것 같구나."

아빠가 말했지만 아무도 웃지 않았다.

"패트릭, 샐러드 접시 좀 줄래? 내일부터 새 학년이 시작되니 너희들 마음도 모두 들떠 있겠지?"

"뭐 들뜰 일이 있나요?"

케빈이 말하자 이어 닐이 말했다.

"선생님이 안 치사했으면 좋겠어요. 바비 야블론스키가 작년에 그
린 선생님 반이었는데, 선생님을 '치사 박사'라고 불렀거든요."

아빠가 양상추에 샐러드드레싱을 끼얹으며 말했다.

"닐, 잘 모르면서 무턱대고 나쁘게 보면 안 돼. 내가 내일 학교로
선생님을 찾아갈 수 없어서 미안하구나."

엄마가 접시 위에 포크를 내려놓았다.

"당신 내일은 근무 안 하는 날이잖아. 주말 내내 일했으면서."

패트릭도 식사를 멈추었다.

아빠가 입을 우물거리면서 말했다.

"새벽에 비행기를 타고 올버니에 가야 돼. 산부인과 학회가 있거
든. 전에 말하지 않았나?"

"농담이지?" 엄마가 물었다.

"정말 얘기 안 했단 말이지?" 아빠도 물었다.

패트릭은 아빠의 시선을 끌기 위해 "흠!" 하고 헛기침을 했다.

"얘기한 적 없어." 엄마가 말했다.

패트릭은 아빠의 발을 찼다. 하지만 아빠는 엄마만 쳐다보고 있
었다.

"하루짜리 학회야. 저녁때까지는 돌아올게."

패트릭은 결국 아빠에게 몸을 기울이고 속삭였다.

"아빠, 내일은 엄마 생일이에요."

"당신 생일? 이런, 여보. 난 정말 바보야. 깜박 잊고 있었네. 그럼 이번 주말에 같이 외출하는 건 어떨까?"

우, 실수했어요, 아빠, 패트릭은 생각했다. 학회를 빼먹겠다고 말했어야죠. 그랬다면 엄마는 그럴 필요 없다고 대답했을 것이다. 하지만 지금 엄마의 표정을 보니 생일을 잊어버린 아빠의 무신경함에 화가 나도 이만저만 난 게 아니었다. 엄마는 패트릭과 눈이 마주쳤지만, 아무 말도 하지 않았다. 엄마는 접시를 들고 자리에서 일어났다. 패트릭은 엄마가 부엌을 걸어가서 쓰레기통 뚜껑을 열고 반이나 남은 피자를 버리는 것을 보았다. 고개를 힐끗 돌린 패트릭은 아빠와 눈이 마주쳤다.

"오늘 안 좋은 일이 있었니?" 아빠가 물었다.

"별로 안 좋았죠." 패트릭이 대답했다.

엄마가 식구들에게 말했다.

"어머니 집에 가야겠어."

"엄마가 왜 할머니 집에 가?" 닐이 물었다.

아빠가 입을 열려는 순간, 엄마가 재빨리 말을 이었다.

"왜냐면 거긴 조용하니까! 거기 있으면 황당한 일은 안 당할 테니까."

그리고 엄마는 방을 나갔다.

케빈이 말했다.

"아빠, 큰일 났네요. 꽃을 배달시키려면 언제든지 1-800-SEND-FTD로 전화 거세요."

"광고 내용을 그렇게 충실히 기억하고 있다니, 전국의 꽃 배달 업자들이 고마워하겠구나, 케빈."

"도움이 된다면 저야 기쁘죠."

패트릭은 외할머니의 빈집을 떠올렸다. 6개월 전에 장례식을 치른 뒤로는 두어 번밖에 가 보지 않았다. 예전에는 일주일에 서너 번씩 — 주로 식료품 같은 걸 전해 주러 — 드나들었는데 말이다. 할머니는 패트릭이 아는 사람 중에 가장 특이한 사람이었다. 동네 아이들은 할머니를 '은둔자'라고 불렀다. 여간해서는 집 밖에 나서지 않았기 때문이다. 하지만 할머니는 재미있는 분이었다. 또 패트릭을 귀여워해서 옛날이야기도 많이 해주었다. 할머니는 마법과 요정 이야기를 사실로 믿었다. 어렸을 때는 패트릭도 할머니 때문에 정말로 이 세상에 요정 같은 것들이 있는 줄 알았다. 그런데 이상하게도 할머니 주변에서는 신기한 일들이 심심치 않게 일어났다. 예를 들면 이런 일이다. 여섯 살쯤 되었을 때 패트릭과 케빈은 엄마에게 개를 키우자고 졸랐다. 하지만 엄마는 닐이 기저귀를 벗을 때까지는 안 된다고 했다.

그 이야기를 듣자 할머니는 인상을 찌푸리고 말했다.

"사내애한테는 개가 있어야지."

그러더니 마당 구석으로 가서 지푸라기를 한 줌 집어 들었다. 패트릭은 할머니가 지푸라기를 동그랗게 뭉치려나 보다 하고 생각했다. 하지만 돌아선 할머니의 손에는 지푸라기 대신 진한 밤색 강아지 한 마리가 들려 있었다. 지푸라기는 강아지의 털에 조금 묻어 있을 뿐이었다.

"네 강아지다. 이름은 브랜이고. 하지만 네 엄마가 허락할 때까지는 여기다 두려무나."

"할머니, 어디서 강아지가 생겨났어요?"

패트릭이 할머니에게 물었다. 강아지는 조그만 앞발을 패트릭의 가슴에 대고 쫙 벌리더니, 보드라운 머리를 패트릭의 턱 밑으로 밀어 넣었다.

"우유를 한 접시 먹여야겠다."

할머니 대답은 그게 전부였다.

"넌 어서 집에 가라. 강아지 집은 내가 마련할 테니."

패트릭은 그 뒤로 브랜이 어디서 생겨났는지 묻지 않았다. 엄마가 할머니에게 묻는 걸 보았지만 엄마도 대답을 듣지는 못했다.

패트릭은 설거지를 마치고 방으로 올라갔다. 하루를 이렇게 허비하다니. 헤드폰을 끼고 침대 위에서 몸을 쭉 뻗었다. 그때 노크 소리가 나더니 방문이 열렸다. 엄마가 문 앞에 서 있었다. 큼직한 옷가방과 노트북 컴퓨터 가방이 어깨에 걸려 있었다. 엄마는 무슨

말인가 하려는 것 같았다. 또 무슨 귀찮은 일을 시키거나 잔소리를
하겠지, 패트릭은 생각했다. 하지만 예상과 달리 엄마는 아무 말도
하지 않았다. 단 한 마디도. 그런 뒤 엄마는 사라졌다.

버나뎃의 이야기

노동절 저녁

  버나뎃 맥브라이드는 차를 후진해 나오면서 백미러로 집을 보았다. 캄캄한 어둠뿐이었다. 정말 한심한 하루였다. 자신도 제대로 한 게 없었지만, 패트릭의 하루도 망쳐 버렸으니까. 재택근무 계약을 바꾸어야 하는 건 아닐까 하는 생각이 들었다.

  아이들이 어렸을 때는 피아노 교실에 데려가거나 숙제를 도와주거나 하는 일들 때문에 집에 있는 걸 원했고, 마침내 원하는 대로 재택근무를 하게 되었다. 휴대폰과 호출기와 노트북 컴퓨터만 있으면 그만이었다. 버나뎃은 케빈이 번트 연습을 하는 동안 이메일을 확인하고, 패트릭이 가라테를 배우는 동안 기사를 고쳤다.

  하지만 갈수록 무엇 하나 제대로 되는 게 없었다. 오늘 같은 날의 어수선함은 아주 전형적인 예였다. 브랜은 집에 있으면 나가겠다고 하고, 데리고 나가면 들어가겠다고 조른다. 닐은 끊임없이 자기가 만든 공작품을 가지고 와서 봐 줄 것을 요구한다. 공작품을 하나 만들 때마다 집에는 버나뎃이 치우기를 기다리는 창의력 가득한 쓰레기가 넘쳐난다.

"엄마를 위해 만들었어요."

닐은 그날 오후에도 커피 여과지와 담배 파이프 청소기로 만든 꽃다발을 내밀면서 말했다.

"고맙구나, 닐. 그런데 커피 여과지를 다 쓴 건 아니겠지?"

"다 썼어요. 하지만 이걸 재활용하면 되잖아요!"

닐은 다음 번 할 일을 발견한 걸 기뻐하며 대답했다.

"그래, 좋은 생각이야. 하지만 매직펜으로 그림을 그리지 않은 여과지만 써야 한다. 알았지?"

버나뎃이 말할 때 닐은 이미 뛰어가고 없었다.

버나뎃은 쇼핑센터 가운뎃길을 통과한 뒤 좌회전을 해서 어머니의 동네와 이어지는 웨스트 도로로 들어섰다. 어떻게 제러드는 내가 마흔 살이 된다는 사실을 까맣게 잊을 수 있는 거지? 그래, 차라리 나도 잊을 수 있다면 좋겠어!

"여보, 화난 거야?"

조금 전에 제러드가 버나뎃을 따라 나와서 한 말이었다.

"아니, 이 기사를 완성하려면 밤을 새야 할 것 같아서 그래."

버나뎃은 차 문을 열고, 어깨에 멘 옷가방과 노트북 컴퓨터를 뒷좌석에 던졌다. 사실 버나뎃은 너무 피곤한 나머지, 계속 화를 낼 수도 없고 그렇다고 남편을 완전히 용서할 수도 없었다.

"하지만 제러드, 나라면 당신의 생일을 잊었을까?"

"아니, 당신이라면 잊지 않았겠지. 이번 일에 대한 벌충으로 토요일 밤에 함께 외출하는 거 어때? 내가 처음부터 끝까지 다 계획해 놓을게."

제러드는 버나뎃의 허리를 안으면서 말했다.

"그러면 당신은…… 그러니까…… 다시 서른여덟처럼 느껴질 거야."

버나뎃은 웃음을 터뜨리고 고개를 들었다.

"그렇게 내 나이를 마음대로 바꿀 수 있다면, 이왕이면 좀 더 젊게 해주지 그래? 그러면 당신은 젊은 여자한테 새 장가를 간 것 같을 테고, 우리 둘은 이혼 소송할 돈으로 함께 여행을 떠날 수 있겠지."

버나뎃은 어머니 집 앞에 승용차를 세우고, 보름달 빛의 도움을 받아 고리에 걸어 둔 열쇠를 찾았다. 어머니의 집은 막다른 골목의 끝에 있었고, 집 뒤쪽에는 조용한 숲이 펼쳐져 있었다. 하지만 저녁의 휘장 아래서는 숲의 우람한 나무들도, 숲 주변의 집들도 어둠의 위세에 눌린 듯 희미해 보이기만 했다.

어머니 피오나 다우니의 집은 이곳 윌리엄 거리에서 소박했던 옛 모습을 간직한 유일한 집이었다. 다른 집들은 지붕에 돌출 창을 달거나 마당에 수영장을 만들었다. 버나뎃의 어머니는 변화를 싫어하는 사람이었다. 집에는 전자레인지나 식기 세척기도 없었다. 외지로 떠난 언니, 오빠 들이 어느 해인가 크리스마스 선물로 어머니에게 빨래 건조기를 보낸 적이 있었다. 하지만 어머니는 고마워하지 않았다.

"그걸로 빨래를 말리면 옷에서 쉿내가 날 게다. 도대체 산들바람은 두었다 무엇에 쓰려고?" 어머니는 그렇게 말했다.

지난 3월 어머니가 세상을 떠난 뒤 버나뎃은 자신의 어린 시절이 남아 있는 이 집을 일부러 피했다. 하지만 그 전에는 칭얼거리는 아기를 유모차에 태우고 달래가며 수도 없이 이곳까지 산책을 다녔다.

어머니의 일생을 차곡차곡 상자에 넣어서 정리하는 일은 버나뎃밖에 할 사람이 없었지만, 버나뎃에게는 그 일을 시작할 만한 의지가 없었다. 형제자매 가운데 유일하게 같은 동네, 같은 주, 같은 시간대에 사는 버나뎃은 무언가를 잘 버리는 사람이 아니었다. 어머니가 없는 집에 들어간다는 것도 너무나 힘들었는데 남아 있는 어머니의 물건들을 없앤다는 건 도저히 엄두가 나지 않았다.

버나뎃은 뒷마당으로 갔다. 집에 들어갈 때는 언제나 뒷마당 쪽으로 난 부엌문으로 다녔기 때문이다. 어머니는 현관문에 대해 미신 같은 게 있었다. 사실 어머니는 미신이 많았다. 바닥에 떨어진 동전은 앞면이 보이지 않으면 줍지 말아야 했다. 또 지갑을 선물할 때는 안에 돈을 넣어 주어야지, 안 그러면 받는 사람이 가난

해진다고 했다. 어머니는 귀신은 믿었지만 의사는 믿지 않았기 때문에 기침이나 배앓이 같은 병에는 부엌에서 직접 끓여 만든 약만을 먹었다.

동네 사람들은 어머니를 괴짜로 여겼지만, 버나뎃에게는 그런 평판도 달갑지 않기는 마찬가지였다. 아버지는 버나뎃이 열 살 때 집을 떠났고, 어머니는 아버지에게 악담을 퍼부었다. 버나뎃은 그 악담이 통했다고 믿었다. 집을 나간 아버지는 어떤 일도 제대로 하지 못했고, 자식들은 아버지의 소식을 거의 듣지 못했다.

버나뎃은 부엌에 불을 켜고 가방을 의자에 내려놓았다. 어머니가 떠나간 부엌은 전혀 다른 모습이었다. 소리를 잃은 라디오, 차갑게 식은 난로, 그리고 빈 찻주전자. 버나뎃의 몸에 한기가 느껴졌다. 눈을 감으면 어머니의 모습이 그대로 떠오를 것 같았다. 어머니가 조리대에 서서 빵 반죽을 치대는 모습, 아니면 작은 탁자에 앉아 오렌지 껍질을 벗기는 모습.

9월 초라서 아직 날은 따뜻했지만 버나뎃은 습관대로 불을 지폈다. 버나뎃이 오면 어머니는 언제나 찻물을 올려놓은 뒤에 이렇게 불을 피웠다.

버나뎃은 연통 입구가 열린 것을 확인하고, 불쏘시개에 성냥을 갖다댔다. 쇠살대 속에서 연기가 피어오르더니 불이 붙었다. 나뭇잎들이 도르르 오그라들면서, 잔가지들 위에 얹힌 장작 가장자리를 핥았다. 동네 사람들은 이 집에 어머니 영혼이 산다고 생각할 거야. 그렇게 생각하니 버나뎃은 마음이 따뜻해졌다. 어머니가 아직도 살아 있다면, 오늘 하루 내가 일을 할 수 있도록 기꺼이 닐을 돌보았을 텐데. 어머니는 아이들에게 일을 시키면서도 저희는 놀고 있다고 생각하게 만드는 신기한 재주가 있었다. 장작이 둘로 쪼개지면서 불똥이 튀어 오르는 바람에 버나뎃의 생각은 거기서 멈추었다. 버나뎃은 마실 것을 찾아 안쪽으로 들어갔다.

식품 저장실의 선반에 먼지를 뒤집어쓴 병들이 놓여 있었다. 버나뎃은 손으로 이름표를 써 붙인 길쭉한 병을 집어 들었다. 이름표에는 '포리오 게러흐 치료제'라고 씌어 있었다. 앞의 두 단어는 아일랜드 말인 게일어였기 때문에, 버나뎃도 무슨 뜻인지 몰랐다. 그런데 치료제라고? 무슨 약이지? 병은 알코올음료들 틈에 놓여 있었다. 어머니는 언제나 식후에 마시는 알코올음료를 직접 만들었다.(어머니는 모든 걸 직접 만들었다.) 버나뎃은 힘들여 코르크를 빼내고 냄새를 맡아 보았다. 오렌지 종류의 과일과 아몬드 냄새가 났다. 한 모금 들이켰다. 여름처럼, 따뜻한 맛이었다. 버나뎃은 작은 컵에 음료수를 따랐다. 그러면서 우리 어머니는 정말 신기한 분이었어, 하고 생각했다.

버나뎃은 컵을 들고 불가로 가서 쇠꼬챙이로 불 속을 쑤셨다. 불길이 화르르 춤을 추며 일어났다. 그 모습이 거의 황홀할 지경이었다. 불현듯 건배라도 하고 싶었다.

"어머니가 제 곁에 있으면 얼마나 좋을까요."

버나뎃은 불을 향해 컵을 들어올리고 살짝 입을 댔다.

"젊음을 위해. 내 젊음의 마지막 밤을 위해."

바깥에는 어느새 바람이 거세져 있었다. 숲 속 나무들이 흔들리는 소리가 들렸다. 그러더니 쿠당! 하는 요란한 소리와 함께 현관문이 벌컥 열렸다. 나뭇잎과 먼지가 돌개바람에 휘말려 안으로 밀려들었다. 돌개바람은 먼지 나부랭이뿐 아니라 벌 떼처럼 웅웅거리는 소리도 같이 몰고 들어온 것 같았다. 버나뎃은 문을 닫으려고 뛰어갔다. 급하게 컵을 내려놓는 바람에 음료수가 컵 밖으로 넘쳤다.

문이 잠겨 있지 않았단 말인가? 버나뎃은 문이 열린 기세에 너무나 놀라서 심장이 쿵쿵 뛰었다.

그런데 다음 순간 갑자기 모든 소리가 사라지고, 버나뎃은 온몸이 꺼질 듯 피곤해졌다. 그런 상태로 글을 쓴다는 건 도저히 생각할 수 없었다. 버나뎃은 기계적으로 가방과 컴퓨터를 주워들고 어린 시절 언니 클레어와 함께 썼던 이층의 침실로 올라갔다.

패트릭

9월 8일, 화요일

패트릭은 동생들보다 먼저 일어나서 속옷 차림으로 터벅터벅 부 엌에 들어갔다. 조리대 위에 아빠가 남긴 메모가 있었다.

패트릭!

엄마는 할머니 댁에서 아직 안 왔고, 나는 아침 6시 30분 비행기를 타야 해. 만약 네가 일어났을 때까지 엄마가 집에 돌아오지 않았다면, 네가 닐 과 케빈을 학교까지 데려다 주렴. 잡동사니 서랍에 돈 봉투가 있으니까, 점 심 값이 필요하면 꺼내 써라. 저녁 7시 무렵까지는 돌아오마.

도와주어서 고맙다. 중학교 2학년을 멋지게 시작하길!

사랑하는 아빠가

"모두 어디 간 거야?"

닐이 졸린 눈을 비비면서 부엌으로 들어왔다.

"우리밖에 없어."

닐이 부엌 캐비닛에서 시리얼 상자를 꺼내며 말했다.

"형, 그릇 좀 내려 줘."

"아빠가 점심은 학교 식당에서 사 먹으래."

패트릭이 닐에게 그릇을 내려 주며 말했다.

"싫어." 닐이 대답했다.

"그래도 새 학년 첫날은 다른 때보다는 나은 편이야. 설마 식당 아줌마들이 6월에 먹다 남은 음식을 내진 않을 테니 말이야."

"난 그런 거 안 먹어. 닭고기 다짐이랑 당근 조각. 그런 건 음식 이라고 할 수도 없어."

닐은 시리얼 상자를 기울여서 분홍색, 보라색, 초록색의 알록달 록한 알갱이들을 그릇에 쏟아 부었다.

"그럼 뭘 먹고 싶은데?"

"땅콩버터 젤리 샌드위치랑 짜먹는 요구르트, 파란색으로 말이 야. 감자 스틱, 포도, 그리고 주스. 하지만 체리 주스는 싫어. 프루 트펀치 아니면 사과 주스. 난 체리가 싫어."

"작년이랑 똑같네."

"맞아."

패트릭은 닐과 자신의 도시락을 싸고 케빈을 깨우러 갔다.

"일어나, 엉덩짝."

패트릭은 이불 위를 두드리고 창문에 쳐진 블라인드를 올렸다. 어린 시절 엄마가 붙여 준 별명을 부르면 케빈이 들은 척은 할 게 분명했다.

"저리가, 감자돌이."

케빈이 대답했다. 아기 때 패트릭은 머리가 감자하고 비슷하게 생겼다고 했다.

"아빠가 너더러 닐을 새 교실에 데려다 주래."

그러자 케빈이 머리 위로 베개를 눌러 덮으며 물었다.

"엄마는 어디 있어?"

"할머니 댁에서 안 왔어. 야, 어서 일어나. 2학년 첫날에 닐이 지각하면 안 되잖아."

케빈이 일어나 앉으며 말했다.

"형이 데려다 줘. 나는 셰인이랑 웨이드 만나기로 했단 말이야."

"닐을 데리고 만나면 되잖아. 너희 둘은 같은 학교에 다니니까."

"말도 안 돼. 그렇게 느려터진 애랑 어떻게 가? 거기다 징징대잖아."

패트릭은 한숨을 쉬었다. 케빈이 학교를 빠지건 말건 패트릭은 별로 신경을 쓰지 않았다. 하지만 닐이 제 시간에 학교에 못 가면 엄마는 패트릭을 죽이려고 들 게 분명했다. 그러니까 어쩔 수 없이 자신이 닐을 데리고 가야 했다. 닐의 학교가 자신의 중학교와 반대 방향이라고 해도.

"넌 한 군데도 쓸 데가 없어."

패트릭은 케빈에게 그렇게 말하면서, 입고 갈 옷을 찾아 서랍을 뒤졌다.

"아침 식사는 해 놨어?"

패트릭은 서랍을 확 닫았다.

"일어나, 케빈. 아직 잠이 덜 깼냐?"

"속이 울렁거려."

초등학교에 도착하자 닐이 말했다.

패트릭이 동생을 내려다보았다. 이런, 닐의 얼굴이 창백했다.

"닐, 겁먹지 마. 2학년이잖아. 1학년 때랑 똑같아. 아이들이 조
금 더…… 클 뿐이야."

"겁먹은 게 아냐! 그냥 기분이 안 좋은 거야."

"아빠가 그러셨잖아. 잘 모르면서 무턱대고 나쁘게 보면 안 된다
고. 바비 야블론스키 말은 듣지 마. 그 앤 흙도 먹잖아. 그런 애가
알면 뭘 얼마나 알겠어?"

닐은 별로 안심이 된 눈치가 아니었다. 어쨌거나 그린 선생님은
노련한 분이었다. 선생님은 얼른 닐의 손을 잡아끌고 앉을 책상을
가리켜 보이면서, 닐의 어깨 너머로 패트릭에게 손을 흔들어 인사
했다. 패트릭은 카일과 더피를 만나기 위해 중학교 쪽으로 허겁지
겁 뛰어갔다. 하지만 걸어가도 될 뻔했다. 카일과 더피가 남의 집
잔디밭에서 레슬링을 하고 있었기 때문이다.

친구들한테 말하지는 않았지만, 패트릭은 학교 가는 게 좋았

다. 학교에 가면 동생들이 없기 때문만은 아니었다. 패트릭은 화학과 대수 시간을 고대했다. 과학과 수학은 패트릭에게 언제나 쉽고 재미있었다.

학교 현관은 아이들로 물결쳤고 온갖 소음이 들끓었다. 여름 방학 때 우편으로 시간표가 왔기 때문에, 패트릭은 더피와 두 과목 수업을 같이 듣고 점심시간도 똑같다는 걸 알았다. 하지만 사물함이 알파벳 순서로 배정되어서, 카일과 더피가 자신들의 사물함을 찾았을 때 패트릭은 복도 아래쪽으로 한참을 더 내려가야만 했다. 1학년 때 함께 농구부에 있었던 두 아이가 복도에서 손바닥을 내밀었고, 패트릭은 손바닥을 부딪쳐 인사했다. 그런 뒤 사물함 앞에 모여 있는 한 무리의 여학생을 뚫고 들어가 사물함의 문을 열었다.

오전은 빠른 속도로 지나갔다. 점심시간 전 마지막 수업은 패트릭이 가장 좋아하는 밴드 연습이었다. 패트릭은 1학년 말에 재즈 밴드 오디션에 합격했다. 재즈 밴드 지도 교사는 주말이면 나이트클럽에서 연주를 하는 진짜 음악가였다. 그는 학생들에게 '그랜트 선생님'이라고 부르지 말고 편하게 '데니'라는 이름으로 부르라고 했다.

"그랜트 선생님은 우리 아버지를 부르는 말이야."

데니 선생님은 그렇게 말하고서 학생들에게 배우고 싶은 곡을 선택하라고 했다.

"흥겨운 곡이라면 아무 거나 다 좋다."

그날 수업에서 데니 선생님은 카운트 베이시의 CD를 틀었다. 아이들은 투표를 해서 '점핑 앳 더 우드사이드'라는 노래를 골랐다. 학생 식당으로 가는 길에 사물함 앞에 서 있는 더피를 만났을 때도 패트릭의 머리에는 카운트 베이시의 음악이 흐르고 있었다.

식당에서는 카일이 둘을 위해 배식대에 미리 줄을 서 있었다.

카일이 물었다.

"컴퓨터 수업 받아봤어?"

패트릭이 대답했다.

"아니, 우리 둘 다 8교시에 있어."

패트릭은 집에서 도시락을 싸왔지만 언제나 더피, 카일과 함께 줄을 서서 배식대 앞을 지나갔다. 그러다 보니 아침에 도시락 싸기가 귀찮아질 때도 도시락을 안 싸면 형편없는 음식을 먹어야 한다는 것을 쉽게 떠올릴 수 있었다.

카일이 말했다.

"잘 들어. 컴퓨터 수업에서 이메일 쓰는 법을 배울 거야."

"잘 됐네."

더피의 대답에 카일이 경고하듯 말했다.

"하지만 수업 시간에 좀 일찍 가는 게 좋을 거야."

"왜?" 패트릭이 물었다.

"왜냐면 앞 세 줄에만 새 컴퓨터가 있거든."

"학생, 주문해." 식당 아줌마가 말했다.

"피자요."

카일은 그렇게 대답하고 패트릭과 더피에게 고개를 돌렸다.

"학생이 너무 많아서 몇 명한테는 낡은 컴퓨터가 배정됐어."

그러다 카일은 식판을 받아들고 물었다.

"네 눈에는 이게 음식 같아 보이냐?"

"아니."

패트릭이 대답했다. 피자는 꼭 치즈에 울긋불긋한 색깔을 넣어 네모난 모양으로 굳힌 것 같았다.

"어쨌거나 귀찮아졌네. 그럼 컴퓨터 시간마다 허겁지겁 달려가 야 하는 거야?"

"아니. 선생님이 자리를 정해 주는데, 오늘 앉는 자리가 1년 내내 앉는 자리가 돼."

"거 유익한 정보로군, 카일. 너도 쓸 데가 있다니까."

더피가 말하자 카일이 주먹으로 더피의 팔을 쳤다. 더피의 식판 이 흔들리면서 감자튀김 몇 개가 바닥으로 떨어졌다.

"야!" 더피가 소리쳤다.

"미안해, 친구. 떨어진 거 집어 줄까?"

패트릭은 또 몸싸움이 한 판 벌어지겠군 싶어서, 더피를 빈 식탁 쪽으로 돌려세우고 말했다.

"그러지 말고 자리에 앉자."

패트릭은 더피가 도착하기 몇 분 전에 8교시 수업이 있는 교실
에 도착했다. 그래서 얼른 두 번째 줄에 자리를 잡고, 더피를 위
해 옆자리에 가방을 내려놓았다. 하지만 새 컴퓨터 이야기는 이미
학교 전체에 퍼진 모양이었다. 아이들이 자리를 채워 가면서 패트
릭 바로 뒷줄에서는 마지막 남은 한 자리를 두고 두 여학생이 싸
움까지 벌일 뻔했다. 한 명은 빅토리아 캐번디시라는 유명한 왈패
로, 작년에 패트릭과 체육 수업을 같이 했다. 다른 아이는 처음 보
는 아이였는데, 결국 그 모르는 아이가 자리를 차지했다. 패트릭
은 다행이라고 생각했다.

패트릭이 학교를 마치고 집에 돌아왔을 때 케빈과 닐은 텔레비
전을 보고 있었다.
"엄마는 어디 있어?" 패트릭이 물었다.
"외계인한테 납치당했어." 케빈이 대답했다.
"아직 안 오셨단 말이야?"
"응."
부모님 두 분이 모두 일을 했기 때문에, 패트릭은 닐을 돌보는
일에 익숙했다. 하지만 이 시간쯤이면 엄마는 대개 집에 있었다.
게다가 오늘은 엄마의 생일 아닌가. 패트릭은 매버릭스의 CD를
한 장 사온 참이었다. 만약 엄마가 컨트리 음악만을 듣겠다고 고
집한다면, 적어도 괜찮은 컨트리 음악을 듣는 게 좋다고 생각했

기 때문이다.

패트릭이 닐에게 물었다.

"그린 선생님은 어땠어?"

"아주 좋아! 나더러 칠판 지우는 일을 하라고 했어. 그런데 형, 아침에 싸준 포도가 너무 흐물거렸어."

"언제라도 네가 직접 도시락을 싸고 싶다면 나는 말릴 생각이 전혀 없어."

패트릭은 그렇게 말하며 가방을 소파 위에 놓고 얼른 이층으로 올라갔다. 닐이 이런저런 요구를 잔뜩 늘어놓을 게 분명했기 때문이다. 게다가 CD도 포장해야 했다.

다섯 시가 되자 뱃속에서 꼬르륵 소리가 났다. 엄마의 직통 번호로 신문사에 전화를 걸었지만 녹음된 메시지만 나와서 전화를 끊고 다른 번호로 전화를 걸었다.

"편집국입니다." 안내원이 전화를 받았다.

"안녕하세요. 저는 패트릭 맥브라이드거든요. 엄마의 직통 번호로 전화를 걸었는데, 녹음된 메시지만 나와서요. 우리 엄마 지금 계시나요?"

안내원이 친절하게 말했다.

"아니, 안 계시네. 오늘 한 번도 못 본 것 같구나. 내가 호출해 줄까? 취재를 나갔는지도 모르니까."

"네, 그렇게 해 주세요."

잠시 후 호출기 소리가 울렸다. 엄마가 집에 들어올 때 자동차 열쇠와 호출기를 넣어 두는 현관 옆 바구니 속에서였다. 엄마가 취재를 나갔다고 해도 호출기는 엄마한테 없었다.

패트릭은 냉장고 속을 살펴보았다. 귀가가 늦어질 게 예상되면 엄마가 미리 냄비 요리나 파스타 샐러드 같은 걸 만들어 두었기 때문이다. 하지만 어제 엄마가 그런 준비를 하는 걸 본 기억도 없었고, 냉장고 속에 저녁거리처럼 보이는 것도 없었다. 그래서 패트릭은 칠면조 샌드위치를 만들어서 닐과 함께 먹었는데, 닐은 마요네즈를 한 쪽 빵에만 발랐다며 투덜거렸다. 패트릭은 마요네즈 병을 닐의 머리 위에 엎을까 하는 생각을 잠깐 했지만, 그런 뒤에 그걸 치울 사람도 자신뿐이라는 걸 깨닫고 포기했다.

케빈은 프링글스 한 통을 다 먹으면서 '제리 스프링거 쇼*'를 보고 있었다.

패트릭이 차고에 있을 때 차가 들어오는 소리가 들렸다. 패트릭은 기타를 스탠드에 세워 두고 부엌으로 갔다. 엄마가 돌아왔을 거라고 생각했지만, 뜻밖에도 들어온 사람은 아빠였다. 아빠는 슈퍼마켓에서 산 케이크와 꽃다발을 들고 있었다.

"엄마는 어디 계시냐?"

* 제리 스프링거 쇼 | 통속적이며 선정적인 내용을 주로 다루는 TV 프로그램.

아빠가 조리대에 케이크를 내려놓으며 물었다.

"우리도 몰라요. 아빠한테 전화 안 했어요?"

"공항에서 차에다 휴대폰을 두고 내렸지 뭐냐. 사무실에는 전화해 봤니?"

아빠가 그렇게 물으며 수화기를 집어 들고 번호를 눌렀다.

"녹음된 메시지만 나와요. 그리고 안내원도 엄마를 못 봤대요. 엄마는 호출기도 두고 갔어요."

아빠는 수화기를 내려놓았다.

"지금도 녹음된 메시지만 나오는구나. 음…… 도대체 어디 있기에……."

닐이 조리대 위에 놓인 상자를 보고 물었다.

"이거 케이크예요?"

"그래, 닐. 우리 어엿한 2학년 학생은 오늘 어떻게 지냈나?"

닐은 아빠의 허리를 껴안았다. 아빠가 물었다.

"그런데 너희 저녁은 먹은 거야?"

"약간요……." 패트릭이 대답했다.

아빠가 닐의 등을 두드리며 말했다.

"할머니 집에 가 봐야겠구나."

닐이 물었다.

"그러면 저 케이크는 어떻게 해요, 아빠?"

"엄마가 올 때까지 기다려야지."

닐이 볼멘소리를 했다.

"하지만 엄마는 음식 낭비하는 걸 싫어한단 말예요."

우, 이런. 패트릭은 아찔해졌다. 한바탕 소동이 벌어지겠군. 케이크에 대해서라면 '다음에 먹자'는 건 닐에게 대답이 되지 않았다. 전에는 엄마가 케이크에 덧씌울 크림을 만들려고 버터와 설탕을 휘젓는 동안, 닐이 주걱에 매달린 크림 방울을 핥아먹겠다고 엄마의 꽁무니에 매달려 침을 꼴깍꼴깍 삼키는 것도 보았다. 그런데 문제는 엄마가 그런 닐을 귀엽게 여긴다는 거였다.

"닐, 너는 정말 엄마하고 딱 맞는 아이야."

패트릭은 엄마가 그렇게 말하는 것도 들었다.

"너도 좀 먹을래?"

아빠가 부엌에 들어온 케빈에게 물었다.

"그럼요."

"아빠, 어쨌건 엄마는 이런 케이크는 별로 좋아하지 않을 거예요."

패트릭이 말했다. 엄마는 빵이나 케이크에 관해서라면 입맛이 까다로웠다.

"알아, 하지만 크림퍼프 빵집이 벌써 문을 닫았더구나. 알았다. 접시를 가져와라."

아빠는 케이크에서 두툼한 조각을 몇 개 잘라냈다. 닐은 패트릭이 한 입 깨물기도 전에 이미 자기 몫의 케이크를 다 먹어치우고 물었다.

"한 조각 더 먹어도 돼요?"

"엄마 것은 남겨야지."

케빈이 말하자 닐도 어쩔 수 없이 수긍했다. 아빠는 반이 뚝 잘려나간 케이크를 다시 종이 상자 속에 밀어 넣었다.

패트릭은 케이크를 먹으려고 했지만, 겉의 크림은 설탕 범벅처럼 달기만 했고, 빵은 거칠고 뻑뻑했다. 엄마가 집에서 만든 것과는 비교도 되지 않았다. 패트릭이 가장 좋아하는 건 엄마가 지난번 생일 때 만든 사과 소스 케이크였다. 그 케이크는 냄새부터 가 막혔다. 하지만 가장 멋진 것은 촛불을 끄고 케이크를 잘랐을 때였다. 케이크 조각 사이사이에 캐러멜 시럽이 뿌려진 것이다. 패트릭은 생일날 두 조각을 먹고 다음 날 아침에 다시 한 조각을 먹었다.

전화벨이 울려 아빠가 달려가자 패트릭은 자기 접시를 닐에게 밀었다. 닐은 케이크는 먹지 않았지만, 손가락으로 위에 덮인 크림을 긁어냈다.

아빠가 전화를 끊고 오며 말했다.

"신문사 편집자야. 엄마가 왜 하루 종일 연락도 없는지 모르겠다고 하는구나."

아빠는 시계를 보았다.

"마저 먹어라, 닐."

하지만 닐은 겉의 크림만을 긁어 먹었다.

"이제 어서들 자거라."

"하지만 아직 여덟 시도 안 되었는데요!" 닐이 불평했다.

"어쨌거나 이층에 올라가서 잠옷으로 갈아입어. 오늘 숙제는 없니?"

"새 학년 첫날요?" 닐이 되물었다.

"너도 케빈."

아빠가 식탁에 놓인 접시들을 치우면서 말했다.

"네??? 숙제 같은 건 없어요. 그리고 TV에서 뉴욕 메츠의 야구 경기를 한단 말예요."

"아 그러니? 어쨌거나 너도 일단 잠옷으로 갈아 입거라. 그런 다음 점수를 확인해도 되잖아."

그런 뒤 아빠는 패트릭에게 돌아섰다.

"네가 여기를 마저 치우고 닐을 좀 씻기겠니?"

"네."

대답은 했지만, '왜 매일 나예요?'라는 말이 입안을 맴돌았다.

"그리고 동화책도 좀 읽어 주렴."

"아빠, 나한테는 숙제 있냐고 묻지도 않았어요."

"어, 숙제가 있니?"

"아빠가 시킨 일들이 다 숙제예요."

"고맙다, 패트릭."

"괜찮아요, 아빠."

패트릭이 침대에서 책을 읽고 있는데, 케빈이 문을 열고 들어왔다.
"야구 경기가 비 때문에 연기됐어. 지금 바로 안 잘 거야?"
"왜?"
"나, 너무 피곤해. 불 끄면 안 될까?"
"잠깐만 기다려."
패트릭은 그렇게 말하고 읽던 쪽을 마저 읽은 뒤 책갈피를 끼우고 책을 내려놓았다. 그런데 불을 끈 순간 문 밖에서 이상한 소리가 들렸다.
"닐이 우는 거야?" 케빈이 물었다.
"그런 거 같은데. 가서 확인해 봐."
"형이 해. 나는 자고 있어."
패트릭은 이불을 젖히고 일어나 닐의 방으로 갔다.
"왜 그래, 닐?"
패트릭은 어두운 방 안을 휘둘러보며 동생을 찾았다.
"배가 아파, 형."
닐은 방바닥에 엎드려 있었다.
"토할 것 같아?"
"응."

"그러면 일어나. 방에다 그러면 안 돼."

어둠 속에서도 닐의 얼굴이 파랗게 질려 있는 게 보였다. 패트릭은 닐을 안고 화장실로 갔다. 닐이 변기에 토하는 동안 무릎을 꿇고 앉아서 닐의 등을 쓸어 주었다. 패트릭이 속이 안 좋을 때면 엄마가 늘 그렇게 등을 쓸어 주었기 때문이다.

패트릭이 새 잠옷을 가지고 와 보니 닐은 욕조에 기대 앉아 숨을 헐떡이고 있었다.

"물 갖다 줄까?" 패트릭이 물었다.

"엄마 데려다 줘." 닐이 말했다.

"나도 그러고 싶다."

아빠가 돌아왔을 때 패트릭은 거실 소파에 앉아 있었다.

"닐이 토했어요." 패트릭이 말했다.

"엄마가 없어서 화가 난 거냐?"

"엄마 이야기를 하긴 했는데, 제가 볼 땐 케이크 때문에 체한 것 같아요."

아빠가 고개를 끄덕였다.

"조금 있다 한번 봐야겠다."

아빠는 복도의 옷걸이에 외투를 걸으며 말했다.

"엄마는 거기도 없어. 온 집이 캄캄했어."

"안에 들어가 보셨어요? 주무시고 계실지도 모르잖아요."

"열쇠가 없어. 열쇠는 엄마한테만 있지. 하지만 안에 사람이 있는 것 같지는 않았어. 창문으로 들여다보려고 집 뒤쪽으로 가 봤는데, 불이라고는 다 꺼져 있었어."

"그러면 엄마 차는요?"

"차는 있었어."

대답하는 아빠의 얼굴에서 피로와 걱정이 읽혔다.

"엄마 차가 거기 있는데 엄마는 거기 말고 도대체 어디 계시다는 거죠?"

"나도 모르겠다, 패트릭. 하지만 무언가 사정이 있겠지. 어제 무슨 굉장히 안 좋은 일이 있었니? 그러니까 너희가 엄마를 유난히 못 살게 굴었다던가 하는."

"별로 특별한 일은 없었는데. 컴퓨터가 기사를 날렸고, 닐이 계속 징징거렸고, 또 아빠가 엄마 생신을 잊어버렸고……."

"어쨌건 별로 기분 좋은 날은 아니었구나." 아빠가 말을 잘랐다.

"좋은 날이 아닌 건 맞지만 그렇다고 도망치고 싶을 정도로 좋지 않은 날은 아니었어요. 어제보다 더 안 좋은 날도 얼마나 많았는데요. 훨씬 더 안 좋았던 날들 말예요. 케빈이 동네 애들 절반은 데려다 인터넷으로 음란물 보던 날도 있었고, 또 닐이 강력 접착제로 손에 농구공을 붙인 날도 있었는데요."

"어쨌거나 걱정 말고 자거라. 오늘밤 안으로 돌아올 게 틀림없으니까. 내 추측으로는 다른 편집자가 취재를 내보내 놓고 사람들한테 말을 안 한 것 같다. 아니면 생일을 잊어버린 데 화가 나서 나한테 복수를 하는 걸 수도 있고."

"하지만 차도 없이 어딜 가요?"

"사진 기자 차를 같이 타고 갔을 수도 있지. 모르겠다. 어쨌건 너는 잠을 좀 자렴, 패트릭. 걱정 말거라. 걱정은 내가 할 테니까."

패트릭이 계단을 향해 걸어가는데 아빠가 불렀다.

"그리고 패트릭, 오늘 도와줘서 고맙다."

"곧 청구서를 보내드릴 거예요."

"하루 휴가를 주는 걸로는 보답이 안 될까?"

"일주일 휴가는 어떨까요?"

"아, 일주일이라고? 그건 엄마랑 같이 의논해 봐야겠구나."

"안녕히 주무세요, 아빠."

"그래, 잘 자거라, 패트릭."

버나뎃

9월 8일, 화요일

마흔 번째 생일날 아침, 버나뎃 맥브라이드는 다시 열두 살이 되어 깨어났다. 처음에는 그런 사실을 몰랐다. 햇빛이 침대 위로 비스듬히 비쳐들 때 버나뎃이 가장 먼저 느낀 것은 턱 밑으로 끌어 올린 면 이불의 빳빳한 감촉이었다. 풀 먹인 이불에서 라벤더 향기가 났다.

어라? 버나뎃은 생각했다. 요즘도 누가 이불에 풀을 먹이나?

"버나뎃!"

이럴 수가. 저건 우리 어머니 목소리 같은데? 아, 정말 그렇기만 하다면 얼마나 좋을까. 잠이 덜 깬 몽롱한 상태로 버나뎃은 어머니의 낭랑한 목소리를 마지막으로 들은 게 언제였나 생각해 보았다. 돌아가시기 하루 전날이던가? 어머니가 버나뎃에게 전화를 걸어 화원까지 태워달라고 부탁하던 게 끝이었다.

"일어났니?"

다시 한 번 아래층에서 같은 목소리가 들렸다.

이건 정말 어머니 목소린데? 버나뎃은 생각했다. 어떻게 이런 일이? 버나뎃은 앉아서 주변을 두리번거렸다. 노란 테두리가 있는 흰색 가구들. 흰색의 북슬북슬한 카펫. 옛날 가수 데이비드 캐시디가 소매 없는 셔츠를 입고 근육질의 두 팔로 팔짱을 낀 포스터. 오래 전 버나뎃은 이 포스터를 벽에 붙이다가 어머니와 다투었다.

"이런 천박한 사진을." 어머니는 그렇게 말했다.

버나뎃은 이불을 젖히고 일어났다. 호흡이 가빠졌고 머리가 어지러웠다. 꿈을 꾸고 있는 거야. 버나뎃은 그렇게 생각하며 거울 앞으로 다가갔다. 길쭉하게 생긴 거울은 가장자리가 색색의 플라스틱 구슬로 장식되어 있었다. 거울 틀에는 자신과 린다 베수비오가 치어리더 경연 대회에 참가하기 직전에 찍은 즉석 사진이 꽂혀 있었다. 둘은 검은색 타이츠를 입은 채 환하게 웃고 있었다.

거울 속에는 버나뎃의 열두 살 적 모습이 들어 있었다. 숱이 적은 갈색 머리, 하얀 피부, 납작한 가슴, 게다가 이에 낀 보철까지! 버나뎃은 경악의 외침이 터져 나오려는 걸 간신히 참았다. 이에 보철을 한 적이 있었다는 사실조차 거의 잊고 지내던 참이었다.

버나뎃은 침대에 도로 주저앉았다. 다리 아래로 스멀스멀한 느낌이 번졌다. 버나뎃은 정신없이 어젯밤 일을 돌이켜보았다.

어젯밤에 버나뎃은 어머니의 집으로 왔다. 불 앞에 앉아 건배를 했고, 거센 바람에 문이 덜컹 열리자 문을 닫았다. 그리고 방에 들어와 잠을 잤다.

그런데 깨어난 것은 작고 가냘픈 한 소녀였다.

도대체 어떻게 된 일이지? 우리 아이들은? 내가 이렇게 어려졌으면, 아이가 있기는 하단 말인가? 그런 생각을 하니 웃음이 나왔다. 잠재의식의 힘은 정말 놀랍군. 아이들이 없어야 기사를 완성할 수 있다고 내 머리가 생각한 거야. 그래서 아이들이 없는 어린 시절의 꿈을 꾸는 거야.

"버나뎃, 그러다 늦겠다." 어머니가 소리쳤다.

계단 밑에서 자신을 소리쳐 부르는 저 목소리가 정말 어머니일까?

"금방 가요!"

버나뎃이 대답했다. 어젯밤에 입고 잔 티셔츠가 거의 무릎까지 내려왔다.

벽장을 열어보니 클레어 언니가 쓰던 칸은 비어 있었다. 그러자 언니가 대학에 입학해 집을 떠난 뒤 몇 달이 지나서야 그 칸에 자신의 옷을 넣기 시작했다는 사실이 떠올랐다. 그러니까 버나뎃이 어머니와 단 둘이 살기 시작한 첫 해, 바로 중학교 2학년이 되던 해였다.

그러면 어머니가 늦겠다고 말하는 게 바로 중학교란 말인가? 이럴 수가! 남편에게 좀 더 젊게 해 달라고 말했을 때 버나뎃이 생각한 나이는 스물다섯 살이었다! 도대체 누가 다시 열두 살이 되고 싶어 한다는 말인가?

버나뎃은 꿈이 이렇게 실감 날 수도 있는지 의아했다. 지난 세월 동안 버나뎃 주변에서는 기묘한 일이 많이 일어났고, 그때마다 어머니가 거기 연관되어 있었지만 그건 모두 작은 일들일 뿐 이렇게 이상한 일은 없었다. 어느 날은 검은 방울새가 창문으로 들어오자, 어머니가 큰 소리로 탄식했다.

"아아, 누군가 내가 사랑하는 사람이 죽었구나!"

어머니는 검은 새가 바로 그 징조라고 했다.

"하지만 엄마, 그게 사실이라면 덧창만 닫아두면 아무도 죽지 않겠네요."

버나뎃이 그렇게 말하자 어머니는 웃었다. 웃으라고 한 말이 아니었는데 말이다.

"그것도 말이 되는구나, 데타."

어머니가 버나뎃을 끌어안으며 대답했다.

그로부터 불과 몇 시간 후 전보가 왔다. 아일랜드에 있는 할아버지가 잠자던 중 세상을 떠났다는 소식이었다. 그때 이후로 버나뎃은 어머니의 미신을 그냥 무시할 수가 없었다.

버나뎃은 한시바삐 아래층으로 내려가고 싶었다. 잠이 깨서 어머니를 못 보면 안 되니까!

벽장 속의 옷은 한결같이 촌스러웠다. 어쨌건 버나뎃은 셔츠와 바지를 하나씩 골라서 침대 위에 던졌다. 그리고 속옷 서랍에서 70AA 사이즈의 작은 브래지어를 발견하고 웃음을 터뜨렸다.

어머니에게 가장 먼저 할 일은 사랑한다고 말하는 거야. 어머니에게 마지막 작별 인사를 하지 못했다는 생각에 다시 한번 슬픔이 거세게 밀려들었다. 버나뎃은 양말을 신었다.

기침을 멈추는 약은 어떻게 만드느냐고도 물어 봐야지.

시간이 얼마나 남은 걸까? 꿈속 시간으로 저녁때가 되면 현실로 돌아가야 하는 건가? 아니면 내일? 아니면 이번 주말에? 스케이트 강습을 받을 시간이 있을까? 버나뎃은 셔츠의 단추를 채웠다. 파란색과 자주색의 소용돌이무늬가 큼지막하게 그려진 폴리에스터 재질의 셔츠였다. 처음 샀을 때 이 옷을 아주 좋아했던 기억이 났다. 야, 내 감각이 이렇게 형편없었다니. 버나뎃은 셔츠 못지않게 촌스러운 남색 나팔바지 속으로 셔츠를 집어넣으며 생각했다.

신발을 찾으려고 다시 벽장으로 갔다. 노트북 컴퓨터와 옷가방이 그곳에 놓여 있었다. 저것도 가져가야 하나? 버나뎃은 잠시 고민했다. 아냐, 열두 살짜리는 일할 필요가 없어. 꿈속이라도 말이야. 게다가 오늘은 내 생일인걸.

버나뎃은 현금 한 푼 없이 어디를 갈 수는 없다고 생각해서 지갑에서 돈을 꺼냈다. 그리고 가방과 컴퓨터를 숨기기 위해 주변을 둘러보았다. 어머니가 컴퓨터에 대해 물어보면 대답하기가 곤란할 테니까.

버나뎃은 옛날에 온풍기 앞쪽 철망의 나사를 풀고 송풍관 속에 일기장을 감추었던 일이 생각났다. 온풍기 철망의 나사는 쉽게 풀렸다. 버나뎃은 먼저 노트북 컴퓨터를 안에 밀어 넣고, ─ 폭이 간신히 맞았다. ─그 위에 가방을 우겨넣었다. 그리고 다시 철망을 제자리에 붙였다.

버나뎃은 굴러 떨어질 듯 급하게 계단을 내려가다가 맨 아래 칸에서 우뚝 멈춰서고 말았다. 조그만 몸집의 어머니가 부엌 개수대에서 물을 틀어 놓고 무언가를 씻고 있었다. 나이가 들면서 하얗게 세고 가늘어졌던 어머니의 머리는 까마귀 날개처럼 윤기 나는 검은색으로 돌아와 있었다. 어머니의 피부는 달걀 껍데기처럼 하얗고 매끈했다.

어머니가 몸을 돌려 계단 밑에 선 버나뎃을 바라보았다.

"생일 축하한다, 얘야. 어서 와서 아침 식사를 하렴."

버나뎃은 그 자리에 멀뚱히 서서 어머니의 신기한 눈을 바라보았다. 어머니의 밝은 눈이 한쪽은 초록색, 한쪽은 파란색이었다. 버나뎃의 코가 움찔거리고, 아랫입술이 바르르 떨렸다. 두 눈에 눈물이 차올라서 깊은 숨을 들이쉬며 간신히 마음을 달래야 했다.

부엌에 들어가자 어머니가 행주에 손을 닦고 있었다. 어머니는 나뭇가지처럼 여윈 몸의 버나뎃을 끌어안고 이마에 입을 맞추었다.

"이제 아이로 보내는 마지막 해로구나. 열세 살이면 너는 말 안 듣는 청소년이 될 테니까."

버나뎃은 아무 말도 하지 않고, 그저 어머니가 자신을 좀 더 오래 끌어안고 있기만을 바랐다.

"고마워요, 엄마. 사랑해요. 잘 지내셨어요?"

버나뎃이 어머니를 힘껏 끌어안으며 말했다.

"버나뎃, 무슨 말을 그렇게 하니? 웃겨 죽겠다!"

어머니의 말에 버나뎃은 팔을 늦추었다.

어머니가 이상하다는 듯 버나뎃을 바라보았다.

"나야 항상 똑같지."

그러면서 어머니는 식탁을 가리켜 보였다.

"어서 먹어라. 식겠다."

버나뎃은 정성스레 식사를 했다. 오트밀, 건포도가 가득 박힌 소다빵, 그리고 홍차.

"빵 더 없어요?"

버나뎃은 손가락에 묻은 마멀레이드를 핥아먹으며 말했다.

"버나뎃. 네가 그렇게 맛있게 먹는 걸 보니 좋구나." 어머니가 말했다.

"저는 엄마를 봐서 좋아요." 버나뎃이 대답했다.

어머니를 끌어안고 다녀오겠다는 입맞춤을 할 때 어머니 얼굴에서 다시 이상한 표정이 보였지만, 버나뎃은 다음에 무슨 일이 일어날지 알 수 없었고, 후회할 일을 만들고 싶지도 않았다. 그래서 도시락이 든 종이봉투를 움켜쥐고 현관으로 달려갔다.

"올 때 우유 한 통을 사 오렴. 네 가방에 돈 넣어 두었다."

방충망을 단 문 뒤에서 어머니의 잿빛 그림자가 소리쳤다.

"알았어요."

버나뎃은 어머니가 문을 닫고 어둠 속으로 사라지는 걸 보며 소리쳐 대답했다. 어린 시절 어머니는 크림이나 버터 같은 걸 살 때 언제나 버나뎃에게 심부름을 시켰고, 버나뎃은 책과 공책 틈바구니에 심부름한 물건들을 쑤셔 넣고 귀가했다.

그런데 길가로 나가 보니 옛날로 돌아간 건 버나뎃 자신뿐이고 이웃들은 전혀 달라지지 않았다는 걸 알 수 있었다. 포드 익스플로러 승용차에 타는 저 남자는 예전의 이웃 커닝엄 씨가 아니었다. 그는 몇 년 전에 커닝엄 가족에게서 집을 산 사람이었다. 길 건너편 근사한 그네가 서 있는 뜰은 예전에는 버나뎃과 린다 베수비오가 여름마다 물장구를 치던 수영장이었다.

버나뎃은 패트릭의 중학교를 향해 걸어갔다. 하지만 다리보다 심장이 더 빨리 뛰었다. 꿈속에서도 이렇게 생생한 느낌을 받을 수 있는 건가? 이 꿈속 세계에도 우리 아이들이 있을까? 학교에 가면 패트릭을 볼 수 있을까? 남편 제러드는? 나는 대체 어떻게 된 거지?

아이들이 두셋씩 짝을 지어 교문으로 밀려들었다. 버나뎃은 한 무리의 아이들 약간 뒤쪽에서 걸었다. 하지만 버나뎃을 슬쩍 훑어본 여학생들은 자기들끼리 머리를 모으고 바짝 붙어 섰다. 뒤통수밖에 안 보이는데도, 버나뎃은 아이들이 숨죽인 채 킥킥대는 걸 알 수 있었다. 옷 때문일 것이다. 새 학년 첫날 입고 가기에는 지나치게 튀는 옷이었다.

버나뎃은 그냥 다른 데로 가고 싶었다. 그런데 다른 데 어디로? 게다가 그때 패트릭이 백스터 씨네 쌍둥이 카일, 더피와 함께 힘없이 걸어오는 모습이 보였다. 버나뎃은 하나같이 일자바지를 입은 아이들 틈에 혼자 나팔바지를 입고 서 있다는 사실도 잊은 채, 패트릭과 두 친구를 바라보았다. 세 아이는 모두 헐렁한 티셔츠에 헐렁한 청바지를 입고 군함만 한 운동화를 신고 있었다. 일부러 풀어놓은 운동화 끈이 땅바닥에 질질 끌렸다.

케빈하고 넌 뭘 입고 학교에 갔을까? 아침에는 뭘 먹은 거지? 제러드가 도시락은 싸 주었나? 제러드가 하루 이틀쯤 엄마 노릇을 한다고 생각하자 버나뎃은 웃음이 나왔다. 그건 내 생일을 잊어버린 벌이야.

학교 현관에서는 선생님들이 아이들에게서 종이쪽지를 받아보고 이쪽저쪽으로 방향을 가리켰다. 하지만 버나뎃은 선생님들에게 보일 것이 아무것도 없었다.

"거기 여학생, 시간표를 보여 주세요."

노란 바지 정장 차림의 키 큰 여자 선생님이 말했다.

버나뎃이 우물우물 말했다.

"저는 여기 처음인데요."

"그러면 학생과로 가 봐요. 복도를 따라 쭉 가다 보면 오른쪽에 있어요. 성이 어떻게 되죠?"

버나뎃은 말문이 막혔다. 내 진짜 이름을 말해야 되는 건가?

"다우니예요."

버나뎃은 그렇게 대답했다. 그것은 아버지의 성, 그러니까 결혼하기 전 버나뎃의 성이었다.

"피아자 부인에게 가세요. 왼쪽에 계실 거예요."

버나뎃은 생각할 시간이 필요했다. 그래서 피아자 부인의 책상 앞에 학생들이 길게 줄을 늘어선 걸 보자 조금 마음이 놓였다. 피아자 부인은 학생들이 찾아온 이유를 차례차례 물었다. 아이들 대부분은 시간표 변경 문제로 온 것이었다. 새롭게 등록을 하는 사람은 없었다.

버나뎃의 차례가 되었을 때, 피아자 부인은 — 덩치가 아주 큰 여자로 가슴이 책상 위에까지 닿았다. — 서류철에 무언가 적어 넣고 있었다.

"다음 학생."

피아자 부인은 올려다보지도 않고 말했다.

"저는 시간표가 없는데요."

"이름이?"

부인은 반송된 편지가 가득 담긴 종이 상자를 끌어당기며 무뚝뚝하게 물었다.

"데타 다우니요. 근데 제 이름은 그 상자에 없을 거예요. 저는 처음 왔거든요."

"처음 와? 전학 왔다고? 어디서?"

"아일랜드에서요."

버나뎃은 피아자 부인이 아일랜드에 대해 잘 모를 테니 어려운 질문도 하지 못할 거라 생각하고 그렇게 대답했다.

"아일랜드? 좀 특이하네. 그럼 생활기록부 같은 것도 없겠네?"

"네, 없어요. 학교가 불탔거든요."

"학교가 불에 타?"

"정확히 말하면 온 마을이 불탔어요. 그래서 여기로 이사 오게 되었고요."

"그렇군. 그럼 지금 사는 곳은……?"

"윌리엄 거리 24번지요."

"부모님이 왜 미리 전학 수속을 하지 않았지?"

"아버지는 안 계시고요, 어머니는 운전을 못하세요."

"운전을 못해? 그것도 특이하네. 하지만 곧 바뀔 거야. 여기선 모두가 차를 가지고 다니니까."

피아자 부인은 자리에서 일어나 비좁은 공간에서 어렵사리 몸을 돌린 뒤 뒤쪽에 있는 커다란 서류 캐비닛의 맨 위 서랍을 열었다.

"손가락은 튼튼한가, 다우니 학생?"

피아자 부인은 버나뎃이 대답하기도 전에 다시 말했다.

"이 서류들을 다 채우려면 손가락에 쥐가 날 거야."

그러면서 서류 꾸러미 여기저기서 종이를 한 장씩 꺼냈다.

피아자 부인은 널따란 엉덩이 위쪽에 한 손을 댄 채 이중 초점 안경 너머로 버나뎃을 바라보며 물었다.

"성적은 어떤 편인가, 데타?"

"주로 '수'하고 '우'예요."

"예전 성적표를 가져오면 전에 어떤 과목을 들었는지 알 수 있을 텐데."

"성적표 같은 건 없어요. 거기선 그냥 학년이 올라가거나 유급하거나 둘 중 하나예요."

"그렇다면 서류도 별로 필요 없겠군. 여기서도 그런 제도를 좋아할 선생님들이 좀 있지."

피아자 부인은 캐비닛 서랍을 밀어 넣었다.

"성적표가 없다면 시험을 봐야 해. 출생증명서는 있니? 아무리 그래도 출생증명서는 있겠지?"

"네."

피아자 부인은 몸을 비틀어 다시 의자에 앉았다. 버나뎃은 업무 공간만 좀 넉넉해도 부인이 덜 신경질적이지 않을까 하는 생각이 들었다.

"좋아. 서류 360A를 작성하고, 출생증명서를 첨부해요. 부모님의 서명이 있어야 해. 예방 접종 기록은 있니?"

하지만 이번에도 피아자 부인은 대답에 별 관심이 없어 보였다.

"필요한 예방 접종을 다 맞았다는 기록이 있어야 해. 홍역, 볼거리, 풍진, 수두, 파상풍, 백일해, 결핵, 소아마비, 디프테리아, B형 간염······. 여기 서류 144에 다 있어. 주사를 원 없이 맞고 싶지 않다면, 내가 어떻게든 기록을 만들어 보지."

"네, 그렇게 해 주세요."

"학생 수칙이니까 읽어 둬요. 그리고 마지막 쪽에 서명해요."

버나뎃의 품 안으로 조그만 책자가 툭 날아왔다.

"이건 인터넷 개인 정보 관련 서류, 읽고 서명해요. 마약 사용 반대 서약, 읽고 서명해요. 복장 규칙. 중요한 것만 말해 줄게. 배꼽이 보이는 옷은 안 돼. 다우니 학생, 여기 미국에서는 가정이라는 사적인 공간에서만 서로의 배꼽을 보거든. 치마는 '손가락 끝'보다 길어야 돼. 그건 무슨 뜻이냐면, 팔을 쭉 펴서 허리에 대봐요, 데타."

버나뎃은 서류 다발을 피아자 부인의 책상에 내려놓고 팔을 내렸다.

"치마 길이는 이때 손가락 끝보다 더 아래로 내려와야 해. 알겠어?"

버나뎃은 고개를 끄덕였다.

"귓불 이외 다른 신체 부위를 뚫고 장식물을 다는 건 안 돼. 머리는 자연색 이외의 색깔로 염색하면 안 돼. 다른 것들도 많지만,

지금 말한 것들이 제일 중요해. 전부 읽어보고……, 그리고 서명해요."

버나뎃은 책자를 받아 서류 더미 위에 얹었다.

피아자 부인이 웃었다.

"이해가 빠르군. 그런데 참, 혹시 체류 외국인인가?"

"네?"

"정식 비자를 받고 입국한 거냐고?"

"아뇨, 저는 여기서 태어났어요. 아일랜드에는…… 잠깐 가서 살았어요."

"할렐루야! 그러면 사회보장 번호가 있겠네? 정말 다행이야. 체류 외국인한테는 서류가 또 한 다발이거든. 어쩐지 아일랜드 억양이 별로 안 느껴지더라니."

"사회보장 번호는 엄마한테 물어볼게요." 버나뎃이 말했다.

"내가 반 편성 시험을 준비하는 동안 서류를 작성해요. 설마 지금 당장 수업에 들어가고 싶어 좀이 쑤시는 건 아니겠지? 그거 다 작성하려면 오전이 훌렁 지나갈 거거든."

피아자 부인은 회의 탁자를 가리켰다.

"가방 가지고 저기 가서 앉아요. 이게 학생 짐 전부인가?"

부인은 버나뎃의 꾸깃꾸깃한 갈색 가방을 들고 물었다.

"아니, 배낭이 아니군? 바퀴 달린 짐 가방 같은 것도 없나? 하지만 그것도 곧 바뀌겠지."

버나뎃은 서류 더미를 안고 혼자 조용히 있게 된 게 좋았다. 이 제 피아자 부인에게 한 거짓말들을 잘 짜 맞춰서 완벽하게 새로운 인물을 하나 만들어야 했다. 이름, 주소……, 그러다가 버나뎃은 생년월일 칸에서 멈추었다.

나는 열두 살이야, 버나뎃은 그렇게 생각하고 연도를 거꾸로 계산해서 새로운 생년월일을 만들었다. 작문 수업 시간 같다는 생각이 들었다.

피아자 부인은 학생들이 한 명 한 명 다가와 자신의 문제를 이야기할 때마다 크게 한숨을 쉬었다. 하지만 그렇게 45분이 지나자 학생과 사무실은 텅 비었다. 버나뎃은 생각에 생각을 거듭하며 신중하게 서류의 빈 칸들을 채워 나갔다. 그렇게 서류 작성을 마쳤을 때 1교시를 마치는 종소리가 들렸다.

피아자 부인은 자리에서 일어나 다시 커피 잔을 채웠다. 귓등에는 연필이 끼워져 있고, 목에는 굵은 끈에 달린 신분증이 목걸이처럼 걸려 있었다. 이중 초점 안경은 부풀려 올린 금발 머리 위로 젖혀져 있었다. 버나뎃은 아마 부인이 자신과 비슷한 나이일 거라는 생각이 들었다. 어쩌면 두 사람은 같은 가게에서 장을 봤을 수도 있다.

"데타 다우니! 아일랜드 여학생들은 참 조용하네. 서류는 다 작성했나?"

시끌벅적했던 물결이 모두 지나가자 피아자 부인은 한결 누그러들었다.

"네."

"조용하고 예의도 바르고! 하지만 앞으로는 많은 게 변할 거야. 이제 반 편성 시험을 봅시다. 목이 마르거나 화장실에 가고 싶지는 않아?"

"네, 괜찮아요."

시험은 수학, 사회, 읽기, 과학, 그리고 영어 작문이었는데, 버나뎃은 생전 처음으로 시험 보는 게 재미있다는 생각이 들었다. 수학은 게임 같았다. 세 가지 치약 가격의 평균값을 구하라. 식사 가격에서 점심 식사 팁으로 얼마를 줄지 퍼센트를 구하라.

역사 시험지를 보니 웃음이 나왔다. 버나뎃이 직접 겪은 사건들이 문제로 나왔기 때문이다. '캘리포니아 주지사를 지낸 뒤 미국 역사상 가장 많은 나이로 대통령이 된 사람은 누구인가?' 이런, 나는 그 선거에서 직접 투표를 했지. 버나뎃은 그렇게 생각하며 로널드 레이건의 이름을 적어 넣었다. 시험은 서류 작성에 비하면 식은 죽 먹기였다.

"다 했나요?"

피아자 부인이 물었다. 버나뎃은 서류 더미를 손에 들고 다시 부인의 책상 앞에 가서 섰다.

"채점을 하고 시간표를 만들려면 시간이 좀 걸릴 거야. 아일랜드 학생도 점심은 먹지? 식당에 다녀와요."

피아자 부인은 자리를 비집고 나와서 문으로 걸어갔다. 그리고 복도 양쪽을 훑어보다가 누군가에게 "도나 페인먼." 하고 부르더니 오라고 손짓을 했다.

키가 크고 마른 몸집에 숱 많은 갈색 머리를 예쁘게 말아 내린 여학생이 문 앞에 나타났다. 여학생은 피아자 부인에게 경례 흉내를 냈다.

"도나, 여기 이 친구는 데타 다우니야. 데타, 이 친구는 도나야. 그런데 도나와 데타 다우니라니, 데이비드만 한 명 오면 끝내 주겠네."

피아자 부인은 자기가 한 썰렁한 농담에 혼자 웃었다. 도나는 눈을 뒤룩거렸다.

"도나, 데타를 식당에 데리고 가서 안내를 좀 해 줘. 오늘 처음 온 학생이야. 학교뿐 아니라 미국에도 아직 낯설대."

도나는 생긋 웃고 손을 내밀었다.

"데타? 그거 다른 이름을 줄인 거니?"

"응, 하지만 난 그냥 데타라고만 해."

둘은 학생과 사무실을 떠나 복도를 걸어갔다.

"어느 나라에서 왔니?" 도나가 물었다.

"어…… 태어난 건 여기서 태어났는데, 아일랜드에 가서 좀 살았어."

"가수 U2의 나라?"

"맞아."

버나뎃은 그렇게 대답하고, 도나가 U2 이야기를 계속 하면 어쩌나 싶어서 U2의 노래가 어떤 게 있는지 열심히 머릿속을 뒤졌다. 그런데 다행히 도나는 더 이상 그 이야기를 하지 않았다.

"그런데 그 옷 멋있다, 데타. 복고풍 패션이니?"

도나의 말에 버나뎃은 웃음을 참으며 대답했다.

"맞아. 복고풍 패션이야."

"아일랜드 교육 제도의 비결을 알고 싶군."

버나뎃이 식당에서 돌아오자 피아자 부인이 말했다.

"반 편성 시험에서 다섯 과목 다 만점 받은 학생은 처음이야. 정말 열두 살이 확실해?"

지금 나한테 확실한 건 오늘 저녁 아이들한테 식사를 차려 줄 사람이 없다는 거죠. 버나뎃은 속으로 생각했다. 학생 식당에서 버나뎃은 제러드가 학회 때문에 다른 도시에 가서 저녁나절에야 돌아올 거라는 사실이 떠올랐다. 패트릭이라도 만나서 동생들에게 샌드위치를 만들어 주라고 말하고 싶었지만, 아침 이후 패트릭의 모습은 보이지 않았다. 게다가 만나서 뭐라고 말한다는 말인가?

"저기, 너는 내가 누군지 잘 모르겠지만, 아무튼 너희 엄마가 너 보고 오늘밤 동생들한테 저녁을 차려 주래. 케빈이 패스트푸드 먹지 못하게 하래. 그럼 이만 안녕."이라고?

하지만 저녁때가 되기 전에는 정상으로 돌아갈지도 몰라. 괜한 걱정하는 거야. 버나뎃은 그렇게 마음을 달랬다.

"데타? 내 말 듣는 건가?"

피아자 부인이 버나뎃의 얼굴 앞에 종이 한 장을 펄럭였다.

"자, 여기 앉아서 내가 작성한 시간표를 봐요."

"죄송합니다."

버나뎃은 피아자 부인이 빼 준 플라스틱 의자에 앉아서 앞에 놓인 종이를 보았다. 문학, 체육, 사회, 점심, 수학, 화학, 자습, 그리고 마지막 시간은 컴퓨터 기초였다.

그놈의 컴퓨터는 피해 갈 길이 없네. 버나뎃은 생각했다.

"자습을 한 시간 넣었는데, 자습이 싫다면 7교시에 밴드 연습이 있어. 다룰 줄 아는 악기 있나?"

기타는 학교에서 준비해 주나? 버나뎃은 잠깐 의문을 품었다가 대답했다.

"아뇨, 없어요. 하지만 배우고 싶어요."

"그럼 됐네. 7교시 밴드 수업에 학생을 넣을게."

피아자 부인은 지우개로 7교시의 내용을 지우고 새로 썼다.

"서둘러 가면 5교시 수업에 맞출 수 있어. 퍼맷 선생님의 수학 시간이고, 216호 교실이야. 복도 맞은편 끝에 있는 계단으로 올라가면 돼. 계단 위에서 오른쪽으로 세 번째 교실이야."

"고맙습니다."

"괜찮아. 그리고 이 서류들은 어머니한테 서명을 받아 와야 하는 거야. 빼먹은 건 여기 노란 메모지에 다 적어 놨어."

피아자 부인은 그렇게 말하며 버나뎃에게 서류 꾸러미를 건넸다.

"서류를 안 내면 내가 끈질기게 쫓아다닐 거야."

오후는 별일 없이 지나갔다. 버나뎃 말고도 새로 온 학생은 많았으니까. 퍼맷 선생님은 교과서를 나누어 주고 성적을 매기는 방법을 설명했다. 화학 선생님은 집에서 쓰는 세제들이 얼마나 불에 잘 타는지를 열심히 설명했다. 밴드 수업에서 버나뎃은 중고 악기들이 가득한 벽장 속에서 플루트를 골랐다. 머리가 너무 피곤해서 마지막 수업이 컴퓨터 기초라는 게 다행스럽게 느껴졌다. 컴퓨터의 기초라면 이미 알 만큼은 알고 있으니까.

컴퓨터실에는 아이들이 많았고, 버나뎃은 빈자리를 찾아 두리번거리다가 패트릭이 두 번째 줄에 앉아 모니터에 보며 오른손으로 마우스를 움직이는 걸 보았다.

"안녕, 여러분. 모두 자리를 잡으면 수업을 시작할게요."

시간표에 따르면 컴퓨터 선생님 이름은 도브스였다. 패트릭의 양옆 자리는 이미 주인이 있었지만 뒷자리는 비어 있었다. 버나뎃은 그 자리로 곧장 다가갔다. 그런데 다른 여학생이 반대 방향에서 그 자리를 향해 다가오는 게 보였다. 버나뎃은 뛰다시피해서 그 자리에 먼저 이르렀다.

"그 자리, 사람 있어."

버나뎃이 의자에 앉으려고 하는데, 옆 자리의 금발 머리 여학생이 말했다. 그러면서 버나뎃과 동시에 의자를 움켜잡았다. 버나뎃은 그 말을 못 들은 척하면서 자리에 앉았다.

"사람 있는 자리라니까."

여학생이 다시 말했다. 버나뎃이 여학생을 노려보았다.

"거기 여학생들, 무슨 일이에요?" 도브스 선생님이 물었다.

금발 여학생의 친구 ― 금발 머리랑 똑같은 구슬 목걸이를 한 갈색 머리 아이였는데 ― 가 뭐라고 툴툴거리며 뒷줄의 빈자리로 갔다.

"나쁜 계집애."

금발 머리가 이를 갈 듯 말했다. 버나뎃은 아이의 얼굴을 철썩 갈기고 싶은 충동을 억눌러야 했다. 어떻게 나한테 그런 욕을 할 수가 있지?

도브스 선생님이 말했다.

"컴퓨터 기초반에 온 걸 환영합니다. 모두 지금 당장이라도 컴퓨터를 켜고 싶겠지만, 먼저 여러분 각자가 컴퓨터에 대해서 얼마나 알고 있는지 알아보기 위해 설문 조사를 하겠습니다."

버나뎃은 선생님이 나눠 준 종이를 내려다보았다. 다시 한 번 거짓말을 한 다발 해야 한다고 생각하니 한숨이 나왔다.

"다 썼으면 앞으로 가지고 나오세요. 오늘은 컴퓨터를 켜고 일 반적인 데스크톱 컴퓨터의 기본 사용법부터 시작하겠어요. 그리 고 오늘 앉은 자리가 이번 학기 내내 고정 좌석이 될 거예요. 그 래야 수업에 올 때마다 컴퓨터 속에 저장된 내용을 옮기지 않아 도 되니까요."

잘됐네! 버나뎃은 생각했다. 안 그래도 앞으로 날마다 패트릭 근 처에 앉기 위해 저 금발 머리랑 싸워야 하나 하는 생각이 들었기 때문이다.

"이메일은 언제 쓰나요?"

버나뎃 왼쪽의 금발 머리가 물었다.

"이번 주에 배울 거예요. 질문을 할 때는 먼저 자기 이름을 말하 세요. 그래야 내가 이름을 익힐 수 있으니까요. 학생 이름은?"

도브스 선생님이 물었다.

"빅토리아 캐번디시예요."

버나뎃은 빅토리아라고 하는 아이를 훑어보았다. 꽤 모양을 낸 옷차림이었다. 검은 스웨터에는 인조털로 된 깃과 소맷부리가 달려 있었고, 검은 진 바지에 신발은 반짝이는 은색 통굽 운동화였다.

"빅토리아라……. 아, 여기 있군."

도브스 선생님은 출석부에서 이름을 찾아 표시를 했다.

"빅토리아, 우리는 이메일 계정을 만들 거예요. 하지만 오늘은 아 니고 이번 주 안으로 배울 거예요."

빅토리아가 버나뎃의 눈길을 알아차리고 쏘아붙였다.

"뭘 보는 거야?"

버나뎃은 재빨리 고개를 앞으로 돌렸다. 이 시간을 자습으로 바꿀까? 하지만 그렇게 되면 패트릭을 볼 기회가 줄어들 것이다. 컴퓨터실은 책상도 하나로 연결되어 있었고, 자리 배치도 약간 엇갈리게 되어서 버나뎃은 패트릭의 뒤통수뿐 아니라 패트릭 컴퓨터의 모니터까지 잘 볼 수 있었다. 그게 뭐 별것은 아니지만, 그렇게 해서라도 패트릭 가까이에 있고 싶었다. 저 못된 계집애 때문에 이런 기회를 포기할 수는 없었다.

어쨌거나 오늘 이메일을 쓸 수 없다는 게 안타까웠다.

패트릭에게 저녁 식사에 대해 뭐라고 글을 남길 수도 있었을 텐데.

패트릭

9월 9일, 수요일

수요일 아침, 창밖에서 자동차 문이 쾅 닫히는 소리에 패트릭은 잠이 번쩍 깨였다. 엄마가 온 거야!

하지만 블라인드 사이로 밖을 내다보니, 길 건너편에 사는 야블론스키 씨가 도넛 상자를 들고 집으로 들어가고 있었다.

부엌에서는 아빠가 어깨와 귀 사이에 수화기를 끼워 넣은 채 커피를 젓고 있었다.

"병원에서 온 전화예요?"

패트릭이 물었다. 아빠가 또 허겁지겁 떠나면 오늘도 자신이 닐을 학교에 데려다 줘야겠다고 생각하면서.

"경찰서다. 지금 연결을 기다리고 있어."

패트릭은 냉장고를 열었지만 자신이 전혀 배가 고프지 않다는 걸 깨달았다. 이제 경찰에까지 연락해야 되는 건가? 엄마는 도대체 어디 간 거지?

"크림 좀 주렴, 패트릭."

아빠가 말했다. 그러더니 몸을 꼿꼿이 세우며 전화기에 대고 "네, 말씀하십시오." 하고 말했다.

패트릭은 아빠의 커피에 크림을 넣었다. 그리고 서랍에서 숟가락을 꺼내며 아빠가 전화에 대고 하는 이야기를 들었다.

"월요일 밤입니다……."

"아뇨, 차는 그 자리에 있습니다."

"열쇠가 없어서요. 하지만 밖에서 보기에는 아무도 없는 것 같습니다."

아빠는 할머니 집의 주소를 말하고는 전화를 끊었다.

"패트릭, 널을 학교에 데려다 주지 않겠니? 나는 할머니 댁에 가서 경찰을 만나야겠다."

아빠는 커피 잔 위로 모락모락 피어오르는 김을 불면서 말했다.

"네, 알았어요."

"아빠가 얼른 먼저 샤워할게."

"네."

"패트릭, 걱정되니? 얼굴이 안 좋다."

"그럼 걱정되죠. 엄마는 도대체 어디로 간 거예요?"

"혼자 조용히 휴가를 갔을지도 모르지. 그동안 많이 힘들었거든. 하지만 널이나 케빈한테 경찰 이야기는 하지 마라. 아빠 어디 갔냐고 물으면 그냥 일이 있어서 나갔다고 말해."

패트릭은 도시락을 싼 뒤 닐을 깨우고 닐이 입을 옷을 꺼냈다. 그리고 거의 질질 끌다시피해서 학교에 데리고 갔다.

"지금 가면 지각이야?"

닐이 물었다.

"아냐, 괜찮아."

"그런데 왜 뛰는 거야?"

"내가 학교에 빨리 가고 싶어서. 천천히 걸을게."

"엄마는 언제 와?"

"금방 오실 거야."

패트릭은 그 말이 맞기를 바라며 대답했다.

"너무 많이 걸었어. 다리 아파."

닐이 멈추어 섰다.

그렇다고 이 아이를 업고 갈 수는 없어, 패트릭이 그렇게 생각하는데 한 가지 해결책이 떠올랐다.

"닐, 여기서 학교까지 달리기 시합할까?"

"좋아! 내가 먼저 출발해도 돼?"

"그러지 뭐. 준비됐어?"

"응!"

"출발!"

패트릭은 닐이 허둥지둥 뛰어가는 걸 지켜보았다. 그리고 동생이 반 블록 정도 앞서갔을 때, 천천히 그 뒤를 따라 뛰어갔다.

닐을 교실에 데려다 준 뒤 패트릭은 할머니 집으로 뛰어갔다. 자기도 할머니 집에 가도 되냐고 묻고 싶었지만, 아빠가 허락하지 않을 것 같았다. 이럴 때는 괜히 물어보았다가 거절당하느니 무작정 저지르는 게 좋은 거라고 패트릭은 생각했다.

하지만 윌리엄 거리에 도착해 보니, 알아볼 수 있는 차라고는 할머니 집 앞에 세워진 엄마의 차뿐이었다. 경찰과 아빠는 이미 다녀가고 없었다.

이제 등교 시간도 얼마 남지 않았다. 아빠가 집으로 돌아갔는지를 확인하고 싶었지만, 그러다가는 학교에 늦을 게 분명했다. 그리고 닐의 말대로, 너무 많이 걸은 상태였다.

학교에서는 엄마 생각을 할 겨를이 없었다. 점심을 먹다가 패트릭은 지난 시간에는 경찰 일을 완전히 잊고 있었다는 걸 깨달았다. 그리고 시간이 지날수록 경찰이 할머니 집에서 아무것도 발견하지 못했을 거라는 생각이 커졌다. 만약에 무언가 나쁜 게 발견되었다면 아빠가 분명히 자신을 부르러 왔을 것이다.

오후에 집에 가자 아빠가 다시 부엌에서 전화를 하고 있었다. 패트릭은 의자 위에 가방을 내려놓았다. 식탁에는 빈 컵과 접시들이 놓여 있었다. 케빈과 닐이 벌써 오후 간식을 먹었다는 증거였다. 패트릭은 식탁을 치우면서 아빠의 통화 내용에 귀를 기울였다. 아빠는 병원 직원이랑 통화하면서 진료 일정을 조정하는 것 같았다.

"왔니?"

아빠가 수화기를 내려놓으며 말했다.

"어떻게 됐어요?"

"뭐가 어떻게 돼?"

"경찰 말예요."

"아무 일도 없었어. 강제로 문을 따고 들어갔지만, 엄마는 없었으니까. 엄마 물건도 없었어. 난롯가에 엄마가 마신 것 같은 유리컵이 있는 게 전부였어."

"그러면 차도 없이 엄마가 어딜 갔다는 거죠?"

"나도 모르겠다. 그런데 위층에 올라가서 닐을 좀 봐 주지 않겠니? 옷을 갈아입으라고 올려 보냈다만, 아래층에 내려오지 않게 해다오. 클레어 이모랑 외삼촌들한테 전화를 해봐야 하니까."

"아빠, 내일 학교 안 가고 아빠랑 같이 엄마를 찾으면 안 될까요?"

패트릭이 묻자 아빠가 대답했다.

"나는 찾는 게 아냐, 패트릭. 그냥 기다리는 거지."

토요일 아침이면 패트릭은 보통 늦잠을 잤지만, 그날은 잠을 제대로 이룰 수가 없었다. 그러니 늦잠을 자는 건 더욱 더 불가능했다. 식구들 모두가 그랬다. 패트릭이 아침을 먹으러 가 보니, 동생들은 이미 부엌에 내려와 있었다. 케빈은 콘플레이크 상자를 들고 거기 적힌 글을 유심히 보고 있었다. 마치 월요일까지 풀어야 하는 무슨 퀴즈라도 있는 것처럼.

"이제 리보플래빈이 뭔지 알았어?"

패트릭이 묻자 케빈이 잠시 고개를 들었다가 도로 상자로 눈길을 돌렸다.

닐은 크레용을 꺼내들고 있었다.

" '찾는다' 할 때 '찾'은 어떻게 쓰는 거야?"

"ㅊ - ㅏ - ㅈ."

패트릭이 닐에게 대답하면서 토스트기에 와플 빵을 넣었다.

아빠가 들어왔다. 얼굴이 꺼칠꺼칠했고, 몸에서는 퀴퀴한 냄새도 났다. 엄마가 있었다면 얼른 샤워부터 하라고 말했을 거야, 패트릭은 생각했다.

"우리 집 전화번호가 이게 맞아?"

닐이 그렇게 물으면서 뭐라고 끼적이던 종이를 번쩍 들어보였다. 아빠가 흘낏 돌아보니, 종이에는 '우리 엄마 찾아요'라는 삐뚤삐뚤한 글씨가 전화번호가 함께 적혀 있었다. 아빠의 얼굴이 굳었다. 와플이 토스터기에서 툭 튀어나오는 바람에 패트릭은 깜짝 놀랐다.

"닐, 뭘 하는 거니?" 아빠가 물었다.

"전단을 만드는 거예요. 다른 사람들이 엄마를 만나면 우리가 엄마를 찾는다는 걸 알게 하려고요. 야블론스키네 개 스노플레이크가 없어졌을 때 그 집 식구들이 이렇게 전단을 붙여서 다시 찾았다고요."

아빠는 막막한 표정으로 빈 커피포트를 바라보다가 부엌을 가로질러 가서 닐의 머리에 손을 얹었다.

"닐, 좋은 생각이구나. 네가 그걸 여러 장 만들어 두면, 아빠가 나중에 직접 붙여 주마."

"아냐, 난 지금 붙일 거야."

패트릭은 닐의 머릿속에 신경질이 끓어오르는 걸 보았다. 먹구름 뒤에서 폭풍이 뭉치고 있는 것과도 같았다. 패트릭은 아빠를 건너다보며 속으로 '아빠, 제발 그러겠다고 하세요.'라고 말했다.

"좋아. 일단 커피를 좀 마시자."

아빠는 울음이라도 터뜨릴 것 같은 표정이었다.

"패트릭, 아침을 다 먹으면 스테이플러를 들고 같이 나가자."

점심 때 패트릭이 커다란 컵 네 개에 우유를 따르는데, 아빠가 이 사태에 대한 나름의 해석을 제시했다. 엄마에게는 휴식이 필요하다는 거였다.

"그러니까 엄마가 지금 중년의 위기를 맞았다는 거예요?" 케빈이 물었다.

패트릭은 우유 통을 냉장고에 넣고 식탁에 앉았다.

"중년의 위기가 뭐야?"

닐이 묻자 케빈이 설명했다.

"시트콤 '사인펠드'에서 조지가 겪었던 일이야. 그 사람이 대머리에 부분 가발을 쓰잖아."

패트릭은 케빈에게 '말도 안 되는 소리 그만해.'라는 눈길을 던졌다. 아빠는 케빈의 말을 무시하고 닐을 똑바로 바라보며 말했다.

"내 말은 그러니까 사람이 나이가 들면 지금껏 자신이 한 일을 돌아보면서 과연 내가 잘했던 걸까 의심하게 되는 경우가 있거든. 외할머니가 돌아가셨을 때, 엄마는 할머니한테 미처 하지 못한 말, 하지 못한 일 때문에 많이 힘들어했어. 그리고 올 여름에는 신문사 일도 힘들었고……."

하지만 패트릭은 그게 패트릭 자신이나 아빠, 또는 동생들이랑 무슨 상관이 있는지 알 수가 없었다. 할머니가 돌아가신 뒤 엄마가 많이 슬퍼한 건 맞았다. 패트릭도 겉으로는 티를 내지 않았지만 할머니 생각이 많이 났다. 하지만 엄마도 이럴 때 아이가 셋이나 있는 게 다행이라고 말했다. 아이들 때문에 정신이 없어서 슬퍼할 겨를도 없다고. 패트릭은 엄마가 전화에 대고 그런 말을 하는 걸 두어 번 들었다. 우리 때문에 정신이 없는 건 아직도 마찬가지 아닌가? 게다가 새 학년도 시작하고, 축구팀 입단 테스트도 있는데. 이럴 때 집을 떠나는 게 엄마한테 무슨 도움이 된다는 말인가?

아빠가 말했다.

"그리고 말이다, 내가 생일을 잊어버리는 큰 실수도 저질렀고. 모두가 내 잘못인 것 같구나."

"그게 무슨 뜻이에요?" 패트릭이 물었다.

"그게 무슨 뜻이냐니?"

"휴식이라는 거 말예요."

"그러니까 내 말은…… 엄마가 혼자서 조용히 지난 일들을 정리
해 보고 있지 않을까 하는 희망이지."

"휴식이 휴가 같은 거예요?"

닐의 질문에 아빠가 대답했다.

"맞아. 바로 그거야."

패트릭은 아무 말 하지 않았지만, 아빠의 말은 별로 수긍이 가지
않았다. 케빈에게 눈길을 돌리자 케빈은 눈을 뒤룩거렸다.

그래, 케빈도 아빠 말을 믿지 않고 있어. 패트릭은 생각했다.

일요일 밤에 패트릭은 아빠와 함께 저녁을 차렸다.

"다음 주에 내가 집에 있는 건 별로 도움이 안 될 것 같구나."

아빠의 말에 패트릭도 동의해야 했다. 아빠가 집에 있으면 패트릭
에게 드는 생각은 오직 한 가지, 엄마가 집에 없다는 것뿐이었다.
엄마가 없다는 사실은 퀴퀴한 냄새처럼 온 집 안을 가득 채우고
있었다. 케빈은 평소처럼 무심하고 무감각한 모습이었지만, 닐은
갈수록 심하게 칭얼댔다. 아빠가 만들어 주는 음식들 — 핫도그,
계란 범벅, 그리고 오늘밤에는 마카로니와 생치즈 같은 것 — 에

도 금방 싫증냈다.

　모두가 식탁에 앉았을 때 닐이 말했다.

　"라자냐 같은 거 먹으면 안 돼? 엄마는 일요일이면 항상 라자냐를 해 주는데."

　아빠가 말했다.

　"항상은 아니지. 그리고 이것도 라자냐랑 재료는 같아. 아빠는 라자냐를 만들 줄 몰라. 그걸 만들려면 뭐냐…… 요리법을 알아야 하니까."

　"나는 오렌지 치즈가 싫어요. 흰 치즈가 좋아요."

　"그러면 나가서 라자냐를 사 먹을까?"

　아빠는 아이들의 불평에 쩔쩔매면서 많은 일을 돈으로 해결하려고 했다.

　"닐. 아무리 그래도 한번 먹어 보기는 해야지."

　패트릭이 닐을 달랬지만, 닐은 접시를 앞으로 밀어냈다.

　패트릭은 자기 접시 가장자리에 눌어붙은 찌꺼기를 떼어냈다.

　"식탁 차린 거 누구야?"

　패트릭의 물음에 케빈이 대답했다.

　"내가 차렸어. 원래 닐 차례였지만."

　"이 접시 어디서 꺼낸 거야?"

　"식기 세척기에서."

　"깨끗한 거였어?"

"식기 세척기에 있었다니까."

"그건 알지만, 누가 식기 세척기를 돌렸냐고?"

"우엑! 내 접시 바닥 좀 봐. 어젯밤 먹었던 스파게티 소스잖아."

닐이 그렇게 말하며 접시를 앞으로 기울였다. 마카로니와 치즈 조각들이 접시에서 식탁으로 떨어졌다.

"더러워. 난 이거 안 먹어."

"야, 내가 방금 닦은 식탁이야! 더럽히지 마!" 케빈이 소리쳤다.

"그만!" 아빠가 말했다. "얘들아, 소리는 지르지 말자."

저녁을 먹고 나서 아빠는 패트릭과 케빈에게 거실에 있으라고 말했다. 그리고 닐을 방으로 데리고 가서 비디오를 틀어 주고 나왔다.

"너희들이 아빠를 좀 도와줘야겠다."

아빠는 소파에 앉아서, 해야 할 집안일들을 정리하기 시작했다. 엄마가 사라진 지 아직 일주일도 안 되었는데, 집 안에는 엄마가 없다는 증거가 차고 넘쳤다. 침대 시트들은 엉망으로 흐트러졌고, 빨래는 산더미처럼 쌓였다.

아빠의 말을 들으며 패트릭은 '이건 거의 다 내 차지가 될 거야.'라고 생각했다. 케빈은 하기 싫은 일을 시키려고 하면, 주로 TV 소리를 키우는 방식으로 말하는 사람의 입을 막아 버렸다.

아빠가 말했다.

"하루에 한 번은 세탁기를 돌려야 해. TV를 켜기 전에 말이다, 케빈."

"세탁기 돌릴 줄 몰라요."

"모르면 알려 주마. 비디오 예약 녹화하는 것보다 하나도 어렵지 않아. 그리고 장 볼 식품 목록도 만들어서 관리해야 돼."

"그건 내가 할게요."

케빈이 나섰지만, 패트릭이 반대했다.

"안 돼. 우리 모두 영양실조로 죽을 거야."

아빠는 계속해서 할 일을 정리했다. 토요일 아침마다 한 사람이 겉 청소 — 먼지 터는 일을 가리키는 엄마의 말 — 와 속 청소 — 청소기 돌리는 일과 걸레질 — 를 하고 다음 주에는 당번을 바꾸는 식이었다.

"하지만 아빠, 이번 토요일부터 축구 시작하는데요."

케빈이 말했다.

"축구 하기 전에 집안일을 다 하면 되지."

"엄마가 다음 주 토요일까지도 계속 휴가를 보낼까요?"

패트릭이 묻자 아빠는 패트릭을 한참 동안 바라보았다.

"모르겠다. 그러지 않기를 바랄 수밖에."

닐이 잠든 후 아빠가 패트릭에게 말했다.

"나갔다 올 테니 동생들 잘 돌봐라."

나가는 아빠의 손에는 드라이버가 들려 있었다. 패트릭은 아빠가 널이 붙인 전단을 떼러 나가나 보다 생각했다. 아빠는 30분쯤 후에 돌아와 패트릭의 방문을 열었다.

"아무 문제없지?"

패트릭은 아빠가 나갔다 돌아온 사이의 일을 묻는다는 걸 알았지만, 다르게 대답하고 싶었다.

"아뇨, 아빠. 문제 있어요."

"패트릭, 엄마는 곧 돌아오실 거다."

"혹시 돌아가신 게 아닐까요?"

아빠가 몸을 움찔했다. 아빠도 패트릭과 똑같은 생각을 했음이 분명했다.

"그럴 리가 있니, 패트릭. 그냥 휴식이 필요한 거라니까."

마음 깊은 곳에서 패트릭도 그렇게 생각했다. 엄마는 어딘가에 살아 있다고. 하지만 그렇다면 우리들이 없는 어느 곳에서 엄마가 날마다 눈을 뜨고 일어난다는 말인가? 아침마다 세 아이 중 적어도 한 명은 방으로 돌려보내 옷을 갈아입으라고 채근하던 엄마가 아니었나? 그런 일들이 없이 어떻게 하루하루가 흘러간다는 말인가? 종이 가방에 정성껏 싸 준 도시락도 없고, 학교 일을 물어보는 오후의 질문들도 없이.

아빠가 패트릭의 침대에 걸터앉았다. 아빠의 마른 몸집에 침대 매트리스도 별로 눌리지 않았다. 패트릭은 아빠를 보며 방문 앞에 서 있던 엄마의 마지막 모습을 떠올렸다. 엄마는 한쪽 어깨에 커다란 옷 가방을 메고 있었고, 작년 크리스마스에 가족사진을 찍을 때 온 가족이 맞춰 입었던 빨간 스웨터 차림이었다. 그때 패트릭은 내 나이가 몇인데 이런 차림으로 사진을 찍느냐고 엄마한테 화를 냈던 기억이 났다.

패트릭은 아빠의 얼굴을 유심히 살펴보았다. 이마의 굵은 주름들, 그리고 눈가의 잔주름들. 아빠는 뒷주머니에 전단을 말아 넣었다는 사실을 잊었던 게 분명했다. 침대에 앉았다가 다시 일어나서 전단을 빼냈기 때문이다.

"전단을 모두 뗐다. 대문 바로 바깥에 있는 전봇대만 빼고 말이다. 앞으로 널을 데리고 다닐 때는 전단이 없어졌다는 걸 눈치 채지 못하도록 조심해야 할 거다."

그러면서 아빠는 전단을 더 단단히 말았다.

"아빠, 부탁 하나 드려도 돼요?"

"그래, 말하렴."

"내일 내슈빌의 경찰에 연락해 보면 안 될까요?"

버나뎃
9월 8일, 늦은 오후

  첫날, 버나뎃은 학교를 마치고 집에 돌아가는 길에 식료품점에 들렀다. 아침에 먹은 홍차와 버터 안 든 빵은 집에 보관되어 있던 재료로 만든 게 분명했다. 그래서 버나뎃은 어머니가 말한 대로 우유를 사고 버터와 바나나, 사과, 칠면조 고기에 스위스 치즈 세트도 샀다. 그러고는 제과점으로 향했다.

  갈색의 쇼핑 봉투가 버나뎃의 온 얼굴을 가리다시피 했지만, 제과점 앞에 이르니 창문에 비친 자신의 그림자 너머로 제과점 종업원 아그네스가 보였다. 잘 됐어. 아그네스는 얼마 전에 새로 온 종업원이었고, 열두 살이 된 버나뎃도 못 알아볼 게 분명했다.

  버나뎃은 엉덩이로 문을 밀고 들어갔다. 숨을 크게 들이쉬니 고소한 빵 냄새가 고등학교 시절 이곳 크림퍼프 빵집에서 일하던 추억을 한가득 안겨 주었다. 버나뎃은 빵집 뒤쪽의 긴 알루미늄 탁자에 앉아서 빵에 마무리 장식을 했다. 쿠키는 녹인 초콜릿에 담갔다가 꺼내서 기름종이 위에 올려놓은 뒤, 땅콩 가루나 알록달 록한 과자 가루를 뿌렸다. 버터와 설탕과 식품 착색제를 천 깔때기에 넣고 섞은 뒤 케이크 위에 대고 쥐어짜서 소용돌이나 장미 무늬 등을 그려 넣기도 했다.

"무얼 찾니?" 아그네스가 물었다.

"잡곡 빵 남아 있나요?"

아그네스가 진열대 쪽을 돌아보면서 말했다.

"어디 보자…… 아유, 오늘 운이 좋네. 딱 한 개가 남았는걸. 잘라 줄까?"

"아뇨, 괜찮아요."

아그네스는 빵을 흰색 빵 봉투에 넣고 물었다.

"또 필요한 건?"

"저기 나폴레옹 과자 하나요. 엄마한테 드리려고요."

버나뎃은 유리 진열대 속 쟁반 하나를 가리키며 말했다.

"착하기도 해라! 쿠키 몇 개를 같이 넣을게."

"네, 고맙습니다."

버나뎃은 그렇게 말하고 크림퍼프가 이렇게 아이들에게 쿠키를 나누어 주는 전통 때문에 입은 손해가 모두 얼마일까 하는 생각을 했다. 어렸을 때 케빈과 패트릭은 나무딸기 잼이 든 샌드위치 쿠키를 자주 받았는데, 이 쿠키는 겉에 설탕 가루가 뿌려져 있어서 아이들 입가에 늘 동그란 흰 자국을 남겼다. 빵집에서 향기로운 빵 냄새를 맡으며 아이들이 먹고 마시는 걸 보는 건 정말 행복한 일이었다. 여기서 일할 때는 빵 냄새에 너무 익숙해져서 아무 냄새도 맡지 못했다. 그러다 쉬는 시간이 되어 밖에서 샌드위치를 사 먹고 들어오면, 새로 밀려드는 빵 냄새에 황홀해지곤 했다.

돌이켜 보니 크림퍼프 빵집에서 일하던 시절에 안 좋았던 건 그거 하나였다. 일을 하는 동안은 빵 냄새를 맡지 못했다는 것.

그런데 지금 이 생생하고도 익숙한 냄새를 맡다 보니 버나뎃의 모든 감각이 팽팽히 살아났다. 이건 꿈이 아니야. 버나뎃은 확실히 느낄 수 있었다. 꿈속에서 이런 냄새를 맡을 수는 없어. 이건 무언가 다른 거야. 여태까지 내가 겪어 보지 못한 것.

"4달러 25센트란다."

아그네스가 나폴레옹 과자와 쿠키가 든 조그만 흰색 상자에 끈을 둘러 묶으면서 말했다.

버나뎃은 돈을 내고 빵과 과자 상자를 쇼핑 봉투 속에 밀어 넣었다.

버나뎃은 잭슨 거리 쪽으로 가서 케빈과 닐을 잠깐이라도 보고 갈까 했지만, 장을 본 물건이 너무 많아서 바로 어머니 집으로 갔다. 내일 가야지. 버나뎃은 생각했다. 내일까지도 내가 열두 살이라면.

"엄마?"

버나뎃이 부엌문을 밀어 열며 불렀다.

"지금 여기서 나한테 편지를 쓰겠어요. 그리고 그걸 당신이 보낸 편지라고 생각하겠어요……."

세탁실에서 어머니의 가늘고 높은 노랫소리가 울려 퍼졌다. 버나뎃은 웃음을 참을 수 없었다. 어머니의 노래 솜씨는 형편없었다. 어머니가 노래 부를 때마다 미칠 것 같았던 기억이 떠올랐다. 그건 정말로…… 민망한 일이었다.

"여기 우유 사 왔어요. 다른 것들도 좀 샀어요."

어머니가 부엌으로 들어오는데, 찻주전자가 빽빽 소리를 지르기 시작했다.

"불 좀 끄렴."

어머니는 턱짓으로 난로를 가리켰다. 물방울들이 툭툭 튀어 나와 난로 위에서 춤을 추었다.

"학교는 어땠니?"

"재미있었어요."

그날 하루 중 처음으로 참말을 한 것 같았다.

"엄마, 나폴레옹 과자 사왔어요."

어머니는 쇼핑 봉투 속에 코를 대고 말했다.

"빵도 사 왔니? 음…… 이 생명의 양식."

버나뎃은 어머니를 행복하게 해 주었다고 생각하니 마음이 푸근해졌다. 어머니가 콧노래를 부르며 빵을 자르는 걸 보고, 버나뎃은 부엌을 나왔다.

컴퓨터 수업을 듣다 보니 노트북 컴퓨터 생각이 났다. 어쩌면 그 노트북을 통해서 연락을 할 수 있을지도 몰랐다. 그런데 어디로 연락한다는 거지? 내 과거랑? 전생이랑? 미래랑? 식구들한테 내가 무사하다는 걸 알리려면 뭐라고 써야 하는 거지? 그런데 내가 무사하긴 한 건가? 어쨌건 식구들을 걱정시킬 수는 없었다.

버나뎃은 온풍기 철망을 떼고 가방과 노트북을 꺼냈다. 그러고는 모니터를 젖혀 열고 전원 버튼을 눌렀다. 하지만 노트북은 켜지지 않았다. 이런 멍청한 기계. 배터리를 산 지 2주일밖에 지나지 않았다. 벌써 배터리가 방전되었을 리는 없었다.

버나뎃은 부속품 휴대 상자에서 전원 코드를 꺼내서 컴퓨터의 꽁무니에 꽂았다. 그리고 클레어의 침대를 옆으로 밀쳐서 전원 코드를 벽에 붙은 전기 콘센트에 연결했다. 그래도 소용없었다. 전원 버튼을 몇 차례나 눌렀지만, 모니터 화면은 밝아지지 않았다. 버나뎃은 노트북과 가방을 다시 온풍기 속에 넣고 철망으로 덮었다. 젠장, 버나뎃의 입에서 한숨이 새어나왔다.

버나뎃은 침대 위에 털썩 누워서 창밖에 펼쳐진 울창한 참나무 숲을 바라보았다. 어린 시절, 버나뎃은 저 참나무 숲을 뚫어져라 쳐다보며 어머니의 이야기 속에 나오는 요정들을 찾았다. 어머니는 이 세상에 요정이 있다고 믿었다. 요정을 찾는 방법만 알면 요정들이 꽃봉오리 속에서 물 마시는 모습도 볼 수 있다고 했다.

버나뎃은 한 인간 여인이 요정들에게 납치되어, 요정 대왕 핀 바라의 원수에게 저주받은 요정 왕비의 아기를 돌보게 되었다는 전설을 들은 기억이 났다. 어머니의 이야기 속에서 사람들은 요정에게 꾸준히 납치 당했다. 결혼식장에 가던 신랑, 요람에 누운 아기, 바이올린 연주나 스텝 댄스 같은 특별한 재주를 지닌 여자들이 그런 납치 대상이었다.

"핀 바라의 궁전에 잡혀간 이웃들이 가족들에게 걱정하지 말라는 소식을 전하려 애쓰던 이야기를 늘 들었지."

어머니는 그렇게 말했다.

내가 요정한테 납치된 건가? 버나뎃은 생각했다. 그러면 어떻게 해야 돌아갈 수 있는 거지?

하지만 그보다 먼저 해야 할 일이 있었다. 계단을 내려가던 중 버나뎃은 어머니가 바느질 바구니를 발치에 내려놓고 난롯가에 앉아 있는 모습을 보았다. 버나뎃은 도로 계단을 올라가서 어머니 방으로 갔다. 그리고 숨을 꾹 참고 벽장문을 열었다. 벽장 꼭대기 칸에는 검은 매직펜으로 버나뎃의 이름이 씌어진 종이 상자가 있었다.

상자 안에는 버나뎃의 출생증명서와 옛날 성적표, 그리고 버나뎃의 여섯 살 때 사진을 담은 작은 액자가 들어 있었다. 뒷마당의 라일락 덤불을 그린 서툰 솜씨의 수채화도 한 점 있었다. 이러니 내가 글을 쓰는 사람이 됐지. 버나뎃은 생각했다. 사회보장 카드나 의료 기록 같은 건 없었다. 당연했다. 그건 버나뎃의 현재의 집에 있으니까. 버나뎃은 출생증명서를 꺼내고 상자를 본래의 자리에 올려놓았다.

자기 방으로 돌아온 버나뎃은 가느다란 펜으로 출생증명서에 씌어진 1960이란 숫자를 1988로 바꾸었다. 6의 꼭대기 부분을 동그랗게 막고, 0을 반으로 갈랐다. 버나뎃은 출생증명서를 들고 살펴보았다. 피아자 부인이 이걸 진짜로 믿게 하는 방법은 딱 하나, 원본 대신 복사한 것을 가져가는 것이었다. 그런 뒤 버나뎃은 혹시 어머니가 들어와서 볼까 싶어서 출생증명서를 침대 밑에 숨겼다.

버나뎃은 침대 위로 올라가 눈을 감았다. 피곤했지만 다시 잠이 들면 어떤 모습으로 깨어날지 알 수 없다고 생각하니 잠이 드는 것도 두려웠다.

패트릭

　새 학년 두 번째 주는 닐의 눈물과 함께 시작되었다. 닐은 시리얼 그릇을 앞에 두고 먹기 싫다며 울음을 터뜨렸다.

　패트릭이 안타까운 목소리로 물었다.

　"닐, 나더러 어떻게 하라는 거니? 네가 좋아하는 것은 다 떨어졌어."

　아빠가 지난 주말에 식품점에서 장을 봐 왔는데, 지금 보니 아빠 혼자 장을 보게 해서는 안 되었다. 집에 무엇이 필요한지 아빠는 완전히 캄캄했다.

　닐은 끅끅 울기 시작했다.

　"나 이거 못 먹어."

　케빈이 부엌으로 들어오며 물었다.

　"얘 왜 그래?"

　패트릭이 대답했다.

　"이 시리얼이 싫대."

닐은 이제 목 놓아 울기 시작했다.

"누가 죽기라도 했냐?"

케빈이 그렇게 말하는데 아빠가 들어왔다. 아빠는 패트릭을 보면서 무슨 일이냐는 표정을 지었다.

"시리얼을 잘못 사오셨어요."

패트릭이 말하자, 아빠는 닐을 들어서 밖으로 데리고 나갔다.

"이것도 다 엄마가 휴가 중인 거랑 상관있는 일일까?"

케빈이 묻자 패트릭이 말했다.

"케빈, 제발 빈정거리지 좀 마."

패트릭 또한 식욕을 완전히 잃었다.

다행히 아빠가 케빈과 닐을 학교에 태워다 주겠다고 해서 패트릭은 카일, 더피와 함께 학교에 갈 수 있었다. 패트릭은 얼른 집에서 멀어지고 싶었다. 모든 것이 아무 문제도 없는 것처럼 행동하고 싶었다.

하지만 그럴 수 없었다. 패트릭은 다른 사람들도 무언가 알고 있다는 걸 눈치 챘다. 사람들은 패트릭을 보면서 뭐라고 수군거리다가 패트릭이 돌아보면 입을 꾹 다물었다.

점심시간에 패트릭이 더피에게 물었다.

"야, 내가 좀 이상해 보이냐?"

"아니, 왜?"

"사람들이 날 이상하게 쳐다보는 것 같아서."

더피는 감자튀김 조각들로 욕을 쓰는 중이었다. '망할'[HELL]이라는 글자는 완성되었고, '젠장'[DAMN]이라는 말에 쓸 D자를 만들려고 감자 조각을 구부리고 있었다. AMN은 이미 쟁반 위에 정렬되어 있었다. 더피가 말했다.

"멀쩡해 보이는데."

"그럼 뭐지? 저기 봐."

패트릭은 그렇게 말하며 턱짓으로 다른 식탁에 앉은 여학생들을 가리켰다.

"지금은 고개를 돌렸네. 아까는 모두 나를 보고 있었다고."

"네가 좋은가 보지 뭐." 카일이 말했다.

"정말 그런가 봐." 패트릭은 햄버거를 깨물었다.

점심시간이 끝난 뒤 문학 수업에 들어가자 크리스티 선생님이 패트릭에게 앞으로 나와 보라고 손짓했다. 그러고는 무슨 나쁜 일이라도 꾸미는 것처럼 목소리를 낮추어 말했다.

"어머니 이야기 들었다. 아직 무슨 소식 없니?"

선생님의 질문에 패트릭은 깜짝 놀랐다. 선생님이 어떻게 엄마 이야기를 안다는 말인가. 하지만 패트릭은 곧 깨달았다. 이미 모든 사람이 알고 있다는 것을. 그러자 사람들의 눈길과 수군거림이 모두 이해되었다.

"아뇨, 아무 소식 없어요." 패트릭이 대답했다.

"새 소식이 있거나 의논할 사람이 필요하다면…… 나한테 이야기해 주려무나." 선생님이 말했다.

"네, 고맙습니다."

하지만 아마도 그런 일은 없을 것 같았다. 패트릭은 더피를 바라보며 터벅터벅 자기 자리로 가서 앉았다.

"너 우리 엄마 일 알아?"

패트릭이 조그맣게 물었다.

더피가 고개를 끄덕였다.

"신문에 났어."

"왜 나한테 얘기 안 했어?"

"너희 엄마가 실종된 거 몰랐어?"

"아니, 바보야 그게 아니라, 그게 신문에 났다는 이야기를 왜 안 했냐고?"

"네가 아는 줄 알았지. 너희 엄마는 신문사에서 일하잖아."

"그렇긴 하지만, 실종된 사람이 어떻게 일을 하냐?"

"그야 그렇지만, 나는 그냥 네가 말하고 싶어 하지 않는 것 같아서 그랬어."

더피는 무언가를 찾는 척하며 가방 속으로 눈길을 돌렸다. 크리스티 선생님은 손에 책을 들고 자기 책상에 살짝 기대서서 학생들이 수업 준비 마치는 것을 기다리고 있었다.

"신문에 뭐라고 났어?"

"너희 엄마가 실종되었다고."

"다른 이야긴?"

"맥브라이드 군, 백스터 군, 이제 수업 시작합니다."

크리스티 선생님이 둘의 대화를 잘랐다.

패트릭과 더피는 얼른 책으로 눈길을 돌렸다. 크리스티 선생님은 에드거 앨런 포에 대해 설명하기 시작했다. 평상시라면 패트릭은 수업에 집중했을 것이다. 좋아하는 내용이었기 때문이다. 크리스티 선생님은 점수가 짜기로 유명했지만, 탐정 소설이나 추리 소설을 엄청나게 좋아했다.

'다른 이야긴?'

패트릭은 공책의 깨끗한 면에 그렇게 적은 뒤, 살짝 들어서 더피에게 보여 줬다. 더피가 멍한 표정으로 패트릭을 보더니 공책에 써서 대답했다.

'다른 이야기 뭐?'

이런 바보, 왜 이렇게 멍청하게 굴지?

'신문에 다른 이야긴 없었냐고?' 패트릭이 썼다.

크리스티 선생님은 에드거 앨런 포가 버지니아 대학에서 쫓겨난 뒤 평생을 돈에 쪼들리며 살았다는 이야기를 하고 있었다.

'경찰 조사 결과 나쁜 일이 생긴 것 같지는 않대.'

패트릭은 안도의 한숨을 쉬고 다시 썼다.

'언제야?'

더피가 눈을 찌푸려서 그게 무슨 뜻이냐는 표정을 지어 보였다.

패트릭이 썼다.

'기사가 언제 났냐고?'

더피는 생각에 잠겼다가 썼다.

'어제. 아니 토요일.'

패트릭은 아빠가 일부러 신문을 감췄나 하는 생각이 들었다.

패트릭이 더피에게 속삭였다.

"우리 엄마는 실종된 게 아니야. 휴식을 하고 있는 거지."

더피가 속삭이며 대답했다.

"그래 맞아. 우리 아빠가 늘 말씀하시지. 신문에 나는 걸 그대로 믿으면 안 된다고."

문학 수업이 끝난 뒤 패트릭은 학교 도서관으로 갔다. 도서관은 운동장 한쪽, 농구 코트 옆에 세워진 이동식 교실이었다. 오전 중에 비가 오기 시작했는데, 그렇게 많은 비가 아니었는데도 도서관 가는 길은 온통 물 천지가 되었다. 도서관을 일부러 그렇게 물이 잘 고이는 곳에 만들어 놓은 것 같았다. 6교시에 늦으면 골치 아플 것이다. 방과 후 학교에 남는 벌을 받을 수도 있었다. 하지만 상관없었다. 학교에서 어떻게 하겠는가? 집에 전화를 걸어 봐야 받을 엄마도 없는데.

도서관에는 사람이 거의 없었다. 패트릭은 사서 선생님이 누군 지는 알았지만, 이야기를 나눈 일이 거의 없었다. 책상 위의 명패에 '사서 교사 피츠제임스'라고 씌어진 걸 보고서야 패트릭은 선생님이 왜 친근하게 느껴졌는지 알 수 있었다. 피츠제임스 선생님은 패트릭의 교회에서 교리문답 선생님이기도 했기 때문이다. 케빈도 배운 적이 있는데, 그때 케빈이 선생님을 좋아했다는 게 생각났다. 그건 특이한 일이었다. 케빈은 교회를 좋아하지 않았기 때문이다. 패트릭은 발판에 젖은 구두를 닦고 카펫 위를 걸어서 피츠제임스 선생님의 책상으로 다가갔다.

"선생님, 지난 신문들도 볼 수 있나요?"

"몇몇은 볼 수 있지. 저기 컴퓨터 코너 뒤쪽에 있어. '뉴스데이'랑 '파밍데일 옵저버' 신문을 2주일분가량 비치해 놓지. 그 이상은 열람대가 좁아서 못하고. 그 정도면 되니?"

"네." 패트릭이 대답했다.

"직접 가서 찾아보렴. 하지만 다 보고 나면 원래대로 정리해 놓고 가거라. 올해는 사서 보조원이 없어서 말이야."

피츠제임스 선생님은 자리에서 일어나 의자를 뒤로 밀었다.

"열람 허가증은 갖고 있겠지?"

"자습실에 두고 왔어요." 패트릭은 거짓말했다.

"그러면 나중에 가져오렴. 하지만 돌아가는 길에 걸려서 학생 지도실로 불려갈 수 있으니까 조심해라. 어쨌거나 나는 목록 작업을 계속해야겠다."

선생님은 돌아서서 종이 상자 더미 앞으로 걸어가더니 다시 말했다.

"여기 있을 테니 도움이 필요하면 와라."

패트릭은 도서관 안쪽으로 들어가서 탁자에 가방을 내려놓았다.

최근 신문들은 크고 묵직한 철에 끼워져 있었다. 패트릭은 토요일치 신문을 찾아서 1면부터 훑기 시작했다. 프랑스에서 콩코드 비행기 추락, 미국 대통령 중동 평화 협상 참석, 아프리카 에이즈 회의에 관한 새 소식. 패트릭은 자기가 일하는 신문에조차 자신의 실종 소식이 1면에 나오지 않았다는 사실을 알면 엄마가 화를 낼지 궁금해졌다.

패트릭은 자칫 기사를 놓칠 뻔했다. 기사는 16면 '허브캡 헤븐'이라는 회사의 큼지막한 광고 옆에 아주 조그맣게 자리 잡고 있었다. 엄마는 이런 기사를 단신이라고 불렀다. 사진이 없었다면 패트릭은 아마 기사를 보지 못하고 신문을 넘겼을 것이다. 얼굴만 달랑 나온 조그만 흑백 사진이었다. 패트릭은 이 사진을 신문에서 이미 여러 번 보았다. 엄마가 이따금 칼럼을 썼기 때문이다. 엄마가 쓰는 칼럼들은 민망하게도 대개 패트릭 자신이나 동생들이 저지른 일에 대한 것이었다. 사진은 꽤 오래된 것이었다. 엄마는 젊어 보였다. 그리고 예뻤다. 패트릭은 엄마가 예쁘다고 생각한 적이 없었다. 기사를 다 읽는 데는 채 2분도 걸리지 않았다.

뉴스데이 기자 실종

파밍데일 — 뉴욕 주 나소 카운티 경찰 당국은 지난 금요일 뉴스데이 신문의 중견 기자이며 세 자녀의 어머니인 버나뎃 맥브라이드(40세, 파밍데일 거주)가 9월 7일 이후 실종되었음을 확인했다.

남편이자 산부인과 의사인 제러드 맥브라이드 씨는 맥브라이드 기자가 9월 7일 오후 7시를 약간 넘은 시각에 자신의 1994년식 볼보 스테이션왜건 승용차를 타고 나갔다고 밝혔다.

"친정어머니 집에 가서 기사 작성을 마무리 짓겠다고 했습니다."라고 맥브라이드 씨는 말했다.

그 후로 맥브라이드 기자에게선 연락이 끊겼다. 수사 당국은 노스 마사피카에 위치한 기자의 어머니 집을 조사했지만, 범죄의 흔적은 발견하지 못했다. 차고 앞에 세워진 기자의 차에도 침입의 흔적은 없었다.

"실종되었다고 범죄에 연루된 건 아닙니다. 하지만 맥브라이드 기자 같은 분이 며칠 동안 연락이 없다는 건 이상한 일이지요. 우리도 그렇고 맥브라이드 가족 모두가 걱정하고 있습니다."라고 로버트 머레이 경사가 말했다. 머레이 경사는 이 사건과 관련된 제보는 범죄 예방 직통 전화 1-800-577-TIPS로 해 주기 바란다고 말했다.

버나뎃 맥브라이드는 키 158센티미터에 몸무게는 약 54킬로그램이며, 머리 색깔은 갈색, 눈동자는 초록색이다.

패트릭은 기사를 두 번 읽었는데, 읽을 때마다 신문에 나이와 몸무게가 나온 걸 보면 엄마가 기겁하겠다는 생각이 들었다.

패트릭은 토요일의 업종별 광고란도 살펴보았다. 또 일요일의 업종별 광고란과 개인 광고란도 보았다. 엄마가 신문 광고란을 통해서 소식을 전할지도 몰랐다. 엄마랑 케빈은 신문의 업종별 광고와 개인 광고 읽는 걸 좋아했다. 둘은 사람들이 팔겠다고 광고하는 희한한 물건들을 보며 기절할 듯이 웃어댔다. 어떤 사람들은 자기 자신도 팔겠다고 했다. 패트릭은 다시 엄마의 단신을 보았다. 그러고는 고개를 돌려 피츠제임스 선생님을 보았다. 선생님은 아직도 종이 상자 위로 몸을 구부리고 서서 새로 들어온 책들의 커버를 벗기며 날개에 적힌 내용을 살피고 있었다. 패트릭은 조용히 신문지를 접은 뒤 접힌 자리를 세게 문질렀다. 그리고 다시 한 번 어깨 너머로 선생님을 본 뒤 종이를 살살 잡아당겼다. 신문지는 쉽게 찢어졌다. 패트릭은 잘라 낸 기사를 반으로 접어서 바지 주머니에 넣었다. 그리고 신문을 다른 날의 것으로 넘겨 놓은 뒤 가방을 어깨에 메고 일어섰다.

"고맙습니다."

패트릭은 피츠제임스 선생님에게 인사하고, 대답을 듣기도 전에 얼른 문을 빠져나왔다.

밖에는 계속 비가 내리고 있었다. 패트릭은 웅덩이를 피하지 않고, 그냥 물을 첨벙대며 본관 건물로 갔다.

체육관에 도착했을 때는 이미 수업을 시작한 지 20분이나 지나 있었다. 패트릭은 탈의실로 가서 반바지로 갈아입은 뒤 젖은 구두와 양말을 들고 체육관으로 들어갔다. 그날은 운이 좋았다. 비 때문에 체육 선생님의 계획이 어긋난 모양이었다. 아이들을 보니 그냥 자기가 하고 싶은 걸 하는 것 같았다. 아이들은 몇 명씩 무리를 지어 체육관의 각종 기구들 주변에 모여 있었다. 패트릭은 밧줄 오르기 기구 앞에 모인 남학생들 속으로 끼어들었다. 체육 선생님인 루이스 선생님은 멀찌감치 떨어진 곳에서 여학생들을 가르치고 있었다. 선생님은 농구공이 가득 담긴 철제 상자를 자유투 지역 옆에 끌어다 놓고 슈팅 연습을 시키고 있었다. 패트릭은 5분 정도 시간이 지난 뒤 루이스 선생님에게 다가갔다.

"선생님, 아까 출석을 부를 때 제 이름을 못 들었어요. 지난 시간에 미디어 센터에 다녀오느라 신발이 젖어서, 마른 양말을 찾으려고 사물함에 갔다 왔거든요. 그런데 거기도 마른 양말이 없네요."

"성이 어떻게 되지?"

루이스 선생님이 철제 상자에서 출석부를 집어 들며 물었다. 출석부는 농구공 두 개 사이에 수직으로 끼워져 있었다.

"맥브라이드요."

"얘기해 주길 잘했구나. 결석으로 표시했는데 말이다."

패트릭은 밧줄 오르기 기구로 돌아왔다. 밧줄을 오르고 싶은 생각이 전혀 없었기 때문에, 뒤쪽에서 뭉그적거리며 방금 읽은 신문 기사를 곱씹었다. 그렇게 신문에까지 나니 엄마의 실종은 어쩔 수 없는 현실이 된 것 같았고, 무언가 불길한 느낌마저 들었다. 그동안 엄마랑 잘 지내지 못했던 것에 미안한 마음이 들었다. 엄마는 늘 패트릭이 자전거를 타고 갈 수 있는 곳에만 패트릭을 데려가고 싶어 했다. 패트릭은 빨리 나이가 들고 싶었다. 빨리 어른이 돼서 직접 차를 운전하고 싶었고, 자기 전화를 갖고 방도 따로 갖고 싶었다. 직장에 다니면서 돈도 벌고 싶었다. 때로는 엄마가 좀 없어졌으면 좋겠다고 생각하기도 했다.

그건 진심이 아니었어. 패트릭은 어떻게 해서라도 엄마가 무사하다는 소식을 전달 받을 수 있기를 그 어느 때보다 간절하게 바랐다. 업종별 광고란의 광고 한 줄, 아니면 연기 신호, 자동 응답기에 남긴 한 마디라도. 그때 패트릭의 머리에 한 가지 생각이 떠올랐다.

엄마가 노트북 컴퓨터를 가지고 나갔다는 사실이었다. 수학 시간 끝나는 종이 울리자마자 패트릭은 8교시 수업이 있는 컴퓨터실로 총알같이 달려갔다.

지난 금요일에 도브스 선생님은 학생들에게 이메일 계정을 만드는 법을 가르쳐 주고, 그와 더불어 몇 가지 인터넷 예절과 규칙을 일러 주며, 만약 그것들을 어길 때에는 수업에서 탈락시킬 거라고 경고했다. 오늘은 새로 만든 계정으로 메일을 주고받는 연습을 하기로 되어 있었다.

　패트릭은 텅 빈 컴퓨터실에 뛰어 들어가서 얼른 컴퓨터의 전원을 켰다. 마우스를 이메일 아이콘 위로 옮긴 뒤 '편지 쓰기'라는 항목을 클릭했다.

　그리고 키보드를 두드렸다.

받는 사람 : bmcbride@newsday.com

보내는 사람 : pmcbride@saltzmanms.edu

제목 : 엄마의 큰아들이

보낸 날짜 : 9월 14일 오후 2:24:48 서머타임 적용

엄마, 지금 어디 계세요?

버나뎃
9월 14일~18일

  일주일이 지난 뒤, 버나뎃은 잠을 자고 일어나면 이전의 생활로 돌아갈 수 있을 거라는 기대를 포기했다. 그렇다고 지금 자신에게 벌어지는 일을 조금이라도 더 이해했다거나 아니면 여기서 벗어날 수 있는 실마리를 찾은 것도 아니었다. 어쨌거나 버나뎃이 가족에게 돌아갈 길은 자신이 직접 찾아내야 하는 게 분명했다. 그럴 수 있을 때까지, 식구들이 자기 없이도 별 탈 없이 지내는지를 알아봐야 했다.

  버나뎃은 컴퓨터 시간마다 패트릭을 눈여겨보았다. 패트릭은 그런 버나뎃을 전혀 눈치 채지 못하는 것 같았다. 하굣길에는 일부러 식구들이 사는 집 앞으로 길을 돌아갔다. 닐과 케빈이 집 앞에서 농구를 하거나 자전거를 타는 모습도 보았다. 두 어린 아들도 버나뎃 없이 그럭저럭 지내는 것 같았다. 한번은 브랜을 산책시키고 있는 남편 제러드의 옆을 지나가기도 했다. 제러드를 본 순간, 버나뎃의 심장은 남편의 귀에 들리고도 남을 만큼 미친 듯이 쿵쿵 뛰었다.

버나뎃은 '여보, 나야!' 하고 소리 지르고 싶었지만, 곧 그 생각을 눌렀다. 제러드가 놀라서 심장 마비라도 일으키면 아이들만 고아로 만들 테니까.

버나뎃은 식구들 중 누구라도 날마다 집 앞을 지나가는 자신에 대해 의아하게 여기지 않을까 하는 생각도 했다. 하지만 식구들이 보는 자신의 모습은 그저 한 갈래로 머리를 묶은 조그만 계집애일 뿐이었다. 그런 여자 애가 날마다 무거운 책가방을 메고 쇼핑 봉투를 든 채 슬금슬금 곁눈질을 하며 길 건너편 보도를 걸어가는 것이었다.

어느 날 오후 잭슨 거리로 들어서자, 버나뎃이 늘 걸어가는 보도 맞은 편에 있는 야블론스키네 집 앞에서 닐이 그림을 그리고 있는 것이 보였다. 버나뎃은 순간 길을 건너갈까 하는 생각을 했다. 닐에게 말을 걸면 안 되니까. 말을 걸었다가 울음을 터뜨리면 안 되니까. 하지만 버나뎃은 마음을 냉정하게 다지고 꿋꿋이 앞으로 걸어갔다.

"안녕." 버나뎃을 보자 닐이 인사했다.

"안녕." 버나뎃도 인사했다. 그리고 자리에 멈추어 섰다.

"뭘 그리는 거야?"

"바닷가. 보여? 이게 등대야."

"잘 그린다. 빨리 여름이 왔으면 좋겠나 보구나."

"아냐, 여기 우리 엄마가 있거든. 엄마는 휴가를 떠났으니까."

버나뎃은 가슴이 덜컹 내려앉았다. 제러드가 아이들에게 그렇게 말한 게 분명했다. 자기가 휴가를 떠났다고. 그리고 어쩌면 그 말이 맞는지도 몰랐다.

"엄마 없이도 잘 지내니?"

버나뎃은 그렇게 물은 뒤 곧바로 후회했다.

"응. 하지만 집이 엉망이야. 돼지우리랑 똑같아."

버나뎃은 웃음을 삼켰다.

"그래? 너희 엄마가 그건 별로 걱정하지 않을 것 같다."

안도의 물결이 밀려왔다. 질문을 하고 보니, 버나뎃은 닐이 과연 어떤 대답을 할지 자신이 거의 공포에 떨고 있었다는 걸 깨달았다.

그때 바비 야블론스키가 집에서 스케이트보드를 타고 나왔다.

"닐, 가자."

그러자 닐은 바비를 따라 뛰어가며 버나뎃에게 인사했다.

"안녕."

어디를 가는 거지? 바비랑 둘이서 절대 멀리까지는 다니지 말라고 일렀는데.

버나뎃이 가만히 서 있는데, 닐이 버나뎃의 생각을 읽은 듯이 말했다.

"바비가 스케이트보드 타는 거 가르쳐 준다고 그랬거든."

"그런 거 탈 때는 헬멧을 꼭 써야 돼."

"아, 맞다. 바비, 기다려. 금방 갔다 올게."

버나뎃은 닐이 길 건너 집으로 들어가는 걸 보았다. 그리고 억지로 발걸음을 떼었다.

그러니까 집이 돼지우리가 되었단 말이지. 버나뎃은 생각했다. 초인종을 누를 만한 핑곗거리가 없는 게 안타까웠다. 안을 좀 들여다볼 수 있다면 좋을 텐데. 사탕을 팔러 왔다고 하면 어떨까? 그러니까 무슨 자선기금 마련을 위해서. 버나뎃은 학교에서 기금을 모금하는 일이 있는지 알아봐야겠다고 결심했다.

밖에서 볼 때 집은 전과 똑같았고(당연히 똑같겠지.), 눈에 띄는 건 집 바깥 전봇대에 전단이 하나 붙어 있다는 것뿐이었다. 차들이 바람을 일으키며 지나갈 때마다 전단 아래쪽이 펄럭거렸다. 길 건너편에서는 전단에 씌어진 글이 잘 보이지 않았다. 버나뎃은 자신이 몇 살 때부터 안경을 쓰기 시작했는지 생각해 보았다. 중학교 3학년 때부터였다.

버나뎃은 몇 번인가 어머니는 혹시 지금 벌어지는 일들의 사연을 알고 있는지 조용히 물어보려고 했다. 하지만 어머니도 자신의 막내딸이 어른이 되어 결혼을 하고 아이를 셋이나 낳았다는 사실을 전혀 모르는 것 같았다.

지난 주말의 저녁나절에 버나뎃이 어머니에게 물었다.

"엄마, 시간 여행이라는 거 아세요?"

"시간 여행?"

"아니면 환생이라던가?"

"학교 숙제니?"

"아뇨…… 그러니까 뭐 숙제 비슷한 건데요, 우리가 죽고 나서도 예전의 삶으로 돌아갈 수 있을까, 그런 게 궁금해져서요."

"난 그런 거 안 믿는다."

어머니가 잘라 말했다.

"아니면 살다가 자신의 과거로 돌아갈 수는 있을까요? 그런 일은 어떻게 일어날까요? 그리고 만약에 그런 일이 일어나면, 본래 살던 미래로 가는 방법은 없을까요?"

"버나뎃, 도대체 무슨 소리를 하는 거니?"

"그렇죠. 말도 안 되는 이야기라는 거 알아요."

버나뎃은 어머니가 자기 말을 알아듣지 못한다는 걸 분명히 알수 있었다. 어머니에게 이 이야기를 계속 다그치기가 힘들었다. 그러다가는 이미 어머니가 죽었다는 걸 말해야 할 테니까.

버나뎃이 어린 시절 먹었던 여러 가지 민간 치료약들에 대해 물었을 때도 어머니는 버나뎃의 갑작스런 관심에 어리둥절해했다.

"이걸 숙제로 써서 내야 되는 거니?"

버나뎃이 공책에 적는 모습을 보고 어머니가 놀라서 물었다.

"그냥 필기 연습을 하는 거예요."

버나뎃은 그렇게 둘러댔지만, 곧 펜을 내려놓고 책을 집어 들었
다.

"어떤 선생님들은 말을 너무 빨리 하거든요."

버나뎃은 어머니의 눈빛이 자신에게 고정되어 있음을 느꼈다. 어
머니 역시 도대체 무슨 일인지 알고 싶다고 말하는 듯했다.

두 식구만의 생활은 단출하고 조용했다. 어머니는 예전에도 외
출이 드물었지만, 지금은 집 밖으로는 아예 나가지 않았고, 문밖
출입도 뒷마당의 정원까지가 전부였다. 정원은 지난봄과 여름 전
혀 돌보지 않았음에도 불구하고 어머니의 손길 아래 싱싱하게 되
살아나 있었다. 전화벨은 한 번도 울리지 않았다. (누가 전화를 하
겠는가?) 편지도 전혀 오지 않는 것 같았다.

어머니는 아침마다 버터 샌드위치나 바나나 설탕 절임, 반을 갈
라 소금을 친 감자, 오트밀 쿠키 같은 것들로 도시락을 만들어 종
이봉투에 싼 뒤 부엌 조리대에 올려놓았다. 종이봉투에는 짤막한
쇼핑 목록과 몇 달의 돈이 들어 있곤 했다. 가장 괴로운 것은
옷을 입을 때였다. 버나뎃은 30년 묵은 옷들을 가지고 최대한 덜
괴상한 조합을 만들기 위해 머리를 쥐어뜯어야 했다.

하지만 학교에서 버나뎃은 열두 살 먹은 데타 다우니로 문제없이
받아들여졌다. 피아자 부인은 출생증명서를 한 번 보고는 서류철
에 끼워 넣었다. 버나뎃은 사회보장 번호의 마지막 네 자리 숫자
를 지어내서 적었다. 사람들이 굳이 그런 걸 확인할 것 같지는 않

았다. 버나뎃은 여러 서류에 어머니의 서명을 위조해 넣었고, 어머니의 이름도 약간 바꾸었다. 하지만 의료 기록은 지어낼 수가 없어서, 어느 날 오후 메인 거리의 보건소에 가서 소매를 걷어붙이고 간호사 앞에서 고개를 돌렸다. 하지만 출산의 고통에 비하면 주삿바늘쯤이야 아무것도 아니었다.

놀랍게도 버나뎃은 학교에 다니는 일이 즐거웠다. 학교는 자신이 기억하고 있던 끔찍한 감옥이 아니었다. 가장 좋은 건 사회 시간이었는데, 사회를 가르치는 포스낵 선생님이 아는 것도 많고 재미도 있었기 때문이다.

"지금은 아주 간략하게 설명했지만, 구체적인 내용으로 들어가면 최대한 지루하게 할 거예요."

어느 날 선생님은 유럽 역사의 한 세기를 완전히 훑은 뒤 말했다. 버나뎃은 와하하 웃음을 터뜨렸다가 아이들의 눈길을 한 몸에 받았다.

포스낵 선생님은 깡마른 몸에 머리카락이 거의 없는 중년의 남자였다. 하지만 그는 교사로서의 통솔력을 가지고 수업을 이끌었다. 어떤 교사들은 몇몇 남학생들의 장난 — 의자에 앉아 몸을 앞뒤로 흔들거나, 책상을 양옆으로 기울이며 부릉부릉 소리를 내거나, 콧구멍에 연필을 매달거나 하는 — 때문에 수업을 거의 진행하지 못했다. 화학 교사인 그리자드 선생님은 말썽꾸러기들을 다른 아이들에게서 떼어놓는 일에 강의보다 더 많은 시간을 바쳤다. 하지만 어쩌면 화학 시간에는 꼭 필요한 일이기도 했다. 말썽꾸러기 남학생들과 특정 반응 물질이 만나면 위험할 수도 있기 때문이다.

백스터 집안의 쌍둥이 더피와 카일도 화학 시간에 버나뎃 뒤에 앉았다. 바로 어제 있었던 일이다. 버나뎃이 칠판에 적힌 내용을 열심히 필기하고 있는데, 갑자기 공중에서 '우지끈' 하는 소리가 울렸다. 버나뎃은 어디서 나는 소리인가 궁금해서 재빨리 뒤를 돌아보았고, 옆자리의 친구는 책상 밑으로 사라졌다.

카일과 더피가 흰 거품을 뒤집어 쓴 채 웃고 있었다.

"이야, 정말 멋진걸!"

둘 중 누군가가 말했다.(버나뎃은 둘을 전혀 구별하지 못했다.)

그 후로 그리자드 선생님은 중탄산나트륨과 식초가 든 보관함을 잠그고 쌍둥이들을 앞줄의 양쪽 끝으로 떨어뜨려 놓았다.

포스냅 선생님은 아이들의 어처구니없는 장난을 대개 무시했지만, 이따금 장난이 심한 아이를 교실 앞으로 불러냈다. 그러면 아이는 수업이 끝날 때까지 다른 아이들에게 등을 돌린 자세로 교실 바닥에 앉아 있어야 했다. 포스냅 선생님은 아이가 무엇을 잘못했는지 구구절절 말하지 않았다. 그저 이름을 부르고 아이가 나와 앉아야 할 교실 앞의 리놀륨 바닥을 가리켜 보일 뿐이었다. 버나뎃은 그의 이런 당당한 행동에 감탄했다. 실제로 어떤 아이들은 포스냅 선생님을 한 방에 날릴 수 있을 만큼 덩치가 컸기 때문이다.

사회 수업은 이민의 역사 부분으로 접어들고 있었다. 그것은 버나넷이 예전부터 다시 한번 제대로 공부하고 싶었던 내용이었다. 버나넷은 어쩌다 공영 방송 다큐멘터리의 일부를 볼 때를 빼고는 따로 그걸 알아볼 시간을 내지 못했다. 숙제를 위해서 버나넷은 공공 도서관에 가서 지난 몇 년 동안 마음만 먹고 읽지 못한 책들을 빌려야겠다고 생각했다. 『안젤라의 재』나 『문명의 구원자 아일랜드 인』 같은 책들은 몇 년 전 크리스마스 때부터 버나넷의 침대 옆 탁자에 놓여 있었지만 읽지 못했다. 지금 집으로 달려가서 그 책들을 가져올 수 없다는 게 안타까웠다. 수업이 끝나고 집에 돌아와 숙제를 모두 마쳐도 잠들기 전까지는 시간이 아주 많았다. 그래서 겨우 석 주가 지나는 동안 버나넷은 지난 3년 동안보다 더 많은 책을 읽었고, 어느덧 집에 있는 책들만으로는 부족해졌다. 공공 도서관에 가고 싶었지만, 버나넷 나이의 학생이 대출 카드를 만들려면 부모님과 함께 가야 했던 기억이 희미하게 났다. 물론 버나넷은 대출 카드가 있었지만 지금 자신은 데타 다우니였다. 데타 다우니가 버나넷 맥브라이드의 카드를 사용할 수는 없었다. 게다가 버나넷은 어른이었던 시절 패트릭과 케빈에게 책을 빌려다 주고 닐을 동화 교실에 데리고 가느라 도서관에 자주 드나들었기 때문에, 도서관 사람들에게 익숙한 얼굴이었다.

포스낵 선생님은 칠판에 기다란 가로선을 하나 긋더니 띄엄띄엄한 간격으로 짧은 세로선을 눈금처럼 표시했다. 수업 시작종이 울리자, 선생님은 평소처럼 문을 닫고 수업을 시작했다.

"이민자들에 대해 우리는 몇 가지 환상을 가지고 있습니다. 우리 자신을 위대한 집단으로 여기는 그런 환상이지요."

그는 손바닥을 탁탁 부딪쳐서 손에 묻은 분필 가루를 털었다.

"미국으로 건너온 사람들은 자기 나라에서 가장 뛰어난 집단이었다, '기회의 땅'에서 운명을 열어 보겠다는 개척 정신이 넘치는 사람들이었다, 뭐 그런 이야기들이지요. 어디서 많이 들어본 이야기인가요?"

몇몇 아이들이 웃음을 터뜨렸다.

버나뎃은 선생님이 무슨 이야기를 하려는지 알 수 있었다. 버나뎃의 어머니는 아일랜드를 떠나지 않았다. 떠밀려 왔을 뿐이다. 전통적으로 아일랜드에서는 아들에게만 땅을 물려주었다. 딸이 유산을 받는 경우는 아들이 없을 때뿐이었다. 어머니 집안에는 남자 형제가 둘에 여자 형제가 다섯이었다. 딸들을 중학교 이상 가르칠 돈도 없었고, 교육받지 않은 여자가 직업을 얻을 수 있는 길도 없었다. 버나뎃의 두 외삼촌 가운데 한 분은 성직자가 되었고, 다른 한 분이 농장을 물려받았다. 이모 한 분은 수녀가 되었고, 나머지 여자 형제는 모두 미국으로 건너와야 했다.

포스낵 선생님이 말을 이었다.

"하지만 이제 그런 이야기는 모두 잊어버리세요. 사실이 아니니까요. 이민자들 가운데 인터넷 벤처 사업 같은 것을 일으킬 야심을 품고 미국으로 건너온 사람은 없습니다. 그 당시의 상황을 제대로 말해 볼 사람?"

아무도 손을 들지 않았다. 모두가 언제나 잠잠했다. 버나뎃도 가만히 있었다.

포스낵 선생님은 첫 번째 눈금에 '1492'라고 써넣고 두 번째 눈금까지 화살표를 그린 뒤 거기다 '1812'라고 썼다.

"유럽인들의 이주가 시작되고 3백 년이 지나는 동안 미국에 이주한 집단 가운데 가장 규모가 컸던 것은 아프리카 인들입니다. 이들 중 미국에서 새로운 운명을 개척하기 위해 온 사람은 한 명도 없습니다."

그리고 선생님은 칠판에 찰스턴, 뉴올리언스, 서배나 같은 지역 이름을 써넣었다.

포스낵 선생님은 아프리카 인들을 '동화'시키기 위해 펼쳐진 여러 가지 일들을 이야기했다. 이름을 빼앗고 언어를 빼앗고 결혼을 못하게 하고 경매장에서 가족을 흩어놓는 등의 이야기. 버나뎃은 1950년대에 20대 초반의 나이로 뉴욕에 도착한 부모님을 떠올렸다. 떠나고 싶어 떠난 고향은 아니었지만, 어쨌건 어머니는 사슬에 묶여 끌려오지는 않았다. 이곳에 와서도 어머니는 미국 사회에 동화 되기를 거부했다. 그것은 아프리카 인들에게서는 선택 사항이 아니었을 것이다. 반면에 버나뎃의 아버지는 철저하게 미국인이 되었다. 아버지는 군대에 들어갔는데, 군 복무를 마치면 정부에서 대학 학비를 대 주었기 때문이다. 아버지는 뉴욕 연고의 스포츠 팀들에도 애정을 쏟았다. 운전을 배운 뒤에는 어머니에게도 운전을 배우라고 간곡히 부탁했다. 그래야 어머니를 항상 떼놓고 다닐 수 있기 때문이었다.

버나뎃이 이런 생각에서 깨어나 보니, 역사는 백 년이 지나가 있었다. 포스낵 선생님은 긴 시간을 껑충껑충 뛰어다니며 수업을 했다. 마지막 눈금에는 '1902'라는 글이 씌여져 있었고, 선생님은 시어도어 루스벨트 대통령이 해마다 백만 명씩 밀려오는 이민자들 때문에 고민하기 시작했다는 이야기를 하고 있었다. 버나뎃 왼쪽에 앉은 여학생은 맹렬히 필기를 했다. 버나뎃도 포스낵 선생님이 칠판에 그린 선을 베껴 그렸다. 무슨 퀴즈를 내기 위한 그림 같았다.

수업 막바지에 포스낵 선생님은 아이티 난민과 쿠바 뗏목 탈출자들, 그리고 국경을 넘어 불법 입국하는 멕시코 인들, 그리고 동유럽 공산주의의 몰락에 대해 이야기했다. 지역 이름과 숫자가 온 칠판을 뒤덮었다. 선생님은 분필을 내려놓고 다시 손을 털더니 칠판을 가리키며 말했다.

"오늘 이렇게 긴 역사를 한꺼번에 살펴본 것은 우리가 어디서 왔는지 여러분이 생각해 보기를 바라기 때문입니다."

그는 각 줄에 앉은 학생의 숫자를 세더니 줄별로 맨 앞에 앉은 학생들에게 프린트물을 나누어 주었다.

"이걸 뒤로 돌려요. 도서관에 가도 좋고 가족이나 친척에게 이야기를 들어도 좋고, 인터넷을 검색해도 좋아요. 어쨌건 내가 지금 나눠 준 프린트에 어떻게 해야 할지 써 났으니까, 미국 이민의 전체 역사 속에서 여러분 가족의 역사를 한번 정리해 보세요. 할아버지한테 들은 이야기만 달랑 쓴다고 되는 게 아니에요. 이 숙제에서 예외는 데타 다우니 한 사람뿐이에요. 데타는 자신이 직접 이민을 온 경우니까 자기 입장에서 써도 돼요."

데타는 공책에 박혀 있던 고개를 들었다. 얼굴이 화끈거렸다. 포스낵 선생님은 살짝 웃어 보였다. 데타의 대답을 기다리는 듯한 모습이었다.

"어, 저는 여기서 태어났어요. 그러니까 엄밀히 말하자면 저는 이민자가 아니에요."

버나뎃은 간신히 말했다.

"아! 그러면 이민을 나갔다가 다시 들어온 거군요. 데타는 정말 할 이야기가 많겠어요."

선생님은 그렇게 말했다.

무슨 일인지 그걸 알아야 말이죠. 버나뎃은 생각했다. 그걸 알아야 말이죠.

패트릭
9월 16일~25일

받는 사람 : bmcbride@newsday.com
보내는 사람 : pmcbride@saltzmanms.edu
제목 : 도와줘요, 엄마
보낸 날짜 : 9월 16일 오후 2:36:12 서머타임 적용

안녕하세요, 엄마. 제가 보낸 메일에 엄마가 답장하지 않은 거 잘 알아요. 요즘은 메일함에 접속하지 못하시나 봐요. 언제라도 답장만 주세요. 그냥 식구들이 모두 엄마를 그리워한다는 소식을 전하고 싶어서요.
　집이 엉망진창이에요. 엄마 기분을 망치려고 하는 소리가 아니에요. 그냥 그렇다는 거예요. 그러니까 엄마가 집에 돌아오시게 되면 미리 메일을 보내 주세요. 그래야 집을 청소해 둘 테니까요. 쓰레기 버리는 건 제 담당인데요, 아무도 재활용 분류를 제대로 안 해요. 아빠도 신문지를 그냥 쓰레기통에 버리거든요. 제가 그렇게 하지 말라고 부탁을 했는데도 말이에요.

케빈은 더러워진 옷을 빨래 바구니에 넣지 않아요. 그냥 여기저기 던져 놓죠. 제가 고자질쟁이가 된 건 아니에요. 그냥 지금은 집에서 아무도 제 말을 듣지 않는다는 거예요. 아빠는 집에 오면 빨래를 하시려고 하지만, 세탁이 끝난 다음에 빨래를 건조기에 넣는 걸 매일 잊어버려요. 뒤늦게 기억해 낸 아빠가 가 보면 젖은 빨래에 곰팡이가 피어 있어서, 섬유 유연제를 아무리 넣어도 포장에 씌어진 산들바람 냄새라던가 봄꽃 향기 같은 게 절대로 안 나요. 전부 지하실 냄새만 나죠. 닐은 며칠 동안 계속 그 냄새를 풍기면서 학교에 갔어요. 어쨌건 그 옷들은 빨래를 하긴 한 거니까요. 그 냄새는 아주 가까이 가야 맡을 수 있어요.

그런데 닐한테 가장 끔찍한 건 그게 아니에요. 매일 입 주변에 땅콩버 터랑 토마토소스를 묻히고 다닌다는 거죠. 닦아 주려고 해도 도대체 가 만히 있어야 닦아 주죠. 아예 딱지처럼 딱딱하게 달라붙어 있다니까요. 목욕을 하고 나도 얼굴은 여전히 더러워 보여요. 케빈은 아무 도움이 안 돼요. 그냥 깔깔거리기만 해요.

그동안 피자를 정말 많이 먹었어요. 이제 케빈조차도 집에서 요리한 음 식을 더 좋아할 것 같아요. 한번은 내가 밤에 계란 프라이를 만들었는 데, 믿어지지 않겠지만 케빈이 그걸 먹었어요! 토스트랑 같이요. 케빈이 지금껏 먹은 것 중에 그게 가장 건강에 좋은 음식이었을지도 몰라요. 닐 도 해피밀 햄버거 세트를 엄청나게 많이 먹었는데, 글쎄 닐은 그걸 먹으 면 행복해진다 하고, 아빠는 닐이 행복해지면 좋대요.

걸레질 같은 건 전혀 하지 않아요. 부엌 바닥에 끈끈한 게 달라붙어 있는데, 떼어 내려고 해도 잘 안 떨어져요.

　하지만 그건 그렇게 중요한 일이 아니에요. 왜냐면 이제 부엌에서 식사하는 일이 별로 없으니까요. 요즘 우리는 외식을 진짜로 많이 했어요. 피자가 떨어졌거든요. 그것 말고도 팝타츠, 시나몬 토스트 크런치, 퍼지 샌드위치 쿠키, 라이스 크리스피즈 바, 치즈 닙스, 거기다 건포도(포도가 떨어져서 제가 닐의 도시락에 건포도를 넣었어요.), 과일 젤리, 주스, 그 밖에도 많은 것들이 떨어졌어요. 아침에 저는 닐에게 올브랜 시리얼을 줘요. 오트밀 빼면 집에 남은 시리얼은 그게 다니까. 하지만 닐은 그것도 안 먹으려고 해요. 사실 먹음직스런 모양은 아니더라고요. 아빠가 필요한 식품의 목록을 만들라고 해서 만들었는데 어디다 두었는지 모르겠네요. 도브스 선생님이 안 보시는 동안 이메일을 프린트 하는 게 좋을 거 같아요.

　케빈은 날마다 숙제가 없대요. 하지만 그건 거짓말이에요. 내가 5학년 때는 날마다 숙제가 있었으니까요. 크리스마스 방학 전날이라든가 그런 날만 빼면요. 어쨌거나 케빈은 내 말은 들은 척도 안 해요. 그리고 아빠는 케빈 숙제 같은 건 지금 걱정할 거리도 안 된대요. 케빈의 성적이 어떻게 나올지 정말 걱정이에요. 나는 그러다가 큰코다친다고 말했지만, 내 말이라면 콧방귀도 안 뀌어요.

　학교는 괜찮아요. 컴퓨터 수업도 좋고요. 메일 보내는 것도 좋아요. 일기 쓰는 것하고 비슷하면서도 별로 멍청해 보이지 않잖아요. 일기는 여자애들이나 쓰는 거죠. 그렇죠, 엄마? ^^;; 사회 수업도 좋아요. 사회 선생님은 포스낵 선생님인데, 좋은 선생님이지만 숙제를 많이 내는 게 좀 문제예요. 우리 가족의 '이주 역사'를 조사해 가야 돼요. 숙제 때문에 외할머니가 생각났어요. 할머니가 계셨으면 지겹도록 이야기를 많이 해 주셨을 텐데. 할 수 없이 저는 학교 도서관에 가야 돼요. 엄마, 우리 교회에 다니는 피츠제임스 선생님 알죠? 그 분이 사서 선생님이에요. 피츠제임스 선생님이 책을 몇 권 소개해서 그 중 한 권을 읽었어요. 아일랜드 여단이 남북전쟁 때 싸웠다는 이야기였어요. 좋은 책인 것 같긴 한데, 그게 우리 가족 이주 역사에 대한 숙제에 무슨 도움이 될지는 모르겠어요. 남북전쟁이 일어났을 때 여기 살았던 친척이 없잖아요. 그러니까 숙제 마감일이 되기 전에 엄마가 오셔야 되는데. 아빠가 대답 못하는 질문들이 아주 많거든요. 엄마가 빨리 돌아오시지 않으면 아빠 쪽 이주 역사를 조사해야 되는데, 그건 너무 어려운 일이에요. 아빠 말에 따르면 아빠네 집안은 온 유럽에서 모인 '잡동사니' 가족이니까요. 일단 제가 아일랜드에 대해 조사를 시작했으니까 계속 이걸 하는 게 좋겠죠? 엄마가 빨리 오실 수 없다면 메일로 몇 가지만이라도 알려 주세요.

닐도 엄마가 보고 싶대요. 아빠도 마찬가지지만 겉으로는 말을 안 하세요. 케빈과 TV 리모컨의 관계는 전보다도 훨씬 깊어졌어요. 리모컨이 없어져야 케빈은 비로소 정신이 들 거예요.

엄마, 빨리 돌아오세요. 그리고 답장해 주세요. 말썽 안 부릴게요.

받는 사람 : bmcbride@newsday.com

엄마, 지난번에 엄마한테 보낸 메일을 다시 읽어 봤어요. 장을 볼 물건들을 확인하려고 프린트해 두었거든요. 그런데 메일을 읽어 보니까 온통 짜증나는 이야기만 가득하더라고요. 그걸 보면 엄마가 집에 오고 싶어지지 않을 것 같았어요. 하지만 오늘은 좋은 소식도 있어요! 아빠가 파출부 아줌마를 불렀다는 거예요. 아줌마는 어저께 하루 종일 일을 했어요. 학교에서 집에 돌아와 보니까 내 옷장이랑 케빈의 옷장 위에 깨끗한 빨래가 높다랗게 쌓여 있는 거예요. 케빈은 옷을 정리해 넣지 않아서 잠잘 무렵이 되니까 쓰러진 옷더미가 방바닥에 뒹굴었지만, 그래도 깨끗한 옷들이 뒹구는 게 어디예요?

어젯밤에 아빠는 과외 선생님을 구해서 오후에 우리 숙제를 돕게 하신다고도 했어요. 아빠가 이 말을 하면서 케빈을 똑바로 바라보았는데, 그렇다고 케빈이 알아들었을까요? 케빈은 게임보이를 하면서 이야기를 들었으니까, 아빠 말씀이 다 별나라 이야기 같았을 거예요.

그리고 또 말하고 싶은 거는요, 우리 모두 엄마를 아주 보고 싶어 하지만, 그래도 잘 지내고 있다는 거예요. 아빠는 예전보다 집에 일찍 오시고요, 우리를 미니 골프장에도 데려가고 영화관에도 데려가고 그랬어요. 재미있었어요.

받는 사람 : bmcbride@newsday.com

보내는 사람 : pmcbride@saltzmanms.edu

제목 : 닐의 숙제

보낸 날짜 : 9월 21일 오후 2:48:12 서머타임 적용

엄마, 엄마가 좋아하실 소식이 있어요. 아빠가 웃었어요. 요즈음 들어 아빠가 웃는 걸 처음 본 것 같아요. 닐이 학교 숙제로 작문을 했거든요. 아빠가 그걸 보더니 "말도 안 돼! 닐은 도대체 글을 쓸 줄 모르는구나!" 하셨어요. 닐은 화가 나서 "글을 왜 쓸 줄 몰라요? 그린 선생님이 맞춤법은 너무 걱정하지 말라고 그랬단 말예요. 머릿속에 든 생각을 쓰고 맞춤법은 천천히 고치라고 그랬어요." 하고 소리쳤죠. 그래서 내가 아빠한테 3학년이 되어야 작문 시험을 보고, 선생님들도 우리가 네 단어 정도만 이어 쓸 줄 알게 되면 바로 작문 연습을 시키니까 아직은 걱정할 게 없다고 말했어요. 그러는데 옆에서 케빈이 끼어들었어요.(케빈은 일주일 동안 TV를 마음대로 못 보게 됐어요. 케빈의 수학 선생님이 아빠한테 전화를 걸어서 케빈이 수학 숙제를 한 번도 안 냈다고 말했거든요.) 우리의 똘똘이 케빈은 어떻게 해야 작문을 하는지 자기가 다 안다고 그랬어요. 그래서 아빠하고 나는 조용히 물러났죠. 재미있는 일이 벌어지겠다는 생각이 들어서요.

케빈이 닐에게 "주제가 뭐야?" 하고 물었어요.

"아무 거나 다 돼. 어쨌건 문장이 네 개를 넘어야 돼." 닐이 대답했어요.

"좋아, 닐. 그렇다면 우선 네가 할 일은 글감을 찾는 거야."

케빈은 글감을 찾아 주변을 두리번거렸어요.

"그러니까 글감이 러그래츠 과일 스낵이라고 생각해봐."

그러면서 케빈은 과자 상자를 닐 앞의 탁자 위에 놓았어요.(아빠가 드디어 식품점에 가서 장을 보았거든요.)

"먼저 '러그래츠 과일 스낵'이라고 쓴 다음에 그걸로 첫 번째 문장을 만드는 거야. 여기 상자에 있는 대로 베껴 써. 그런 다음에 '러그래츠 과일 스낵은 어떻다.'라고 생각나는 대로 쓰는 거야."

"러그래츠 과일 스낵이 어떤데?"

"몰라. 그거 먹는 사람은 너잖아. 그게 어떤지 네가 생각해 내야지."

"진짜 과일로 만들었다? 상자에 그렇게 써 있잖아."

"맞아, 좋아. 그대로 써봐."

닐은 종이 위에 끼적끼적 글씨를 썼고, 케빈이 말했어요.

"그런 다음 두 번째 문장은 첫 번째 문장의 말을 바꾸는 거야. '러그래츠 과일 스낵에는 진짜 과일이 들어 있다.' 이런 식으로."

닐은 그것도 그대로 적었어요.

"좋아, 이제 2루까지 갔어. 세 번째 문장이 제일 어려워. 왜냐면 세 번째 문장에서는 새로운 사실을 덧붙여야 하니까. 너 러그래츠 과일 스낵에 대해 더 아는 거 없어?"

"없어."

"야, 닐. 내가 네 숙제를 전부 다 해 줄 수는 없어. 너도 스스로 생각을 해야지."

"색깔이 여러 가지다?"

"좋았어. 그걸 문장으로 만들어 봐. '러그래츠 과일 스낵은 색깔이 여러 가지다.' 하는 식으로 말이야. 자 이제 3루야. 27미터만 더 가면 홈에 도착해. 결론만 쓰면 된다고. 결론은 뭐냐? 첫 번째 문장을 다른 방식으로 쓰면 돼."

"어떻게 다르게 써?"

"단어를 뒤섞는 거야."

"'진짜 과일이 러그래츠 과일 스낵 속에 들어 있다.' 이렇게 하면 돼?"

"닐, 너 천재구나. 그대로 써. 이제 홈인이야. 득점!"

이쯤 되니까 아빠는 웃지 않으실 수가 없었죠. 아빠가 케빈한테 도대체 누가 이토록 멋진 작문법을 가르쳐 주었냐고 물었더니, 케빈은 3학년 때 담임이던 로저스 선생님이라고 대답했어요. 아빠는 가볍게 한숨을 쉬고 그냥 넘어갔어요.

그런데 어제 닐이 집에 왔는데, 선생님이 작문 숙제 맨 위에 웃는 얼굴을 그려 넣고 '참 잘했어요!'라고 쓰지 않았겠어요?

그래서 오늘 아빠가 무엇보다 가정교사를 구하는 게 제일 급한 일이라고 말씀하신 거예요.

받는 사람 : bmcbride@newsday.com

보내는 사람 : pmcbride@saltzmanms.edu

제목 : 사고가 났어요

보낸 날짜 : 9월 22일 오후 3:00:24 서머타임 적용

엄마, 걱정시켜 드리려는 건 아니지만, 엄마가 집에 오면 케빈은 전보다 더 이상해 보일 거예요. 그래도 잘 지내요. 전에도 늘 그랬던 것처럼요.

무슨 일이냐면요, 케빈이 뒷마당에서 닐에게 '퍼클 슬라이드'라는 걸 가르치고 있었어요.(스케이트보드를 타고 탁자 같은 데 올라갔다가 내려가는 기술이에요.) 케빈이 땅에 내려왔을 때 스케이트보드가 빠져 나가는 바람에, 케빈은 팔꿈치와 머리 옆쪽을 땅에 꽈당 찧었어요. 저는 쿵 하는 소리와 "아야, 내 팔!" 하는 비명 소리만 들었죠. 당연히 케빈은 보호대를 하고 있지 않았어요. 머릿속은 안 다쳤지만, 어쨌건 머리 피부가 크게 찢어져서 스물네 바늘을 꿰매고 상처 난 자리의 머리카락을 몽땅 밀었어요. 팔은 부러진 게 아니라 그냥 뼈가 어긋난 거라서 가벼운 깁스를 했어요. 뒤로 조금 비틀렸대요. 제가 뒷마당에 달려 나갔을 때, 케빈의 팔이 아주 이상한 각도로 뻗어 있는 게 꼭 진흙 인형 겁피 같더라고요. 보기에도 굉장히 아플 것 같았어요.

하지만 아빠가 바로 응급 치료를 했어요. 아빠가 그렇게 빨리 움직이는 건 처음 봤어요. 아빠는 나더러 얼음이랑 수건이랑 구급약 상자를 가져오라고 한 뒤, 케빈을 데리고 병원에 가서 엑스레이를 찍었어요. 닐은 막 엉엉 울었지만, 아빠와 케빈이 떠나자 울음도 그쳤어요. 닐은 케빈 때문에 놀란 것 같아요. 더 이상 스케이트보드를 안 배우겠다고 그

러더라고요.

그런데요, 케빈은 울지도 않았어요. 아마 너무 놀라서 얼이 빠졌던 것 같아요. 그런데 집에 돌아오니까 전과 전혀 다름없어졌어요. 이제 스위치 타자가 되어서 왼손으로 리모컨 다루는 법을 배워야겠다나요? 그래서 모든 게 평소와 똑같아졌어요. 아빠는 출퇴근 간호사도 구해야 할 것 같다고 말씀하시네요.

받는 사람 : bmcbride@newsday.com
보내는 사람 : pmcbride@saltzmanms.edu
제목 : 과외 선생님
보낸 날짜 : 9월 23일 오후 2:36:00 서머타임 적용

아빠가 구한 과외 선생님은 대학생인데 이름은 브렌트예요. 어저께 처음 집에 왔어요. 키가 작아서 그런지 나이보다 어려 보이지만, 아주 똑똑하다고 아빠가 말씀하셨고요, 여름 캠프 때 자원 봉사자로 일해서 응급 치료도 할 줄 안대요. 과외 선생님은 화요일이랑 목요일에 오기로 했어요. 케빈은 그러면 TV 보는 시간이 줄어든다고 투덜대고 있어요. 케빈은 어저께 학교에 안 갔어요. 다친 데가 아팠으니까요. 하지만 아빠가 오늘은 케빈을 학교에 보냈어요. 케빈은 머리 옆쪽에 큼지막한 붕대와 반창고를 붙였어요. 그래서 스키 모자를 써서 가렸죠. 아빠는 닐한테 편의점 근처에 가지 말라고 그랬어요. 강도처럼 보일 거라고요.

받는 사람 : bmcbride@newsday.com
보내는 사람 : pmcbride@saltzmanms.edu
제목 : 까까머리 케빈
보낸 날짜 : 9월 24일 오후 2:36:12 서머타임 적용

선생님들이 케빈한테 학교에서는 스키 모자를 벗으라고 했대요. 그런데 아이들이 케빈 머리카락의 절반이 없어진 걸 보고 엄청 놀랬대요. 그래서 어저께 아빠는 케빈을 이발소에 데리고 가서 남은 머리도 모두 밀었어요. 그러고 나니까 케빈 본래의 괴짜 성격이 겉으로도 그대로 드러나는 것 같아요.

받는 사람 : bmcbride@newsday.com
보내는 사람 : pmcbride@saltzmanms.edu
제목 : 제목 없음
보낸 날짜 : 9월 25일 오후 2:48:36 서머타임 적용

엄마, 오늘 학교에서 깜짝 시험이 있었어요. 하지만 괜찮게 본 것 같아요.

아빠한테는 재미있는 소식이 있어요. 세쌍둥이를 분만시켰거든요. 아빠 담당 산모는 아니었는데 어젯밤에 호출을 받았어요. 아마 미숙아들인 것 같아요. 아빠는 엄마가 알았다면 매우 기뻐했을 거래요. 그 산모

는 태어날 아기들이 아들인지 딸인지 미리 알고 싶지 않다고 했대요. 그래서 그 아줌마 기록지에는 아기들의 성별이 표시되지 않았다는데, 요즘 그런 경우는 거의 없잖아요. 그래서 분만이 시작되자 사람들은 기대와 흥분에 사로잡혔대요. 첫 번째 아기는 사내애였어요. 두 번째 아기도 사내애였어요. 그런데 세 번째 아기가 나오자 간호사들이 소리를 지르며 환호했대요. 세 번째 아기는 여자 애였거든요. 아빠는 아주 오랜만에 눈물까지 흘렸대요. 그동안 분만실 일에 너무 익숙해져서 좀처럼 눈물을 흘리지 않았는데 말예요. 이야기를 다 하고 나서 아빠가 말했어요.

"너희 엄마도 같이 있었으면 좋았을걸. 엄마도 울었을 거야. 물론 기쁨의 눈물이지."

그래서 이 이야기를 엄마한테 해야겠다고 생각했어요. 엄마도 딸을 바랐을까 하는 생각도 잠깐 들었어요.

제가 쓴 메일들에 답장 같은 거 받을 생각은 없어요. 어쨌건 이렇게 편지를 쓰면 마음이 조금 나아져요. 엄마의 노트북 컴퓨터는 어디 있나요? 가지고 나가신 것 같은데. 어디 계세요?

버나뎃

버나뎃은 맹렬히 필기를 했다. 포스낵 선생님의 사회 시간에 미국 역사 속의 여성들에 대해 배우기 시작했기 때문이다. 하지만 선생님이 힐러리 클린턴이 루스벨트 대통령의 영부인인 엘리너를 영매를 통해 불러내 조언을 구한다는 농담을 해서 아이들을 웃겼을 때 버나뎃은 웃지 못했다.

'영매를 통해 불러낸다.'는 말이 버나뎃의 펜을 멈추게 했다. 한 달 전이었다면 버나뎃도 웃었을 것이다. 버나뎃은 과학으로 설명되지 않는 기이한 현상들을 거의 믿지 않는 편이었기 때문이다. 하지만 지금 자신에게는 무언가 초자연적인 현상이 일어난 게 분명했다.

창밖에서는 붉고 노란 단풍잎들이 공중을 빙글빙글 맴돌면서 땅바닥으로 떨어졌다. 나한테 일어난 이 일이 다른 사람들한테 일어났다면 어땠을까? 만약 이게 내가 확인해야 하는 사건 제보였다면? 물론 들어오는 제보를 다 확인하는 것은 아니다. 신문사에는 헤아릴 수 없이 많은 기이한 사건들이 제보되니까. 하지만 정신이 멀쩡하고 똘똘해 보이는 열두 살짜리 여자 애가 실제로 자기는 마흔 살이며, 아이가 셋 있다고 말하는데, 또 다른 집에서는 세 아이의 엄마가 사라졌다면 어땠을까? 내가 여자 애의 이야기를 확인해 보았다면? 그렇다면 나는 그걸 어떤 식으로 조사했을까? 분명히 나는 그걸 무시해 버리지는 않았을 거야.

그래, 어떻게든 조사해 보았을 거야, 버나뎃은 생각했다. 전문가에게 전화를 했겠지. 그런 비슷한 사건의 기록이 있는지 책과 신문을 찾아보았을 것이고.

왜 지금까지 그런 일을 안 한 거지? 그런 생각이 들자 버나뎃은 자신에게 화가 치밀어서 자기도 모르는 새 주먹으로 책상을 쾅 내리쳤다.

"데타 다우니?" 포스낵 선생님이 물었다.

"죄송합니다."

선생님은 놀란 표정이었다. 버나뎃은 선생님이 자기를 교실 앞으로 불러내서 아이들에게 등을 돌린 채 바닥에 앉게 하지 말기를 간절히 빌었다. 다행히 선생님은 버나뎃을 조금 더 바라보다가 수업을 재개했다.

버나뎃은 공책에 다시 열심히 글을 썼다. 예전에 말도 안 된다고 생각하며 밀쳐버렸던 여러 가지 주제들을 생각나는 대로 적었다. 윤회, 유체 이탈, 임사 체험, 영혼 교환, 또 뭐가 있지? 초감각 인지, 전생, 후생, 영혼 여행. 더 있나? 잘 생각해 봐, 버나뎃.

그때 수업을 마치는 종이 울렸고, 버나뎃은 방과 후에 도서관에 가야겠다고 결심했다.

사회 수업이 끝난 뒤 버나뎃은 평소처럼 사물함 앞에서 도나와 다른 두 친구 주디, 앤매리를 만났다. 버나뎃은 점심시간마다 이들과 함께 식사를 했다. 버나뎃은 친구를 사귄다는 게 조금 두렵기도 했다. 친한 친구끼리 묻는 허물없는 질문에 뭐라고 대답해야 할지 몰랐기 때문이다. 하지만 중학생 시절에 친구 한 명 없이 지낼 수는 없었다. 그런 식으로는 학교를 다니는 것 자체가 불가능했다.

버나뎃과 앤매리는 둘 다 도시락을 싸 왔기 때문에, 날마다 식탁에 자리를 잡는 역할을 했다. 앤매리는 중학교 2학년 세계의 각종 소문과 이야깃거리를 시시콜콜 전하는 걸 임무로 삼고 있었다.

"저 여자애 보여? 하얀 털 조끼 입은 애 말이야. 쟤가 미나야. 미나는 에리카랑 제일 친한데, 에리카는 가슴에 'GAP'이라고 씌어진 티셔츠 입은 애야. 그런데 저기 꽃무늬 셔츠를 입은 캐이틀린은 에리카가 자기랑 제일 친하다고 생각하면서 미나를 아주 싫어하지."

"그러면 에리카는 미나랑 같이 점심 먹는 걸 캐이틀린한테 뭐라고 설명해?" 버나뎃이 물었다.

"저기 털 스웨터 입고 캐이틀린이랑 같이 앉아 있는 애 보여? 저 애는 케이티야. 에리카하고 케이티는 서로 앙숙이야. 왜냐면 둘 다 카일 백스터랑 사귀었거든. 그래서 에리카가 캐이틀린한테……."

"카일 백스터가 누구랑 사귄 적이 있단 말이야?"

버나뎃은 앤매리의 이야기에 머리가 띵해져서 물었다.

"사귄 적이 있냐고? 걔는 완전 바람둥이야."

"바람둥이?"

"그래. 걔는 남들이 볼펜을 모으는 것처럼 여자 애들을 수집한다고."

도나와 주디가 식판을 들고 자리로 왔다. 덕분에 버나뎃은 패트릭 맥브라이드도 완전 바람둥이인지 어떻게 물어봐야 하나 하는 고민에서 해방되었다. 솔직히 알고 싶은 마음도 없었다. 어린아이는 아니지만 아직 어른도 아닌 상태가 얼마나 혼란스러운 건지 버나뎃은 기억이 나지 않았다.

"11월에 백스트리트 보이스가 나소 경기장에서 공연한대!"

주디가 탁자 위에 식판을 내려놓으며 말했다.

"너 갈 거야?" 앤매리가 물었다.

"우리 다 같이 가야지." 도나가 말했다.

"아빠한테 차로 태워다 줄 수 있는지 물어볼 거야. 입장료가 얼마나 하니?" 앤매리가 말했다.

"비싸. 하지만 나는 아기 보는 아르바이트로 돈을 좀 모았어. 너는 어때, 데타? 너는 백스트리트 보이스 안 좋아하니?" 주디가 물었다.

"어……."

버나뎃이 기억을 더듬어 보니 패트릭은 백스트리트 보이스를 별로 안 좋아하는 것 같았다. '뻐끔 가수'라고 말했던 게 생각났다.

도나가 끼어들었다.

"데타는 백스트리트 보이스가 누군지 모를 수도 있어. 아일랜드 음악도 여기랑 똑같니?"

그런가? 버나뎃이 알 리가 없었다.

"어…… 거기도 라디오는 있어."

버나뎃은 어떻게 대답을 해야 나중에 문제가 되지 않을지 고민하며 더듬더듬 말했다.

그때 왼쪽에서 어떤 여자 애가 말했다.

"여기 사람 있어?"

버나뎃은 옆 의자에 둔 가방을 치우려고 들고 있던 샌드위치를 내려놓고 고개를 돌렸다. 그때 검은 가죽 부츠를 신은 발이 버나뎃의 가방을 퍽 차서 바닥에 떨어뜨렸다.

"이런!"

그 아이는 빅토리아였다. 컴퓨터 시간에 싸웠던 금발 머리 빅토리아가 커다란 음료수를 식판에 담아 들고 서 있었다. 테이블 맞은편에는 빅토리아의 단짝, 그러니까 컴퓨터실에서 버나뎃의 자리에 앉고 싶어 했던 아이가 앉아서 고개를 가슴에 박고 웃었다.

빅토리아는 식판을 손에서 떨어뜨리고 뒤로 물러섰다. 식탁에 덜

그렁 하는 소리가 났다. 음료수가 출렁거리며 테이블 위로 흘러넘쳐 버나뎃의 무릎 위로 쏟아졌다. 버나뎃과 도나는 쏟아진 음료수를 피해 자리에서 벌떡 일어났지만, 둘 다 셔츠 앞자락에 적갈색의 커다란 얼룩이 묻고 말았다.

"이런!"

빅토리아가 다시 말했다. 그 아이는 식판을 떨어뜨리는 순간 이미 뒤로 물러나 있었다.

"아까워라. 하지만 그렇게 목이 마르지는 않았으니까. 가자, 크리스틴."

그런 뒤 둘은 팔짱을 끼고 눈앞에서 사라졌다.

"저…… 나쁜 계집애!"

버나뎃의 눈에 불길이 타올랐다.

"내가 네 엄마가 아닌 걸 다행으로 알아라!"

그런 뒤 버나뎃은 자기가 무슨 말을 했는지 깨달았다. 도나와 앤 매리가 이상하다는 눈길로 자신을 바라보고 있었다.

"그러니까 내 말은 내가 쟤 엄마한테 안 이를 거니까 그걸 다행으로 알라고."

화제를 다른 곳으로 돌려야 돼, 빨리.

"도나, 너 많이 젖었니?"

"조금." 도나가 대답했다.

주디가 배식대로 달려가서 냅킨 한 움큼과 행주를 가지고 왔다.

"그런데 왜 그런 거야?"

주디가 버나뎃을 바라보며 물었다. 도나와 버나뎃은 냅킨을 반으로 갈라서 옷을 훔치기 시작했다.

"내가 컴퓨터 시간에 빅토리아 옆자리에 앉는데, 그 자리는 원래 그 애가 친구한테 주려고 맡아 놨던 자리거든. 그것 때문에 벌써 몇 주일째 나를 괴롭히고 있어."

세 친구가 모두 알겠다는 듯 고개를 끄덕였다.

도나가 블라우스의 얼룩에 냅킨을 눌러대며 말했다.

"쟤는 원래 저래, 데타. 빅토리아랑 다른 수업은 안 듣니?"

"체육 수업도 같이 들어. 저 애랑 그 친구랑 둘 다. 아, 또 하나 생각났다."

"뭔데?"

"지난주에 체육 시간 끝나고 옷을 갈아입으러 갔더니 옷이 모두 젖어 있었어."

"쫄딱 젖었어?" 앤매리가 물었다.

"응." 버나뎃이 대답했다.

"샤워를 시켰군." 앤매리가 말했다.

"샤워라니?" 버나뎃이 물었다.

"우리 언니가 그러는데, 언니네 학년에 모두가 싫어하는 여자 애가 있대. 그래서 그 여자 애의 옷을 샤워실에 갖다놓고 물을 틀어놨대. 그리고 옷이 완전히 젖은 다음에 사물함에 도로 넣어놓았대."

"말도 안 돼!"

버나뎃이 소리쳤다. 내가 중학교에 다닐 때도 아이들이 이토록 심술궂었다는 말인가? 그랬다. 생각해 보니 그랬다. 그때도 아이들은 심술궂었다. 적어도 일부는.

"우리 언니가 그러는데 누가 그랬는지 다 알았대. 그래도 아무도 아는 척을 안 했대. 다음번에는 자기가 그런 일을 당할까봐 겁이 나서."

버나뎃은 빅토리아가 그와 똑같은 일을 충분히 저지를 만한 아이라고 생각했다. 그때는 그 사건을 빅토리아와 관련짓지 못했는데, 이제 돌아보니 그날 컴퓨터 시간에 빅토리아가 자기 친구에게 몇 번이나 "여기 퀴퀴한 냄새 안 나냐? 곰팡내 같은 게 나는데?"라고 말했던 게 생각났다. 그때 버나뎃은 빅토리아가 누군가의 몸에서 나는 냄새를 두고 썰렁한 농담을 한다고 생각했다.

"그래서 젖은 옷을 도로 입었어?" 주디가 물었다.

"아니. 손 건조기에 대고 말리려고 해 봤는데, 그러다간 몇 시간이 걸릴 것 같아서 그날은 그냥 체육복 차림으로 다녔어. 다행히 외투는 다른 사물함에 있었거든. 그래서 체육복 위에 외투를 입었지."

도나가 말했다.

"생각난다. 그때 좀 이상하다고 생각했지. 하지만…… 물어볼 생각은 못했어."

버나뎃의 옷차림은 늘 이상했지만, 착한 도나는 그에 대한 말을
한 번도 하지 않았다.

버나뎃이 마른 냅킨으로 젖은 얼룩을 닦아 내면서 말했다.

"다른 사람이 일부러 그런 일을 했을 거라고는 생각 못 했어. 나
는 사물함에 물이 새거나 수도관 같은 게 터졌나 하고 사물함 안
쪽만 열심히 살펴봤지."

"사물함에 자물쇠 없어?" 도나가 물었다.

"응, 없어."

"하나 마련하는 게 좋겠다." 앤매리가 말했다.

점심 식사 후 도나와 버나뎃은 함께 수학 교실로 갔다.

"네 옷이 더러워져서 미안해."

버나뎃이 도나에게 말했다.

"옷만 좀 더러워진 건데 뭐. 너는 갈색 물방울무늬 옷이라서 다
행이다. 얼룩이랑 무늬랑 잘 구별이 안 돼."

도나는 자기 사물함 앞에 서서 오후 수업에 필요한 책들을 꺼
냈다.

다행이지, 버나뎃은 생각했다. 피아자 부인이 나를 빅토리아 같
은 아이가 아니라 도나에게 소개해 준 게 다행이고말고. 하지만
곧 버나뎃은 그게 우연한 행운은 아니라는 걸 깨달았다. 피아자

부인이 학생들을 모르고 있을 리 없었으니 말이다.

"데타, 체육 시간에는 친구가 있니?"

수학 교실에 자리를 잡고 앉자 도나가 물었다.

"나는 너하고 주디하고 앤매리 빼고는 친구가 아무도 없어."

"그렇구나. 몇 교시지?"

"5교시잖아."

"아니, 체육 수업 말이야. 너 체육 시간이 몇 교시야?"

"아, 2교시."

"내일 수업 시작 전에 내가 체육관 앞으로 갈 테니까 탈의실로 바로 들어가지 말고 기다려. 그리고 되도록 빨리 체육관 앞으로 와."

퍼맷 선생님이 X값과 Y값에 대해서 나른한 말들을 쏟아 내는 동안, 버나뎃은 남은 돈이 얼마인지를 헤아려 보았다. 철물점에 가서 자물쇠를 사야 했다. 집 정원 창고에 자물쇠가 걸려 있었지만, 온 집 안을 뒤져도 거기에 맞는 열쇠를 찾을 수 없었다. 오늘 장을 보고 나면, 이제 남는 돈은 20달러 지폐 한 장뿐이었다.

버나뎃은 방과 후 곧장 집으로 가서 온풍기 철망 뒤에 숨겨 둔 가방을 꺼냈다. 24달러가 있었고 동전도 많았다. 버나뎃은 지갑에 꽂아 둔 현금 카드와 도서관 대출 카드를 꺼내서 헐렁한 청바지 주머니에 쑤셔 넣었다.

집에 아무도 없는 걸 보니, 어머니는 뒷마당에 나가 있는 모양이었다. 버나뎃은 어머니를 찾아 부엌 창밖을 내다보았지만, 어머니는 없고, 대신 온 몸이 까만 작은 토끼 한 마리가 콩깍지를 갉아먹고 있었다. 어라? 버나뎃은 어리둥절했다. 어린 시절 집 마당에는 검은 토끼가 자주 드나들었다. 하지만 어른이 된 뒤로는 전혀 본 적이 없었다. 숲에 토끼 가족이 사는 모양이었다. 어쨌거나 토끼가 마당의 작물을 갉아먹는 걸 보면 어머니가 별로 좋아하지 않을 것이다. 어머니는 어디에 계신 거지? 지하실에 내려갔나 싶었지만, 찾으러 내려가 볼 수는 없었다. 할 일이 많았기 때문이다.

버나뎃은 먼저 슈퍼마켓 앞에 설치된 현금 인출기를 찾아 300달러를 빼냈다. 인출 한도만큼 다 뽑은 것이었다. 돈은 20달러 지폐로 차곡차곡 포개져서 나왔다. 버나뎃은 한숨을 훅 들이쉬면서 두툼한 돈다발을 외투 앞주머니에 밀어 넣었다.

"아니, 데타 다우니 아니야?"

자동문이 열리면서 누군가 쇼핑 수레를 밀고 나왔다. 피아자 부인이었다.

버나뎃은 너무나 놀라서 그 자리에 얼어붙었다. 하지만 피아자 부인은 걸음을 늦추지 않고 그대로 앞으로 가 버렸다.

"안녕하세요."

버나뎃이 더듬더듬 인사했지만, 피아자 부인은 이미 등을 보이고 있었다. 부인은 내가 돈을 꺼내는 것을 봤을까?

버나뎃은 얼른 고무 매트 위로 올라섰고, 자동문이 열리자 슈퍼마켓의 서늘한 공기 속으로 들어갔다. 왜 이렇게 가슴이 뛰는 거지? 버나뎃은 가슴을 진정시키기 위해 슈퍼마켓 이곳저곳을 훑어보다 나와서 철물점으로 갔다. 그리고 가장 싼 자물쇠를 샀다. 집으로 돌아갈 방법을 찾을 때까지 버나뎃이 쓸 수 있는 돈은 이게 전부일 게 분명했다. 제발 내게 집으로 돌아갈 방법을 알려 줘. 지금껏 한 수많은 거짓말이 들통 날지도 모른다고 생각하면 버나뎃은 온몸에 식은땀이 흘렀다.

그런 뒤 버나뎃은 도서관에 갔다. 대출 담당자는 모르는 사람이었다. 다행이었다.

"안녕하세요. 한 번에 책을 몇 권까지 빌릴 수 있나요?" 버나뎃이 물었다.

"이게 학생의 카드인가?"

뭐라고 대답해야 하나?

"왜 물어보냐면, 어른은 최대 50권까지 빌릴 수 있고 어린이는 10권까지밖에 못 빌리거든." 대출 담당자가 말했다.

"이건 우리 엄마 카드예요."

버나뎃은 그렇게 말하고 여백에 기다란 도서 목록을 적어 둔 사회 공책을 들고 컴퓨터를 향해 걸어갔다.

서둘러야 했다.

패트릭

패트릭은 날마다 오늘은 엄마에게서 답장 메일이 오겠지 하는 기대를 품고 학교에 갔다. 하지만 결과는 실망뿐이었다. 실망은 낙담으로 변했다. 사람들은 아무도 엄마를 찾으려는 노력을 하지 않았다. 패트릭은 다시 한 번 아빠한테 내슈빌의 경찰에 전화를 해 보자고 했지만 아빠는 고개만 저었다.

"패트릭, 그건 엄마가 농담으로 한 말이야. 엄마도 자기가 노래를 못한다는 걸 알아."

"내 생각은 달라요, 아빠."

패트릭은 힘주어 말했다. 아빠는 엄마가 그 말을 얼마나 자주 했는지 모르는 것 같았다.

그래서 패트릭은 다른 사람이 무언가 하기를 바라고만 있어서는 안 되겠다고 생각했다.

패트릭은 집에 오는 길에 도서관에 들렀다. 전에 엄마와 함께 도서관에 갔을 때, 전국의 전화번호가 담긴 CD롬이 있는 걸 봤다.

거기서 뉴욕 주가 아닌 다른 주의 전화번호를 몇 개 알아내야 했다. 전화번호 안내 전화 411에 물어보지 않고 그렇게 전화번호를 알아내면, 전화 요금 청구서에 411 요금이 찍히지 않을 테니 아빠가 장거리 전화 요금이 조금 올라갔다는 사실을 눈치 채지 못할 것이다. 패트릭은 필요한 번호를 재빨리 찾아서 그날 돌려받은 수학 시험지 가장자리에 옮겨 적었다.

도서관을 나서다 보니 컴퓨터 시간에 뒷자리에 앉는 여학생이 대출대에 책을 잔뜩 쌓아놓고 기다리고 있었다. 와, 책을 굉장히 많이 읽는 앤가 보네, 패트릭은 생각했다. 이름도 모르는 아이였지만 인상은 좋았다. 패트릭을 볼 때마다 웃었기 때문이다. 패트릭이 그렇게 바쁘지만 않았어도 책을 좀 들어다 줄까, 하고 말이라도 건네 보았을 것이다. 하지만 그렇게 많은 책을 대출한 걸로 봐서는 엄마나 아빠가 차를 가지고 와서 기다릴 것 같았다.

집에 와 보니 과외 선생님인 브렌트는 닐을 데리고 부엌에 있었다. 케빈은 소파에 퍼져서 '제니 존스'라는 TV 토크쇼를 보고 있었다.

"그 프로그램이 뭐가 그렇게 재밌니?" 패트릭이 물었다.

" '섹시한 변신' 코너."

"그렇게 건전할 수가. 오늘도 숙제 없어?"

"숙제는 다 했어요, 엄마." 케빈이 말했다.

"그렇게 말하지 마."

패트릭은 부엌으로 고개를 디밀었다. 브렌트가 닐과 함께 식탁에 앉아서 동화책 『아멜리아 베델리아』를 읽어 주고 있었다. 난로 위의 냄비에서는 무언가 색다르면서도 향긋한 냄새가 났다. 브렌트는 똑똑하기만 한 게 아니라 요리도 할 줄 알았다. 그래서 숙제를 도와주러 온 날에는 식사도 차렸다. 패트릭은 고마웠다. 동생들한테 요리를 해 먹인다는 신기한 느낌도 이제는 사라지고 없었다. 동생들은 두 번에 한 번꼴로 패트릭의 요리를 안 먹겠다고 했기 때문이다.

"냄비에 든 게 뭐예요?" 패트릭이 물었다.

"안녕, 패트릭. 늦었구나. 치킨 카레야. 내가 자주 하는 요리 중 하나지."

"냄새가 좋네요."

패트릭은 그렇게 말했지만, 속으로는 케빈과 닐이 그걸 먹어 주길 바랄게요, 하고 생각했다.

"위층에 가서 숙제 할게요."

"닐을 다 보면 5분 정도 네 숙제를 봐 줄게. 사회 숙제는 어떻게 됐니?"

"다 썼어요."

"언제 내는 건데?"

"10월 2일이요."

브렌트가 웃었다.

"그러면 내일이잖아. 어디 있니?"

"컴퓨터 속에요."

"파일 이름은?"

"'이민'이요. 이제 가도 돼요?"

"그래."

브렌트는 그렇게 말하고 다시 닐에게 고개를 돌렸다. 브렌트는 친절했지만, 숙제와 관련해서는 까다롭기가 엄마 못지않았다. 패트릭은 어지간해서는 엄마에게 학교 일을 이야기하지 않았다. 금세 끼어들어 일을 복잡하게 만들기 때문이다. 초등학교 4학년 때 한번은 엄마한테 '교육이 왜 내게 중요한가?'라는 제목의 작문 숙제가 있다고 말했더니, 엄마는 학교를 처음 만들었다거나 어쨌거나 하는 호레이스 만이라는 사람의 전기를 처음부터 끝까지 다 읽으라고 했다.

"엄마, 한 쪽만 쓰면 되는 숙제예요."

패트릭은 그렇게 하소연했다.

"한 쪽짜리 숙제라도 자료를 많이 읽어서 나쁠 건 없어."

엄마의 대답이었다. 어쩔 때 엄마는 꼭 찰거머리처럼 느껴졌다. 떼어내려면 몹시 아픈. 패트릭은 지금 그런 생각을 했던 것에 죄책감을 느꼈다.

패트릭은 자기 방으로 들어가 침대 밑에 숨겨둔 갈색 종이봉투

를 꺼냈다. 그리고 조용히 복도를 가로질러 엄마의 작업실 ─ 여분
의 침실을 개조한 ─ 로 가서, 문을 잠갔다.

　패트릭은 엄마 책상 위에 있는 전화기를 내려서 카펫 바닥에 놓
았다. 그리고 주머니에 넣어 둔 수학 시험지를 꺼내서 첫 번째 전
화번호를 눌렀다.

　"테네시언 신문입니다. 어디로 연결해 드릴까요?"

　틀에 박힌 단조로운 억양의 여자 목소리가 전화를 받았다.

　"편집국이요."

　그리고 패트릭은 전화가 연결되는 동안 기다렸다.

　"편집국입니다."

　아까보다 젊게 들리는 다른 여자의 목소리가 전화를 받았다.

　"안녕하세요. 여기는 뉴욕이고요, 실종 사건 때문에 전화를 걸
었는데요."

　"네, 말씀하세요."

　"네, 이름은 버나뎃 맥브라이드고요, 키는 158센티미터에 몸무
게는 54킬로그램……."

　그러자 여자가 말을 끊었다.

　"잠깐만. 뉴욕의 실종 사건을 왜 테네시 주 신문사에 이야기하
는 거지요?"

　"거기가 테네시 주 내슈빌에 있는 신문사 아닌가요?"

　"네, 맞아요."

"어쩌면 실종자가 거기로 갔을 수도 있어서요."

패트릭은 좀 더 나이든 목소리를 내려고 애를 썼지만, 별로 효과가 없는 것 같았다.

"경찰에 실종 신고는 했나요?"

"제가 궁금한 거는요, 혹시 거기 낯선 여자가 불쑥 나타난 일이 없나 해서요. 어쩌면 기억상실에 걸렸을지도 몰라요."

"잠깐만 기다리세요."

기다리는 동안 수화기에서는 업종별 광고란에 대한 광고와 테네시언 신문사의 스포츠 섹션이 무슨 상을 받았다는 광고가 연달아 흘러나왔다. 그런 뒤 어떤 남자 목소리가 들렸다.

"여보세요. 편집국 찰스 클라크입니다. 전화 거시는 분은 어떻게 되나요?"

"패트릭 맥브라이드예요."

"조금 전 여자 분한테서 대강 이야기 들었어요. 찾고 있는 분의 이름은 어떻게 되나요?"

"버나뎃 맥브라이드요."

"나이는?"

"어…… 마흔이에요. 막 마흔 살이 되었어요."

신문들은 왜 그렇게 사람 나이에 관심이 많지? 패트릭은 고개를 갸웃했다.

"그분이 패트릭의 엄마인가요?"

"네."

"엄마가 지금 테네시 주에 와 계시니?"

"그건 저도 잘 모르겠어요. 엄마는 지금 실종되셨거든요. 그런데 엄마는 옛날부터 내슈빌에 갈 거라는 말을 많이 했어요. 엄마는 컨트리 음악을 좋아해요."

"음……, 여기 경찰이 엄마를 찾고 있는지는 모르겠지만 어쨌거나 우리한테 도움을 요청하지는 않았단다. 그리고 지금 이곳 병원에는 기억상실 환자도 없단다. 그러니까 우리가 별로 도움이 안 될 것 같구나. 아빠도 옆에 계시니?"

"아뇨, 아빠는 아직 퇴근 안 하셨어요."

"패트릭이 전화하는 건 알고 계시니?"

"아뇨."

"그렇다면 말이다. 이 전화는 우리 남자들끼리만 아는 비밀로 하자. 네 전화번호를 알려 주렴. 혹시 엄마가 여기서 발견되면 내가 잊지 않고 너한테 전화해 주마."

"고맙습니다."

패트릭은 그렇게 말한 뒤 번호를 일러 주고 전화를 끊었다. 젠장, 하는 생각이 들었다. 패트릭은 도서관에서 시외버스 회사의 번호도 적어 왔다. 엄마는 비행기 타는 걸 싫어하니까, 차를 둔 채 내슈빌로 갔다면 택시를 타고 110번 국도에 있는 시외버스 터미널로 갔을 거라고 생각했기 때문이다. 하지만 버스 회사에 전화를 걸고 싶은 마음이 사라졌다. 아무래도 버스 회사에서 승객들의 기록을 남겼을 것 같지가 않았다.

패트릭은 갈색 봉투를 열고 아빠의 차에서 훔쳐 온 도로 지도를 꺼냈다. 새끼손가락으로 거리를 재 보았다. 새끼손가락 하나의 길이가 480킬로미터 정도 되었다. 먼저 테네시 주에서 버지니아 주까지 손가락을 걸쳐서 자리를 표시한 뒤 다시 손가락을 대서 메릴랜드와 뉴저지 주를 지나 뉴욕 주 끄트머리의 롱아일랜드까지 이어 보았다. 960킬로미터가 넘는 거리였다. 장난이 아니군. 테네시 주까지 그 먼 길을 패트릭 혼자 갈 수는 없었다. 엄마는 왜 동화책 주인공처럼 뉴욕의 메트로폴리탄 미술관 같은 데로 도망가지 않았을까?

패트릭은 그 밖에 엄마가 갈 만한 곳을 생각해 보았다. 눈을 감고 마지막으로 엄마를 본 순간을 떠올렸다. 헤드폰을 끼고 '레드 핫 칠리 페퍼스'의 CD를 듣고 있을 때 엄마가 방문을 열었다. 패트릭은 낮에 잘못한 일에 대해 한바탕 잔소리를 들을 거라고 생각했다. 제발 케빈이랑 그만 좀 싸울 수는 없니? 내가 목소리를 높이기 전에 미리미리 네가 맡은 집안일들을 할 수는 없니? 닐이랑 캔디랜드 게임을 15분만 같이 할 수는 없니? 기타 등등의 이야기들.

"닐이 널 얼마나 따르는데, 패트릭."

엄마는 늘 그렇게 말했다. 패트릭은 그 말을 백만 번은 들은 것 같았다. 그래서 엄마를 보고도 헤드폰을 벗지 않았다. 엄마가 무슨 말을 할지 다 안다고 여겼기 때문이다.

패트릭은 어쩌다가 이런 일이 일과처럼 되었을까 생각해 보았다. 어렸을 때는 잠자기 직전의 시간이 제일 좋았다. 케빈과 함께 방 바닥에 이불을 깔고 벽장 속의 등만 남긴 채 다른 불을 모두 끄면 엄마가 손전등을 켜고서 동화책을 읽어 주었다. 엄마는 등장인물마다 말투와 목소리를 바꿔가며 동화책을 재미있게 읽어 주었다. 엄마가 코끼리 호턴 이야기를 읽어 주면 눈물이 나왔다. 실제로 호턴이 그토록 정성껏 품었던 알을 잃어버릴 뻔했던 대목에서는 엄마도 가끔 눈물을 흘리곤 했다.

엄마와 패트릭, 그리고 케빈은 이런 일을 '횃불 놀이'라고 불렀다. 매일 밤 이를 닦고 나면 케빈과 패트릭은 엄마한테 횃불을 피우자고 졸랐다. 패트릭이 기억하는 한 엄마는 한번도 싫다고 말한 적이 없었다.

지금 돌이켜 보니 그 시절은 까마득한 옛날이었고, 언제, 왜 그 놀이가 중단되었는지도 기억나지 않았다. 닐이 태어나면서였을까? 그렇다고 지금 새삼스럽게 횃불 놀이를 하고 싶은 건 아니었지만, 언제부터 하지 않게 됐는지는 궁금했다.

엄마 작업실의 한쪽 벽은 사진을 넣은 액자로 뒤덮여 있었다. 대부분 케빈과 패트릭이 학교에서 찍은 사진들이었지만, 맨 윗줄은 아빠와 엄마의 어린 시절 사진들이었다. 아빠는 어릴 때 모습 거의 그대로였다. 하지만 엄마는 얼굴이 동그래졌고 머리도 짧아졌다. 패트릭은 사진 속 소녀를 보며 그게 엄마의 몇 살 때 사진인지 생각해 보았다. 아마도 패트릭 자신과 비슷한 나이인 것 같았다. 그 얼굴이 어쩐지 낯익었지만, 지금의 엄마와는 좀 달라 보였다. 엄마의 작업실에서 엄마의 물건들에 둘러싸여 있으면서도 패트릭은 엄마의 얼굴이 정확히 떠오르지 않았다.

하지만 엄마의 목소리를 떠올리는 데는 아무 문제가 없었다. 패트릭이 저녁을 먹고 나서 그릇을 식기 세척기에 넣지 않고 그냥 개수대에 넣었을 때, 또는 샤워 커튼 끝자락을 욕조에 접어 넣지 않고 샤워를 했을 때는 어김없이 엄마의 목소리를 들을 수 있었다. 닐이 탁자 위에 크레용을 두고 나가면 패트릭은 자기도 모르게 소리를 쳤는데, 그 말은 엄마가 하는 말과 토씨 하나 다르지 않았다. 그 말들이 그렇게 쉽게 튀어나오는 걸 보면서 패트릭은 엄마가 똑같은 말을 얼마나 자주 반복했는지를 절실하게 느낄 수 있었다.

하지만 엄마가 떠나던 날, 그날은 아무런 잔소리도 꾸지람도 없었고, 그래서 지금 패트릭이 매달릴 단서도 없었다. 엄마가 한참 동안 자신을 보는 게 불편해서 고개를 돌렸던 기억이 났다. 하지만 다시 눈길을 되돌렸을 때 엄마가 있던 자리는 텅 빈 공간으로 변해 있었다.

버나뎃

10월 2일, 금요일

 빅토리아와 학생 식당에서 부딪힌 다음 날, 버나뎃은 1교시 후 바람처럼 달려가서, 체육관 앞에서 기다리는 도나를 만났다.
 "빅토리아 왔니?" 버나뎃이 물었다.
 도나가 고개를 저었다.
 "탈의실엔 안 들어가 봤어. 하지만 그 애가 체육 시간에 일찍 올 애는 아니야."
 도나는 고개를 쭉 빼서 복도를 오가는 학생들을 살펴보았다. 그러더니 한순간 눈을 반짝 빛내고 소리쳤다.
 "앨리! 너 지금 체육 수업이니?"
 "안녕, 도나. 왜 그러는데?"
 "앨리. 여기 얘는 데타 다우니야. 새로 전학 왔어. 네가 체육 시간에 데타를 좀 보살펴 줄래? 지난주에 애 옷이 쫄딱 젖었거든."
 "그게 네 옷이었니? 나도 봤어. 하지만 누구인지 몰랐지……. 아 미안하다. 얘기를 좀 해 줬어야 하는데. 하지만 빅토리아 캐번디시

하고 부딪혀 봐야 좋은 일이 없으니까 모두들 피하기만 하지. 그 애는 심술이 보통이 아니거든."

도나가 입술에 손가락을 댔다.

"쉬! 저기 빅토리아가 온다. 영원한 딸랑이를 데리고 말이야."

"딸랑이?" 버나뎃이 물었다.

도나가 속삭였다.

"크리스틴 더글러스 말이야. 그 애는 위대한 빅토리아 캐번디시 별 주변을 딸랑거리면서 다니거든."

"성격도 딸랑이로 지내기에 꼭 알맞아." 앨리가 덧붙였다.

빅토리아와 크리스틴은 모든 수업을 같이 듣는 것만 같았다. 어떻게 그렇게 시간표를 짤 수가 있는 거지?

도나는 오른쪽 어깨에 가방을 올려 메고 뒷걸음질하면서 버나뎃에게 엄지손가락을 올려 보였다.

"잘 해."

도나의 입술이 소리 없이 그렇게 말했다.

"도나는 너무 착한 거 같아."

버나뎃이 앨리에게 말했다.

"맞아, 걘 정말 착해. 초등학교 때는 모범 시민 상도 받았어. 우리 엄마가 도나는 나중에 선거에 나가도 될 거라고 그랬어. 대통령 선거 말이야."

"그렇담 나도 당연히 도나에게 투표해야지."

버나뎃이 앨리의 사물함 문을 잡고 말했다.

그날처럼 맑은 날이면 체육 선생님은 운동장에서 수업을 했는데, 아이들은 먼저 운동장부터 돌아야 했다. 앨리는 호리호리하면서도 단단한 체격의 아이였다. 그래서 둘이 함께 운동장을 달리기 시작했을 때, 버나뎃은 앨리와 짝을 이룬다는 계획이 무언가 문제가 있다는 걸 깨달았다. 앨리와 발을 맞춰 달린다는 건 쉬운 일이 아니었다.

앨리는 버나뎃이 처지는 걸 보고 속도를 늦추었다.

"나는 매일 이걸 하거든."

"너 육상부니?"

"아니. 그냥 달리기만 하는 건 재미없어. 나는 네 살 때부터 체조를 했어. 달리기는 지구력을 기르기 위해서 해."

버나뎃은 '과연' 하고 생각했다. 앨리는 성큼성큼 뛰면서 말을 하는데도 전혀 힘든 기색이 없었다. 버나뎃은 헐떡거리는 소리를 감추기 위해 긴 대답을 필요로 하는 짧은 질문을 해야 했다.

"넌 매일 달리니?"

"음…… 월요일에서 토요일까지는 매일. 역기 드는 훈련도 해. 좀 격해 보이겠지만, 올림픽에 나가겠다는 꿈이 있었거든. 그래서 그런 훈련에 익숙해졌지. 지금은 올림픽 같은 거 바라지도 않지만, 그래도 훈련하는 게 좋아."

버나뎃은 감탄하지 않을 수 없었다.

"우아, 올림픽이라고? 그럼 실력이 대단하겠는걸!"

"체조부에는 나보다 더 잘하는 애들이 많아. 한때는 체조 선수가 안 되면 죽을 것 같았는데, 보니까 나는 먹는 걸 너무 좋아하더라고. 코치 선생님들은 올림픽을 꿈꾼다면 몸무게를 조절해야 한다고 그러셨지만, 우리 엄마가 그런 일을 좋아하지 않았어."

"네가 현명했던 것 같아."

"아냐, 현명했던 게 아냐. 아팠거든. 엄마가 나보다 먼저 알아차렸어. 내가 지금도 운동을 계속하는 건 고등학교에 들어가서 학교 대표 선수가 되고, 장학금을 받아 대학에 가고 싶어서야."

버나뎃은 '아팠다'는 게 무슨 뜻인지 궁금했지만, 지나친 호기심을 보이고 싶지 않았다. 운동장 두 바퀴를 돈 뒤 둘은 아이들이 체육 선생님을 둘러싸고 모여 있는 곳으로 갔다. 선생님은 여러 가지 육상 경기를 설명하고는, 멀리뛰기, 단거리 경주, 장애물 경주 등등을 한번씩 해 보라고 했다. 버나뎃은 앨리에게 가장 먼저 하고 싶은 게 무엇인지 물으려고 오른쪽으로 고개를 돌렸다. 그런데 앨리가 보이지 않았다. 아래를 내려다보니 앨리가 허리를 뒤로 굽혀서 팔과 다리로 몸을 지탱한 채 발을 한쪽씩 교대로 들어올리고 있었다.

"안 아프니?"

"뒤로 굽히기 해 본 적 없어? 이거 유연성 운동으로 좋아. 이리 와 봐. 내가 잡아 줄게."

"허리가 부러질 거야."

앨리가 두 손을 버나뎃의 허리에 부드럽게 얹었다.

"구부려 봐."

"못해."

"할 수 있어. 걱정 마. 나 보기보다 힘이 세."

버나뎃은 고개를 뒤로 젖히고 본능적으로 눈을 감았다. 피가 머리로 몰려들었고, 검푸른 들판 위에 점들이 깜박거렸다. 앨리의 손이 등허리를 받쳐 주는 게 느껴졌다.

"계속 내려가."

"안 돼!"

"아냐, 돼. 계속해."

머리를 아래로 더 끌어내리자 뱃가죽에 한순간 팽팽한 통증이 느껴졌다. 머리가 어지러웠지만, 손을 계속 내리뻗어서 마침내 차갑고 축축한 잔디와 딱딱한 자갈 위에 닿았다. 감았던 눈을 떠 보니 세상이 뒤집혀 있었다.

"어떻게 일어나지?"

버나뎃이 약간 공포를 느끼며 물었다.

"봐, 할 수 있지?"

버나뎃은 잔디 위로 무너져 내렸다.

"와, 엄청난 유연성 훈련이었어."

"하면 할수록 쉬워져. 나만 믿으면 돼. 그리고 너 자신을."

앨리는 버나뎃이 혼자 할 수 있을 때까지 몇 차례 계속 버나뎃을 잡아 주었다. 그런 뒤 앨리는 다리를 하늘로 차올려서 잠시 물구나무를 섰다가 다시 다리로 착지하는 법을 가르쳤다. 처음에 버나뎃은 팔로 몸을 지탱하지 못하고 구석에 세워 둔 다림판처럼 자꾸 쓰러졌지만, 체육 시간이 끝날 때쯤 되자 앨리가 '뒤넘어 서기'라고 부르는 그것을, 물론 약간의 도움을 받아야 했지만, 그럭저럭 해 낼 수 있게 되었다. 버나뎃은 다시 어른이 되면 요가를 배워야겠다고 속으로 결심했다. 어젯밤에는 '형이상학적 전망 탐구'에 대한 책을 읽었다. 그것은 명상, 호흡, 요가를 결합한 것으로 그를 통해서 우리는 '수정'하고 '해결'해야 하는 과거 시절로 돌아갈 수 있다고 했다. 책 내용은 지금 버나뎃에게 닥친 문제를 해결하는 데는 도움이 안 될 것 같았지만, 책 커버에 실린 저자 소개를 보면 예순 살이라는 저자의 사진 속 모습이 서른다섯 이상으로는 보이지 않을 만큼 팽팽했다. 그래서 버나뎃은 요가에 특별한 관심을 기울이게 된 것이다.

체육 시간이 끝나 학교 건물로 돌아갈 때 앨리가 버나뎃에게 말했다.

"오늘 한 가지 확실하게 배웠지? '옆으로 재주넘기'는 할 줄 아니?"

"예전에는 할 줄 알았어."

"운동했었어?"

"오래 전에."

"초등학교 때?"

"응."

"그럼 해 봐. 몸으로 익힌 건 안 잊어 먹어."

내 몸은 다 잊었어, 버나뎃은 그렇게 생각하고 말했다.

"네가 먼저 해 봐. 한번 볼게."

앨리가 하는 '옆으로 재주넘기'는 아주 보기 좋았다. 마치 옛날 기관차의 커다란 앞바퀴가 느린 속도로 절도 있게 돌아가는 모습 같았다. 버나뎃은 어설프긴 했지만 어쨌건 두 팔에 몸무게를 싣고 공중을 한 바퀴 돌 수 있었다.

앨리가 웃으며 말했다.

"잘한다. 다시 해 봐."

버나뎃과 앨리는 '옆으로 재주넘기'를 하며 탈의실로 갔다. 버나뎃이 어지러워서 비틀거리자 앨리가 웃었다. 버나뎃은 어지러운 느낌이 재미있어서 웃었다. 헬리콥터 프로펠러처럼 빙글빙글 돌다가 쓰러지는 어린 아이들의 모습이 떠올랐다. 어른이 되면 왜 어지러운 게 재미가 없어지는 거지? 버나뎃은 궁금했다.

앨리가 말했다.

"배우는 속도가 아주 빠른데. 너도 체조부에 드는 게 어떠니?"

"말도 안 돼."

"아냐. 선수가 될 수는 없겠지만, 체조부에는 그냥 운동을 하려

고 든 애들도 있어. 연습을 계속해서 실력이 늘면 그때부터 대회
에 나가는 거지."

"그러면 혹시…… 체조부에서 무슨 기금 마련 행사 같은 거 안
하니? 그런 거 있잖아. 집집마다 돌아다니면서 사탕을 판다던가
하는 거."

"체조부에서 사탕을 팔아? 그럴 순 없지. 작년에는 조그만 향초
를 팔았어. 하누카 축일이랑 크리스마스 선물로 말이야. 하지만
팔고 싶은 사람만 팔면 돼. 코치 선생님은 부담스러우면 안 해도
된다고 그랬어."

"연습은 언제 시작하는데?"

"다음 주에. 하지만 대회는 방학이 끝난 다음에 시작돼."

"좋아. 가입할게."

"잘됐다!"

둘은 어느새 탈의실에 이르렀고, 그제야 버나뎃은 빅토리아 캐번
디시 생각을 완전히 잊고 있었다는 사실을 깨달았다.

패트릭

패트릭은 이민에 대한 숙제에서 '수'를 받았다. 숙제 맨 위에는 포스낵 선생님의 글씨로 '열심히 조사했군요. 잘했습니다.'라고 적혀 있었다.

포스낵 선생님은 책상 사이를 다니며 숙제를 돌려주면서 말했다.

"모두 고르게 잘한 건 아니에요. 하지만 전해들은 이야기와 자료 조사를 잘 결합시킨 모범적인 사례가 하나 있었습니다."

아, 제발 그게 내가 아니기를, 패트릭은 속으로 빌었다. 만약 그게 자신이라면 앞으로 아이들에게서 '모범적인 사례'라는 말을 끝도 없이 듣게 될 것이다. 패트릭은 차마 카일 쪽을 돌아볼 수 없었다.

포스낵 선생님이 물었다.

"패트릭, 숙제를 발표해 봐요."

"읽으라는 말씀인가요?"

"맞아요."

"하지만……."

"패트릭이 싫다면, 내가 읽겠어요."

아, 그건 더 안 좋아. 선생님은 내 글에 감정을 넣어서 읽을 게 뻔해.

"그냥 여기 앉아서 읽어도 될까요?"

"좋아요. 하지만 모두가 잘 들을 수 있도록 큰 소리로 읽어요."

패트릭은 겉에 씌어진 점수가 보이지 않도록 첫 장을 뒤로 넘겨 놓고 있었다. 하지만 어쩔 수 없이 다시 첫 장을 펼치게 되자, 윗부분을 접어서 '수'라는 글자를 가렸다. 좋은 성적을 받는 거야 좋았지만, 다른 아이들에게 그 사실을 알리고 싶지는 않았다.

"우리 어머니의 뿌리."

패트릭은 이렇게 시작했다. 하지만 정작 그 이야기를 해 준 것은 아빠였다. 엄마가 메일에 답장을 하지 않았기 때문이다. 아빠는 정말 채워야 할 빈자리가 많았다.

우리 엄마는 1세대 아일랜드계 미국인이다. 그것은 우리 엄마가 20세기 초에 아일랜드를 떠나 미국으로 건너온 부모님에게서 태어난 수백만 명 가운데 한 명이라는 뜻이다.

우리 외할아버지는 클레어 주에서 대대로 농사를 짓는 집안의 아들로 태어났다. 외할머니는 케리 주에서 역시 대대로 농사를 짓는 집안의 딸로 태어났다.

나는 외할아버지를 본 적은 없지만, 외할머니는 지난 3월까지 살아 계셨고, 집도 우리 집에서 가까웠다. 할머니는 좀 특이했지만 재미있는 분이셨다. 할머니는 처녀 시절 성이 루니*였는데, 그래서 절반은 제정신이 아니라고 농담처럼 말씀하셨다. 그런데 정말 그랬다.

"그렇다면 패트릭도 약간은 미치광이란 뜻이겠네."

패트릭의 뒤에서 누군가 말했고, 아이들은 웃음을 터뜨렸다. 포스냅 선생님도 조용히 웃었다.

"이제 그만 읽어도 되나요?"

패트릭이 선생님을 바라보며 물었다.

"계속 읽으렴. 잘하고 있다."

할머니가 어린 시절을 보낸 곳은 영국이 끝까지 완전한 식민지로 삼지 못한 시골 지방이었기 때문에, 아일랜드의 풍습과 게일어를 많이 간직하고 있었다고 한다. 영국은 17세기에 올리버 크롬웰이 집권을 하면서 아일랜드를 점령했다. 할머니는 아일랜드 사람들에게 올리버 크롬웰은 원수 중의 원수라고 했다. 백과사전에는 그가 영국 군대의 지도자로 아일랜드 땅을 차지한 뒤 자기 부하들에게 나누어

---

* Looney | 루니는 미치광이라는 뜻의 looney와 발음이 같다.

주었다고 나와 있었다.

　결혼하기 전 할머니의 집은 부유하지 않았다. 나는 할머니가 어린 시절 살았던 집에 가 본 적이 있는데, 그 집은 화장실도 집 밖에 있고, 전화기도 텔레비전도 없었다. 하지만 땅은 많이 있었고, 그 땅은 기름졌다. 시골 풍경을 별로 안 좋아하는 사람이 보아도 아름답다고 할 만한 곳이다. 마치 온갖 종류의 초록색과 황금색을 모아다가 덧대어 만든 조각보처럼 보인다. 증조할아버지의 집 뒷문 현관 계단에서 보면, 내려다보이는 풍경 전체가 증조할아버지의 땅이다. 눈을 가리는 건물도 없어서 멀리까지 볼 수 있다.

　할머니네 가족은 감자와 양파 농사를 지었고, 연료로 쓸 토탄도 직접 만들었다. 축사에는 소가 많아서 우유와 버터는 항상 모자라지 않았다. 남는 것은 할머니의 남자 형제 중 한 명이 아침마다 수레에 싣고 마을로 나가서 팔았다.

　아일랜드 가족이 대부분 그렇듯이 우리 할머니네 가족도 형제가 아주 많았다. 할머니는 팔 남매 가운데 일곱 째였다. 증조할아버지가 돌아가시자 큰아들인 데클랜 할아버지가 농장을 물려받았다. 그리고 팔 남매 가운데 다섯 명이 미국으로 건너왔다.

　아일랜드에서는 나라를 떠나는 게 흔한 일이다. 우리 할머니가 떠나기 백 년 전부터 아일랜드 사람들은 꾸준히 이민을 갔다. 처음 대규모 이민이 시작된 것은 감자 농장에 병균이 돌았을 때다. 백과사전에 따르면 1845년에서 1849년까지 아일랜드에서는 감자를 전혀 수확하지 못했다. 그것은 '역사상 가장 끔찍한 자연 재해 가운데 하나'였다. 수십만 명의 사람이 굶어죽었고, 콜레라나 장티푸스 같은 전염병에 걸려 죽었다. 다른 수십만 명은 나라를 떠났다. 미국 통계청 웹사이트를 보면 감자 대기근 이후 10년 동안 160만 명의 아일랜드 인이 미국으로 이민을 왔다.

우리 할머니의 조상들 가운데서도 그때 이민을 온 사람들이 있다. 하지만 땅이 있으면 누군가는 남아서 땅을 돌봐야 했고, 우리 할머니는 남은 사람들의 후손이다. 하지만 20세기가 된 뒤에도 많은 사람들이 계속 미국으로 왔는데, 할머니는 미국이 기회의 땅이라서가 아니라 아일랜드가 젊은이들에게 줄 게 별로 없었기 때문이라고 말했다. 할머니는 스무 살 때 골웨이라는 곳에서 배를 타고 고향을 떠났다. 그리고 엘리스 섬과 자유의 여신상을 지나 뉴욕에 닿았다. 배를 타고 오는 동안 할머니는 내내 할머니의 어머니와 아버지를 생각하며 울었다고 한다. 할머니는 그 배에서 만난 브렌던 다우니라는 청년과 결혼했는데 그 사람이 바로 우리 외할아버지다. 두 분은 한동안 뉴욕 시의 퀸스 지역에서 살다가 이곳 롱아일랜드의 노스 마사피카에 집을 샀다. 두 분은 네 아이를 낳았는데, 그중의 막내가 우리 엄마다.

그리고 지금은 엄마도 떠났지, 패트릭은 생각했다.

"더 읽어야 하나요?"

패트릭이 묻자 포스낵 선생님이 대답했다.

"아니, 됐어. 잘했다, 패트릭. 발표하기 전에는 몰랐는데, 이제 보니 다른 반에 아일랜드에서 온 다우니라는 성을 가진 여학생이 있구나. 혹시 두 사람이 같은 조상의 후손인지 알고 싶다면 다우니에게 물어봐라. 자, 패트릭의 숙제에 대해 말하고 싶은 사람?"

모두 조용했다. 포스낵 선생님은 패트릭의 숙제가 왜 좋았는지를 설명하기 시작했다. 현장 조사와 문서 자료를 잘 결합해서 글의 '신뢰성'을 높였다고 했다. 패트릭은 숨을 돌렸다. 그리고 숙제를 반으로 접어 공책 갈피 사이에 끼워 넣었다. 그런 뒤 공책 표지로 가린 채 글의 나머지 부분을 읽었다. 오직 자신만을 위해서.

그런데 많은 이민자들과 달리 우리 할머니는 미국인이 되려고 노력하지 않았던 것 같다. 할머니 댁에 가면, 마치 다른 나라에 간 것 같았다. 할머니는 다른 사람들은 다 하는 일들을 하지 않았다. 음료수에 얼음도 넣지 않았고, 콜라도 먹지 않았고, 파는 과자도 먹지 않았다. 코코아 같은 건 한번도 타 준 적 없지만, 불을 피우는 법은 가르쳐 주었다. 그리고 할머니는 숲에서 무언가를 잘 찾아냈다. 특정한 종류의 벌레라든가 일 년 중 그 시기에만 꽃을 피우는 풀 같은 것들. 할머니는 빵이나 케이크 같은 걸 만들 때 나더러 옆에서 거들게 했고, 정원 일을 할 때도 그랬다. 할머니 집 정원은 넓었다. 할머니는 정원을 가꾸는 게 취미였다. 할머니가 감자를 심으면 내가 그걸 캐

내곤 했다. 할머니는 내가 흙을 아무리 묻혀도 뭐라고 하지 않았다. 할머니는 흙을 좋아했고 감자를 사랑했다. 할머니는 자기 인생에서 뿌리를 내린 것은 감자밖에 없다는 말도 자주 했다. 나는 이 숙제를 하기 전까지는 그 말의 의미를 잘 이해하지 못했다.

마지막 단락을 읽다가, 패트릭은 포스넥 선생님이 자기에게 이 숙제를 다시 읽게 했다는 사실에 가슴이 뛰었다. 그동안 패트릭은 엄마의 행방을 추적하느라 다른 아무것도 생각하지 못했다. 그런데 할머니의 정원에 대한 글을 읽다 보니 머릿속에 번쩍 떠오르는 기억이 있었다. 할머니가 정원에 심은 것은 식물들 말고 또 하나가 있었다. 그것은 집으로 들어갈 수 있는 예비 열쇠였다.

버나뎃

10월 15일, 목요일

10월도 반이 지나가는 동안 따뜻한 바람이 나뭇잎들을 떨어뜨렸고, 나뭇가지들은 구릿빛과 황금빛의 성근 잎사귀들로 간신히 몸을 가렸다. 태양은 구름 위 높은 곳에서 밝은 빛줄기들을 내리꽂았다.

"밖에서 먹자."

도나의 제안에 버나뎃과 앤매리는 밖에 나가 자리를 잡았고, 도나와 주디는 배식대 앞에 줄을 서서 기다렸다. 식당 바깥에 놓인 야외용 탁자는 새똥으로 여기저기 얼룩져 있었다.

버나뎃이 말했다.

"깔고 앉을 거 찾아볼게. 그 동안 내 물건 좀 들고 있을래?"

앤매리는 손을 뻗어서 버나뎃의 도시락과 책을 받았다.

그런데 버나뎃이 돌아와 보니 패트릭과 백스터네 쌍둥이가 다른 남자 애 한 명과 옆 탁자에 앉아 있었다. 패트릭은 웃고 있었다. 앞머리가 많이 길었다. 거기다 탁자 밑에서 발목을 엇갈린 깡마른

다리까지, 패트릭은 조랑말처럼 보였다.

아직 날이 따뜻하긴 하지만 반바지를 입기에는 좀 그런데, 버나 뎃이 그렇게 생각하며 패트릭을 뚫어져라 바라보는데 앤매리의 목소리가 정신을 번쩍 들게 했다.

"쟤, 귀엽지."

"누가?"

버나뎃이 놀란 척하며 물었다.

"패트릭 맥브라이드 말이야. 너 저 애 쳐다본 거 아냐?"

"아니. 그냥 딴생각하고 있던 거야. 근데 어디서 초콜릿 냄새 안 나니?"

버나뎃은 대화를 다른 곳으로 돌리려고 했다.

"내 립글로스에서 나는 냄새야. 걱정 마. 그런 비밀은 안전하게 지켜 줄 테니까."

앤매리는 버나뎃에게 윙크를 하더니 팔꿈치로 옆구리를 쿡 찔렀다.

"그런데 쟤 엄마 얘기는 안됐어."

"엄마가 어떻게 됐는데?"

"그 얘기 몰라? 실종됐대. 신문에도 났는데."

"신문에? 언제?"

"좀 됐지. 내가 직접 읽은 건 아니고 엄마가 말해 줬어. 우리 엄마 말로는 아무래도 험한 일이 생긴 것 같대. 안 그러면 여태까지 소식이 없을 리가 없잖아."

"험한 일이라니? 어떤 일?"

"미친 사람 손에 죽었다거나 하는 거 말이야."

버나뎃의 온몸이 부르르 떨렸다. 내가, 죽었다. 사람들은 내가 죽었다고 생각하는구나. 어쩌면 내가 죽어서 윤회한 건지도 몰라. 버나뎃은 윤회에 대한 책을 막 다 읽은 참이었다. 하지만 아무리 생각해도 윤회라는 건 지나치게 낙관적인 이야기 같았다.

"으…… 지겨운 생선 튀김이야."

도나가 그렇게 말하며 식판을 테이블 위에 탕 내려놓았다.

"학생 식당 음식은 날마다 나빠지기만 해. 채식주의자였다면 먹을 게 거의 없을 뻔했어."

덕분에 다행히도 대화의 주제는 음식으로 건너뛰었다. 도나와 앤매리는 육류를 먹는 것이 얼마나 안 좋은지에 대한 열띤 토론을 벌였다.

버나뎃은 아무 말도 하지 않았다. 버나뎃의 마음은 사람들이 자신을 죽었을 거라 생각한다는 사실에 집중되었다. 패트릭이 엄마가 죽었다고 생각할 수도 있다는 것과 그럼에도 불구하고 저렇게 꿋꿋해 보인다는 것, 두 가지 가운데 어떤 게 더 나쁜지 알 수 없었다.

"데타, 괜찮아? 얼굴이 핼쑥해."

도나의 물음에 버나뎃은 생각에서 깨어났다.

"으응…… 몸이 별로 안 좋네. 양호실에 가 볼까 봐."

"우리가 데려다 줄까?"

앤매리가 물었지만 버나뎃은 고개를 저었다.

"아니, 괜찮아. 그냥 좀 속이 메슥거릴 뿐이야."

버나뎃은 남은 샌드위치를 은박지에 싸서 종이봉투에 넣었다.

"나중에 보자."

"그래, 몸조심해."

버나뎃은 종이봉투를 쓰레기통에 던져 넣고 한 목소리로 인사하는 아이들에게 손을 흔들었다. 그리고 간신히 웃어 보인 뒤 다시 학교 건물을 향해 갔다.

버나뎃은 주차장으로 통하는 옆문으로 빠져 나간 뒤, 차들 사이를 요리조리 지나서 학교의 경계를 이루는 사슬 울타리까지 갔다. 그러고는 울타리를 넘어 뒷길로 달렸다.

도서관에 가는 게 걱정되지 않는 것은 아니다. 이 시간에 왜 학교에 안 가고 도서관에 있는지 누군가 물어볼 수도 있기 때문이다. 하지만 자신의 소식이 신문에 어떻게 나왔는지 확인해야겠다는 생각이 그런 걱정을 앞섰다. 버나뎃은 지난 신문이 어디 있는지 알았다. 그래서 억지로 당당한 척 고개를 들고서 신문 열람대를 향해 갔다.

서너 주 분량의 신문을 뒤져서야 그 기사를 찾을 수 있었다. 신문사의 동료들이 자신의 실종에 대해서 자신보다 모른다고 생각하니 여러 가지 복잡한 감정이 들었다. "수사 당국은…… 범죄의 흔적을 발견하지는 못했다." 그렇다면 죽은 건 아닐 수도 있지. 이 대목에서 버나넷은 조금이나마 마음을 놓았다.

버나넷은 신문을 다시 앞쪽으로 넘기다가 조금 전에 놓쳤던 짧은 기사를 발견했다. 하지만 그 기사는 별다른 내용이 없었고, 그저 제보를 기다린다는 말을 반복한 것에 지나지 않았다.

버나넷은 걱정에 휩싸인 채 집까지 걸어갔다. 제러드와 아이들은 내가 죽었다고 생각하고 있을까? 패트릭은 하루도 학교를 빠지지 않은 것 같았다. 전화라도 한번 해야 하지 않을까? 하지만 전화해서 뭐라고 할 것인가? 나는 잘 있어, 좀 작아졌을 뿐이야, 라고? 식구들은 버나넷의 목소리조차 알아듣지 못할 것이다.

도대체 나한테 무슨 일이 일어난 걸까? 도서관에서 빌려 온 많은 책을 거의 다 읽었지만, 원래 상태로 돌아갈 방법을 찾기는커녕 지금 일어난 일이 무슨 일인지도 이해할 수가 없었다. 눈물이 났다.

그리고 우리 어머니는 또 어떻게 된 것일까? 버나넷은 그것에 대해서도 마음이 복잡했다.

그게 핵심이야, 버나넷은 생각했다. 우리 어머니의 일. 처음 일이 생겼을 때 어머니에게 물어봐야 했어. 하지만 어머니를 다시 만나고 어머니와 함께 지내는 일은 너무도 행복했다. 그 동안 버나넷은 온갖 가능성을 생각해 보았다. 집으로 직접 찾아간다? 경찰에 알린다? 원래 상태로 돌아갈 때까지 계속 잠을 잔다? 그렇지만 최상의 선택은 학교에 계속 다니면서 패트릭을 보고, 하굣길에 집 앞을 지나가면서 다른 두 아이를 보는 것이라고 결론을 내렸다. 케빈의 머리가 어처구니없이 짧아진 것만 빼면 모두 잘 지내는 것 같았다. 케빈이 수영부에라도 가입한 건 아닌가 싶었다.

이제는 어머니에게 물어봐야 할 것 같았다. 물론 어머니도 지금 벌어지고 있는 일을 이해하는 것 같지는 않았지만, 그래도 어머니한테는 이런 데 쓰는 특별한 약이 있지 않을까? '나이 드는 약' 같은 것. 버나뎃은 갑자기 온몸에 한기를 느꼈다.

내가 본래의 가족에게 돌아가면 어머니는 어떻게 되는 것일까? 어머니 또한 본래의 자리로 돌아가야 하는 건가? 그건 너무 아찔한 생각이었다. 머리가 지끈거리기 시작했다.

집이 있는 막다른 골목으로 들어섰을 때도 버나뎃은 생각에 잠겨 고개를 숙이고 있었다. 번쩍거리는 느낌에 고개를 들었다가 소스라치게 놀랐다. 어머니의 집 앞에 경찰차가 붉고 푸른 경광등을 소리 없이 반짝이며 서 있었기 때문이다. 이웃집 앞에도 경찰차가 한 대 더 있었다. 버나뎃의 차에는 범죄 현장에 치는 노란색 플라스틱 끈이 둘러져 있었다. 견인 트럭이 주황색 플래시를 번쩍이며 후진해 버나뎃의 차로 다가갔다. 버나뎃이 얼어붙은 채 그 장면을 바라보고 있는데, 까만 토끼 한 마리가 옆으로 발을 스치다시피 뛰어 지나가서 깜짝 놀랐다. 버나뎃은 달아났다.

패트릭

10월 15일, 목요일 오후

패트릭은 집으로 걸어가면서 내일 일을 생각했다. 내일, 그러니까 금요일에 할머니 집에 열쇠를 찾으러 가기로 계획했기 때문이다. 금요일은 콤프턴 부인이 아이들을 봐 주러 오는 날이었다. 콤프턴 부인은 과외 선생님 브렌트보다 귀가 시간 같은 걸 챙기는 데 훨씬 흐릿했다. 브렌트가 오는 날은 한 시간도 늦게 도착할 수가 없었다. 브렌트는 이번 주에 화요일과 수요일을 계속해서 왔다. 콤프턴 부인의 몰티즈 강아지가 치과 수술을 받았기 때문이다.

패트릭은 열쇠가 어디에 있는지 확실히 기억했다. 할머니는 콘크리트로 만든 동그란 돌멩이를 정원 전체에 질서 정연하게 박아 놓았다. 잡초를 매고 씨를 뿌리고 물을 주고 수확을 하는 동안 식물들을 밟지 않기 위해서였다. 열쇠는 앞에서 세 번째, 왼쪽에서 네 번째 돌 밑에 있었다. 놋쇠로 만든 열쇠 몸통에 벌레가 꼬물거리는 모습이 떠올랐다. 옛날에 패트릭이 열쇠를 찾으려고 돌을 들어 올리면 그 아래에는 언제나 벌레가 몇 마리 들어 있었다. 패트릭은 도대체 왜 벌레들이 거기 들어가 그 무거운 돌을 지고 사는지 이해가 되지 않았다. 왜 돌을 부수어 버리지 않는 걸까?

열쇠를 찾으면 얼른 집을 훑어볼 것이다. 패트릭은 자신이 할머니 집에서 무엇을 찾으려고 하는 건지 몰랐다. 하지만 어쨌거나 엄마가 마지막에 들른 장소를 둘러보면 새로운 실마리를 찾을 수도 있었다.

집에 가서 패트릭은 닐과 함께 책을 읽는 브렌트에게 이민 숙제를 보여 주었다. 닐은 『아멜리아 베델리아』에 완전히 빠져 있었다. 오늘 읽는 이야기는 아멜리아가 야구를 하는 이야기였다. 닐이 좋아하는 두 가지가 행복하게 합쳐졌군, 패트릭은 생각했다. 브렌트가 숙제를 보더니 웃었다. 브렌트는 잘 웃었다. 흰 이를 가지런히 드러내는 밝은 웃음이었다. 브렌트가 그렇게 웃으면 웃음으로 응답하지 않을 수가 없었다.

"투수가 공을 던졌습니다."

닐이 읽었다. 브렌트는 손을 들어 패트릭에게 손바닥을 펼쳐 보였다. 패트릭은 브렌트의 손에 자기 손을 짝! 하고 부딪혔다.

"타자가 쳤습니다."

닐은 계속 동화책을 읽었다. 패트릭과 브렌트는 웃었다. 케빈은 식탁에 앉아서 수학 퍼즐을 풀다가 고개를 들었다. 한 문제를 틀리면 다른 문제도 몽땅 틀려 버리는 퍼즐이었는데, 케빈은 그걸 볼펜으로 풀고 있었다.

패트릭은 브렌트에게 위층으로 올라가겠다고 손짓했다. 브렌트는 고개를 끄덕이고 다시 닐과 아멜리아에게 돌아갔다.

패트릭은 엄마의 작업실로 가서 컴퓨터를 켰다. 숙제가 있었지만 좀 쉬고 싶어서 마리오 형제 게임을 했다.

그렇게 한 시간 남짓 지났을 때 케빈이 패트릭을 부르더니 우당 탕탕탕 계단을 뛰어 올라왔다.

"형! TV 틀어 봐."

케빈이 부모님 방으로 뛰어 들어가서 TV 위에 놓인 리모컨을 집어 들었다.

"왜 그래. 섹시한 변신이 시원치 않대?"

패트릭이 컴퓨터 모니터에서 고개를 돌리며 물었다.

"이리 와 봐."

케빈의 목소리가 다급하게 들렸다. 패트릭은 부모님 방으로 갔다.

케빈이 TV를 가리키며 말했다.

"봐, 할머니 집이야."

패트릭은 TV를 바라보았다. 케빈 말대로 할머니 집이 TV에 나오고 있었다. 그리고 케이블 뉴스 채널의 기자가 노란 끈 앞에 서 있었다.

"크게 해 봐!"

그 순간 기자의 모습은 사라지고 견인 트럭이 볼보 승용차를 끌고 가는 모습이 보였다.

"엄마 차야."

패트릭이 말하는데, 기자의 말소리가 흘러나왔다.

"과학 수사팀은 이 차량에 저항의 흔적이 있는지를 조사할 것입니다……."

그때 닐이 방문 앞에 나타났다.

"패트릭 형, 이층에 있었구나. 근데 지금 뭐 보는 거야?"

케빈은 허겁지겁 TV를 껐다.

"아, 그냥 뉴스 좀 봤어."

버나뎃

버나뎃은 오후 내내 숨어서 지냈다. 어머니 집 앞에 펼쳐진 광경이 두려웠고, 마을로 다시 돌아가기가 두려웠고, 생각하는 게 두려웠다.

버나뎃은 얼른 그 자리에서 물러나 옆길로 들어선 뒤, 행여 사람들 눈에 뜨일까 눈길 한 번 돌리지 않고 길을 내려갔다. 그런 뒤 어느 집 뒷마당을 지나 어머니의 집 뒤까지 이어진 숲으로 들어갔다. 나무들 뒤쪽으로 사, 오십 미터 떨어진 곳에 자전거 길이 있었다. 사람들은 거기서 자전거도 타고 조깅도 했다. 버나뎃도 어린 시절 어머니와 함께 그 길을 따라 오래도록 산책을 했다. 어머니는 길가에 자라는 식물들 이름을 전부 알았고, 찜질약이나 두통약을 만들 재료가 부족하면 가끔씩 버나뎃에게 함께 약초를 뜨으러 가자고 말하곤 했다. 어머니는 병원에 거의 가지 않는다는 걸 자랑으로 삼았지만, 아버지는 의료 보험료를 내면서 왜 이용하지 않느냐고 불평을 했다. 하지만 어머니는 의사보다는 자연을 훨씬 더 깊이 믿었다.

버나뎃은 나무줄기 사이에 쳐진 끈끈한 거미줄과 한 번 마주친 뒤 손을 앞으로 내뻗고 걸었지만, 다시는 거미의 작품과 마주치는 일 없이 자전거 길에 이르렀다. 바스락바스락 낙엽의 융단을 밟으며, 버나뎃은 집 반대쪽으로 걸어갔다. 딱히 갈 곳이 없었기 때문에 그냥 느릿느릿 걸으면서 길 양쪽의 낙엽 더미 속을 살폈다. 낙엽들 속에 꽃을 피운 가을 들꽃이나 잠자는 요정들이 있지 않을까 싶어서였다. 어머니는 요정들이 빈 도토리 껍질에 들어가서 자는 걸 좋아한다고 했다. 10월의 태양은 데이지며 쑥부쟁이 같은 것들을 꾀어 가을의 마지막 잔치를 벌이게 했고, 숲은 흰색과 자주색 꽃들이 별처럼 점점이 박혀 있었다.

버나뎃의 가방 속에는 플루트와 『작은 아씨들』 책이 있었다. 어린 시절 그토록 좋아했던 책인데 지난 25년 동안 한 번도 다시 들춰 본 적이 없었다. 오른손 새끼손가락이 아파서 하지 않았던 플루트 연습도 하고 싶었다. 하지만 다른 사람들에게 존재를 노출하고 싶지 않아서, 참나무 줄기에 기대 앉아 책을 펼쳐 드는 쪽을 선택했다. 『작은 아씨들』은 요사이 줄기차게 읽은 초자연 현상에 대한 책들보다도 훨씬 재미있었다. 그렇게 많은 책을 읽었지만, 버나뎃은 지금 자기 처지에 대해서 특별히 알게 된 것이 없었다. 개미들이 버나뎃의 코듀로이 바지를 기어 올라오자 점심 때 샌드위치를 괜히 버렸다는 생각도 들었다. 하지만 어느새 버나뎃은 자신의 문제보다 주인공 조에게 닥친 문제에 더 깊이 빠졌다. 버나뎃은 메그가 쌍둥이를 낳은 뒤 남편과 대화가 줄어 외로움을 느끼는 대목에 이르렀다. 150년 전이나 지금이나 변한 게 이렇게 없나 하는 생각에 웃음이 나왔다.

오후 네 시가 좀 넘었을 것 같았다. 사람들이 하나둘 나타났다. 처음에 나타난 사람들은 스웨터를 허리에 둘러 묶은 두 명의 엄마였다. 두 사람 앞으로 조그만 사내애들이 달려가면서 돌멩이도 줍고 저보다 큰 나뭇가지들도 주워 모았다. 아이들을 보니 버나뎃은 패트릭과 케빈이 더 어렸을 때가 생각났다. 그 시절 둘은 아주 잘 어울려 놀았다. 언제부터 두 아이의 관심사가 달라졌던가? 버나뎃은 기억을 더듬어 보았다. 패트릭이 학교에 들어가고부터였나?

그런 뒤 조깅하는 사람들이 몰려왔다. 대부분 여자들이었다. 머리에 헤드폰을 끼고, 허리에는 조그만 주머니를 차고, 손에는 물병을 들고 있었다. 원래 이곳은 사람들이 운동하러 많이 오는 곳이었다. 그런 곳에서 자신은 어린 시절의 추억을 되새기고 있는 것이다. 이런 멍청한 짓이 있나. 버나뎃은 사람들의 눈길을 끌기 싫어서 책에 눈길을 고정시킨 채 이따금 스쳐 지나간 사람들의 뒷모습을 슬금슬금 훔쳐보았다.

태양의 기운 각도로 보아 해질 때가 멀지 않았다는 판단이 들자 버나뎃은 어머니의 집 쪽으로 걸어갔다. 버나뎃은 먼저 대문 앞길로 가서 경찰이 모두 사라졌는지 확인하고 싶었다. 그래서 숲을 빠져나와 아까 지나온 동네 길을 되밟아갔다. 버나뎃의 짐작대로 경찰은 떠나고 없었지만, 대신 동네 사람들이 모두들 집에 있었다. 그들과 마주치는 일을 피하기 위해 버나뎃은 길을 다시 돌아가서 자전거 길에 이른 뒤 숲길을 걸었다. 어느덧 캄캄해진 하늘에 달빛만 희미하게 비친 까닭에 어느 집이 어머니 집인지 알 길이 없었다. 버나뎃은 불이 한 군데만 켜진 집을 선택하고는 제발 짐작이 맞기를 빌었다.

마당으로 들어서는 길에 또 한 번 거미줄과 마주쳤지만, 버나뎃의 짐작은 틀리지 않았다. 나무들 뒤로 어머니의 정원이 보였다. 정원에는 이제 가을 채소 몇 가지와 포린이 조금 자랄 뿐이었다. 포린은 어머니가 달걀만 한 크기의 가을 감자를 부르는 말이었다. 버나뎃은 마당에서 뒷문까지 징검다리처럼 총총히 박힌 시멘트 돌들을 알아볼 수 있었다.

어머니는 부엌에서 버나뎃을 기다리며, 자기 잔에 차를 식히고 있었다. 버나뎃은 지치고, 배고프고, 얼른 샤워를 해서 끈끈한 거미줄을 털어 내고 싶었다. 하지만 집 안에 어떤 일이 벌어졌을지 몰라 조심조심 부엌문을 열었다. 어머니와 눈이 마주쳤지만, 어머니도 버나뎃도 얼른 입을 열지 않았다.

어머니가 잔을 들어 올리더니 뜨거운 김을 후후 불었다.

"버나뎃, 도대체 무슨 일인지 얘기 좀 해보렴."

"경찰 말예요?"

"그것 말고 다른 문제가 또 있니?"

"아니요. 그런데 엄마, 경찰하고 이야기 안 했어요?"

"안 했어. 조용히 숨어 있었다."

"나도 무슨 일인지 잘 몰라요."

어머니의 질문을 통해서 버나뎃은 어머니 또한 지금 벌어지는 일을 모르기는 마찬가지라는 걸 알았다.

어머니는 버나뎃에게서 눈을 떼지 않은 채 차를 한 모금 더 마셨다.

"학교에서 이게 왔다."

어머니는 식탁 위에 놓인 흰 봉투를 앞으로 밀었다.

"경찰이 집에 들여다 놓은 것 같다. 안 그러면 이런 게 온 줄도 몰랐겠지. 요즘은 우편물이 전혀 안 오니까."

"뭐예요?"

버나뎃이 물으면서 봉투를 자기 앞으로 돌렸다.

"성적표인 것 같더라."

버나뎃의 마음속에 살짝 흥분의 물결이 솟았다. 처음으로 특출한 학생으로 지낸 터라 성적이 몹시 궁금했다. 성적표는 한 장이었고, '중간 성적표'라고 적혀 있었다. 두 줄 가운데 한쪽 줄에는 버나뎃이 듣는 과목들이 적혔고, 다른 줄에는 '중간 성적'이라는 제목이 달려 있었다. 버나뎃은 두 번째 줄에 '수'라는 글자가 줄줄이 박힌 걸 보고 — 전체가 '수'였다! — 웃음을 참을 수 없었다.

"엄마도 봤어요?"

버나뎃이 가방을 어깨에서 내려놓으며 물었다.

"내 앞으로 온 거였어. 정확히 말하자면 네 엄마 앞으로."

어머니는 차를 한 모금 더 마시고 다시 말했다.

"너 혹시 무슨 마술을 쓰고 있는 거니?"

"마술이라고요? 제가 무슨 마술을 해요?"

버나뎃은 외투를 벗어 의자 등받이에 걸어 놓으며 말했다.

"사회도 수, 문학도 수, 과학도 수, 게다가 수학도 수라니. 넌 수학에서 미 이상 받았던 적이 없잖아."

버나뎃이 기대한 것은 이런 반응은 아니었다. 배에서 꼬르륵 소리가 났다.

"그렇게 말씀하시니까 제가 무슨 잘못을 한 것 같네요."

버나뎃은 그렇게 말한 뒤 냉장고 문을 열고 안을 살펴보았다. 정말 내가 잘못을 한 건가? 버나뎃은 생각했다. 수십 번 되돌아본 그 마지막 밤의 사건들이 다시 한 번 버나뎃의 머릿속을 훑고 지나갔다. 제러드에게 더 젊게 만들어 달라고 농담을 했고, 식품 저장실에 있던 알코올음료를 마셨고, 어머니와 젊음에게 건배하고 잠을 잤다. 도대체 내가 무슨 잘못을 한 거지?

"나는 좀 의심이 많은 편이야, 버나뎃. 사람이 하룻밤 사이에 똑똑해지는 법은 없어. 더군다나 너는 좀처럼 교과서를 펼치지도 않앉잖니? 이야기 좀 해보렴. 네가 그렇게 스케이트를 타러 다니고 플루트 연습을 하는 걸 보면서 나는 옛날보다 훨씬 더 나쁜 성적을 예상했어."

뭐라고 말해야 한다는 말인가? 십여 년 동안 가계부를 쓰고 은행 계좌를 관리하다 보니 수학이 좀 더 잘 이해되더라고? 개구리 해부에 대한 역겨움도 제왕절개로 아이들을 낳아 보니 아무것도 아니게 되더라고?

"뭐 먹을 거 없어요?"

"식품 저장실에 가 봤니, 버나뎃?"

"거긴 뭐가 있는데요?"

'포리오 게러흐 치료제'에 대해 물을 기회인지에 대해 아직은 확신이 서지 않았다.

찻주전자가 삑삑 소리를 지르자 어머니는 잔 받침 위에 놓인 티백을 빈 찻잔에 넣었다. 그러더니 찻주전자 앞으로 가려고 자리에서 일어나면서 말했다.

"네가 전보다 똑똑해지는 것 같구나. 하지만 분명히 일러두는데, 버나뎃, 여기서는 영혼들과 장난치지 마라."

어머니는 조리대 위에 놓인 나무 그릇으로 손을 뻗었다.

"사과 하나 먹으렴."

패트릭
10월 15일, 목요일

패트릭은 아빠의 차가 집으로 들어오는 소리를 들었다.

"아빠 오신다."

패트릭이 말하자, 닐은 아래층으로 뛰어 내려갔다.

"경찰이 뭐 좀 알아냈을까?"

케빈이 물었다. 닐이 방을 나가자 다시 텔레비전을 켰지만, 뉴스는 어느새 내일의 날씨로 넘어가 있었다.

패트릭이 말했다.

"가서 아빠한테 들어 보자."

현관을 들어서는 아빠의 모습은 무척 수척해 보였다. 과일을 많이 안 드셔서 그런지도 몰라. 엄마는 항상 아빠한테 식습관을 고치라고 잔소리를 했지만, 아빠는 호리호리한 몸집에도 앉은 자리에서 도넛 한 상자를 다 먹어 치우곤 했다.

"닐, 바깥에 나가서 브렌트 형하고 굴렁쇠 던지기를 좀 하지 않겠니? 조금 있다가 아빠하고 같이 가게에 가자."

아빠는 그런 뒤 패트릭과 케빈에게 돌아서서 거실을 가리켜 보였다.

"가서 앉아 있어라. 나도 곧 가마."

패트릭과 케빈은 불안한 눈길을 주고받았다. 케빈은 소파에 털썩 주저앉았고, 패트릭은 의자의 팔걸이에 걸터앉았다.

부엌에서 물 흐르는 소리가 나더니 아빠가 안경의 물을 행주로 닦으면서 거실로 들어왔다. 눈 밑에 울긋불긋한 자국이 평소보다 더 짙어 보였고 피부는 창백했다.

케빈이 말했다.

"할머니 집이 TV에 나왔어요."

"그래?"

아빠는 그것까지는 몰랐던 것 같았다. 아빠는 다시 안경을 끼고 소파 맞은편의 벽난로 턱에 앉았다.

"그래. 아빠가 알고 있는 걸 이야기해 주마. TV에서 본 거랑은 좀 다를지도 몰라."

패트릭은 최악의 상황을 각오했다. 엄마는 울고 싶을 때는 울라고 했지만, 지금은 울지 않겠다고 마음을 다졌다.

"지금 경찰서에서 오는 길이다. 누군가 엄마의 현금 카드로 은행 계좌에서 돈을 꺼내간 것 같다."

"그러면 누가 엄마 지갑을 훔쳤다는 말이네요."

패트릭이 물었다. 거대한 안도의 물결이 밀어닥쳐서 패트릭은 팔걸이에서 소파 위로 주르륵 미끄러져 내렸다.

"그래."

케빈도 진지했다.

"하지만 누가 지갑을 훔칠까요? 돈을 찾을 땐 비밀번호를 알아야 하지 않나요?"

"케빈 말도 맞아."

케빈이 다시 물었다.

"그러면 아직 엄마가 휴가 중이라고 생각할 수 있는 거예요?"

패트릭은 아빠가 안경을 벗어서 눈을 문지르는 모습을 지켜보았다. 아빠는 깊은 숨을 쉬고 말했다.

"아니, 케빈. 그건 아닌 것 같다. 무슨 일인지 알 수가 없구나. 어쨌건 너희들한테 직접 이야기해 주고 싶었어. 내일 신문에 기사가 날 테니까. 신문사에서는 이 사건에 대해 제보하는 사람에게 보상금을 준다고 해."

패트릭이 말했다.

"보상금이요? 엄마가 무슨 범죄자예요?"

"아니, 엄마가 있는 곳을 알려 주는 사람한테 감사의 대가를 준다는 거야. 아무래도 닐은 이런 이야기를 이해할 수 없을 테니까, 너희들도 닐한테는 말하지 않는 게 좋겠다. 학교에서 이야기를 들을지도 모르지만, 선생님에게 미리 연락해서 신경 좀 써 달라고 부탁드려야 할 것 같다. 닐한테는 나중에 내가 이야기하마."

"아무 말 안 할게요."

패트릭은 대답한 뒤 케빈을 곁눈질했다. 케빈은 허공을 보고 있었다.

"고맙구나. 나는 클레어 이모에게 전화해 봐야겠다."

아빠는 그렇게 말하면서 두 손을 허벅지에 올리고 몸을 일으켰다. 요즘 들어 외가 친척들이 전화를 자주 했는데 아빠는 뭐라고 대답할 말이 없어서 늘 난처해했다. 케빈과 패트릭은 가만히 앉아 있었다. 그러는 동안 아빠는 클레어 이모의 자동 응답기에 용건을 녹음하고 다시 거실로 들어왔다. 아빠의 주머니에서 열쇠 소리가 짤랑거렸다.

"널을 가게에 데리고 가야겠다. 뭐 필요한 거 있니?"

둘 다 없다고 했다. 아빠의 차가 집을 빠져나가는 소리가 들릴 때까지도 둘은 말없이 가만히 있었다.

"엄마는 다시 안 올 거야."

케빈이 말하자, 패트릭은 버럭 소리를 질렀다.

"야, 재수 없는 소리 하지 마, 케빈."

케빈을 돌아보고서 패트릭은 금세 자신이 한 말을 후회했다. 케빈의 눈에 눈물이 고여 있었기 때문이다. 아빠가 '냉정 왕자'라는 별명을 붙여 주었을 만큼, 케빈은 도무지 우는 일이 없는 아이였다.

"형, 현실적으로 보자고. 도대체 어디 있는 거야? 우리 엄마 말이야! 엄마가 놀러 다니느라 이렇게 오랫동안 소식이 없다고 생각해? 무슨 일이 있는 거야. 그것도 나쁜 일이. 다음번에 아빠가 다시 우리를 앉혀 놓고 이야기를 한다면, 그때는 엄마의 시체가 발견된 후일 거야."

"그런 말 하지 마!"

케빈은 두 손으로 얼굴을 가리고 울기 시작했다. 온몸이 흔들리는 커다란 울음이었다. 패트릭은 케빈에게 다가갔다. 하지만 한동안 그냥 케빈이 울도록 내버려 두었다. 몇 분이 지난 뒤 패트릭은 케빈에게 팔을 둘렀다.

"케빈, 엄마는 돌아올 거야. 확실해."

"어떻게 알아?"

케빈은 패트릭의 팔을 밀쳐내며 소리쳤다. 케빈의 눈은 붉어졌고, 두 뺨은 눈물로 얼룩이 졌다.

"설명은 못하겠는데, 왠지 엄마가 가까운 곳에 있는 것 같아."

패트릭은 조용히 말했다. 패트릭은 분명히 그런 느낌이 들었다. 그리고 그 느낌은 집보다는 학교에서 더 강력했다. 하지만 케빈에게 패트릭 자신이 직접 엄마를 찾겠다는 말까지는 할 수 없었다. 너무 황당하게 들릴 게 뻔했기 때문이다.

"형은 환상 속에 살고 있어."

케빈은 팔꿈치로 패트릭을 밀어냈다.

"너는 TV를 너무 많이 보는 게 문제야."

"그러는 형은 너무 조금 보는 게 문제야."

기자 실종 사건에 범죄 행위 개입되었을 수도

파밍데일ㅡ나소 카운티 경찰은 실종된 뉴스데이 신문사의 기자 버나뎃 맥브라이드(40세)의 은행 계좌에서 이번 주 초에 현금이 인출된 사실을 확인하고, 이 사건에 대한 정식 수사에 착수했다.

맥브라이드 기자는 9월 7일 저녁 7시에 고인이 된 어머니의 빈집으로 가겠다고 집을 나선 이후 실종 상태가 되었다. 맥브라이드 기자의 남편 제러드 맥브라이드는 이번 주 초에 부부 공동 계좌에서 현금이 인출된 사실을 확인하고 경찰 당국에 신고했다.

"물론 맥브라이드 기자가 직접 돈을 뽑았을 수도 있습니다. 하지만 다른 사람이 개입되었을 가능성이 전보다 더 커진 것은 분명합니다."라고 로버트 머레이 경사는 밝혔다.

머레이 경사는 또 현금 인출은 10월 1일 카먼스 로에 있는 패스마크 슈퍼마켓 앞 현금 인출기에서 이루어졌다고 말했다. 경찰은 감시 카메라에 찍힌 필름을 조사한 결과, 현금을 인출한 사람이 고의적으로 카메라 촬영 범위를 벗어난 곳에 위치해 있었다는 결론을 내리고 정식 수사에 들어갔다고 말했다.

"전에도 범죄자가 기계 앞에 무릎을 꿇고 앉아서 손만 뻗어 돈을 꺼내는 바람에 카메라에는 머리 윗부분만 촬영되었던 적이 있습니다."라고 머레이 경사는 말했다.

경찰은 현금 인출이 낮 시간에 이루어졌다며, 당일 현금 인출기 앞에서 수상

한 사람을 본 사람은 범죄 예방 직통 전화 1-800-577-TIPS로 전화해 줄 것을 요청했다.

경찰은 목요일에 맥브라이드 기자의 1994년식 볼보 승용차를 압수했다. 자동차는 실종 이후 노스 마사피카 윌리엄스 거리에 있는 기자 어머니의 집 앞에 세워져 있었다. 승용차에 침입의 흔적은 없지만, 머레이 경사는 과학 수사팀이 정밀 조사를 할 것이라고 말했다.

노스 마사피카의 집을 수색한 결과 맥브라이드 기자의 지갑이나 개인 소지품이 발견되지 않았기 때문에, 수사 당국은 현금 카드를 사용한 사람이 기자의 현재 소재지도 알고 있을 것으로 추정하고 있다. 노스 마사피카의 집에도 침입의 흔적은 없다.

맥브라이드 기자는 세 아이의 엄마로 1985년부터 뉴스데이의 기자로 일했으며, 생활 섹션에 '가족 이야기'라는 부정기 칼럼을 게재했다.

뉴스데이 신문사는 이 사건에 대해 제보하는 사람을 위해 1만 달러의 보상금을 내걸고 있다.

버나뎃
10월 16일, 금요일

금요일에 도나는 버나뎃에게 저녁에 함께 스케이트를 타러 가자고 했다.

"엄마가 우리를 태워다 주실 거야. 집이 어디니?"

아, 안 돼, 버나뎃은 생각했다. 도나의 엄마가 버나뎃을 데리러 가기 위해 사람이 살지 않는 집을 노크하는 일 같은 건 절대로 원하지 않아.

게다가 버나뎃은 체조부에서 기금 모금용으로 팔 향초를 가지고 그날 오후 자신의 집을 찾아가 초인종을 누를 계획이었다. 오후 늦게, 그러니까 제러드가 퇴근해서 집에 있을 시간에. 어떻게 하면 집 안에 들어가 볼 수 있을까 궁리하다가, 조금 전에 다른 집에 펜을 두고 왔다는 핑계를 대기로 마음먹고 있었던 차였다.

"어, 그런데 나 학교 끝나고 할 일이 좀 있거든. 내가 너희 집으로 가면 안 될까?"

"좋아. 공책 줘 봐. 약도를 그려 줄게. 어디서 올 건데?"

"도서관에서."

그건 거짓말이 아니었다. 수업 끝나고 정말로 도서관에 갈 계획이었으니까. 버나뎃은 어제 왜 집에 경찰차가 왔는지를 설명해 주는 신문 기사를 찾아볼 생각이었다. 도서관에 가서 신문철을 뒤지자 기사는 쉽게 눈에 띄었다. 자신의 실종 사건은 3면으로 올라와 있었다. 현금 인출기 이야기를 읽었을 때 버나뎃은 가슴이 쿵 내려앉았다. 이렇게 바보 같은 짓을 하다니! 제러드로서는 다른 사람이 카드를 훔쳐서 썼다고 생각하는 게 당연했다. 버나뎃은 '고의적으로 카메라의 촬영 범위를 벗어난 곳에 위치해 있었다.'는 말이 무슨 뜻인지 의아했다. 그런 일을 한 적이 없었기 때문이다. 버나뎃의 키가 너무 작아서 카메라에 잡히지 않았다는 건가? 이러한 정보를 알았으니, 그렇다면 이제 자신은 빛나는 범죄자의 삶을 시작할 수 있는 건가?

버나뎃은 도서관 뒤쪽 구석으로 가서 가방을 열었다. 어젯밤에 『작은 아씨들』을 다 읽었기 때문에 아침에 집을 나올 때 책꽂이에서 급하게 책을 한 권 뽑아가지고 나왔다. 책은 코넬리우스 머피라는 사람이 쓴 『아일랜드의 민간 전설』이었다. 도나와 약속한 시각은 6시 30분이었기 때문에, 버나뎃은 도서관이 문을 닫는 5시까지 책을 읽은 뒤 향초를 팔러 가기로 결정했다. 그런데 안 사겠다고 그러면 뭐라고 하지? 안 살 가능성이 많았다. 제러드가 향기나는 초를 사는 모습은 도저히 상상이 되지 않았다.

버나뎃이 한참 책에 빠져 있을 때 스피커에서 15분 후에 도서관이 문을 닫을 거라는 안내 방송이 나왔다. 마침 한 대목이 끝난 참이라서, 버나뎃은 책을 덮고 녹색 천으로 싸인 표지를 만져 보았다. 표지를 열어 판권 연도를 보니 1935년이었다. 어머니가 이 책을 사는 모습이 얼른 떠오르지 않았다. 그러나 다시 생각해 보니 어머니는 아일랜드를 떠날 때 이 책을 가져왔을 것 같았다. 지난 몇십 년 동안 버나뎃은 책꽂이에 꽂힌 이 책에 눈길 한번 준 적 없었지만, 이제 와서 보니 이 책은 어머니의 기이한 행동들에 대해 많은 걸 설명해 주고 있었다. 버나뎃은 그저 어머니가 구식이라서 그렇다고만 생각했다. 하지만 그런 것만은 아니었다. 지금 버나뎃이 읽은 대목은 민간 의료법을 설명하는 부분이었다. 책에는 많은 종류의 약초와 처치법들이 나열되고, 그것들의 의학적 효능이 함께 적혀 있었다. 버나뎃은 다시 책으로 돌아가 그 부분을 읽었다.

수많은 미신들 가운데 가장 생명력이 긴 것은 병 치료와 관련된 것이다. 의료 종사자들은 자신이 보유한 기술의 효용성을 굳게 믿기 때문에, 때로는 아무런 대가 없이도 치료를 행한다. 물론 2백 년 전에 과학으로 믿고 인정하던 것들도 오늘날의 눈으로 보면 오류투성이이며 미신에 지나지 않는다. 하지만 현대 의술이 소개된 후에도 이런 민간 의료법은 시골 지방에서 여전히 강력한 힘을 발휘하며 행해지고 있다.

어머니는 2백 년 전을 살고 있었던 것이다. 어머니는 자연 치료법을 믿기만 한 게 아니라 직접 그런 약을 만들었고, 신기하게도 그 약들은 대부분 효과를 발휘했다! 어린 시절 어머니가 만든 역겨운 물약을 먹던 일들이 떠올랐다. 하지만 그런 걸 먹고 난 뒤 배 앓이며 두통 같은 것이 훨씬 덜해진 것은 사실이었다.

5월 1일 전야 모닥불 축제에 대해 설명하는 부분도 있었다. 이것은 4월 30일에 봄이 시작되는 것을 축하하는 축제로, 돌이켜 보니 이것도 어머니가 조용하지만 어김없이 지키던 관습이었다. 책에는 이날 피운 모닥불에서 불씨를 얻어 집에 불을 지핀다고 씌어 있었다. 이 불씨로 지핀 불은 집안에 액운이 끼는 것을 막는다고 했다. 이 불씨가 꺼져 버리면 그것은 불운의 징조였다. 5월 1일 전야의 불씨에서 타오른 불은 재조차도 행운을 준다고 여겨졌다. 어머니들은 그 재를 찻숟가락으로 떠다가 대서양을 건너는 아이들의 옷에 넣고 꿰매어 주었다. 버나뎃은 어머니도 부엌 아궁이 속의 재를 치맛단에 꿰매어 넣고 미국으로 왔을까 생각해 보았다. 어머니는 가을이 되면 정원의 죽은 식물 줄기를 그러모아 두었다가 봄이 되면 뒷마당에서 태웠다. 버나뎃은 그것이 해마다 정해진 날에 행하는 의식이라는 것을 전혀 몰랐다.

버나뎃은 책을 넣고 가방을 어깨 위에 둘러멨다. 평소처럼 식구들이 사는 집을 향해 걷다 보니까, 아이들이 신문 기사에 대해 알고 있을지 궁금해졌다. 알고 있을 것 같았다. 버나뎃 자신도 앤매리에게서 다른 신문 기사 이야기를 듣지 않았던가? 집에서는 못 보았다 해도 누군가 패트릭이나 케빈에게 이야기를 해 주었을 것이다.

잭슨 거리로 접어드니, 닐이 차고 앞에서 놀고 있었다. 버나뎃은 특히 막내 닐이 그리웠고, 닐이 벌이는 장난들이 그리웠다. 아니, 사실 모든 게 그리웠다. 떠들썩한 소리와 엉켜 뒹구는 싸움, 그 난장판과 잔소리들, 그 모든 것이. 그리움이 너무 큰 나머지 아픔마저 느낄 때도 있었다. 닐은 다른 누구보다도 더 버나뎃을 그리워하리라. 형들이 있고, 같이 놀 친구들도 많고, 할 수 있는 일이 갈수록 많아졌지만, 그래도 버나뎃에게 닐은 아직 아기였다.

집이 가까워지자 버나뎃은 닐이 한 집 건너 이웃에 사는 제시카와 차고 앞에서 농구를 하는 모습을 볼 수 있었다. 제시카는 닐하고 동갑이었지만 키는 머리 하나가 더 컸다. 버나뎃은 둘이 같이 노는 걸 좋아했다. 그동안의 경험으로 보면, 닐은 이제 머지않아 여자 아이들하고는 놀지 않으려 들 것이기 때문이다. 하지만 지금 제시카는 닐 또래의 다른 어떤 남자 아이들보다 더 닐과 잘 어울렸다. 제시카도 닐 못지않게 활동력이 왕성한 아이였다.

케빈과 패트릭은 보이지 않았고, 버나뎃이 모르는 여자가 현관 그네에 앉아 잡지책을 읽고 있었다. 지조 없는 개 브랜은 여자의 발치에 앉아서 가죽으로 만든 가짜 뼈를 씹고 있었다. 아이들 보는 사람인가? 아니면 누굴까? 제러드가 벌써 다른 여자를 구했다는 말인가? 정말?

버나뎃이 길 건너편에 있을 때 집 안에서 전화벨이 울렸다. 여자
가 자리에서 일어났다. "금방 올게." 여자는 노는 아이들에게 그렇
게 말한 뒤 현관 안쪽 어둠 속으로 사라졌다.

저 여자가 아이들 보는 사람이라면 당장 해고해 버릴 거야. 전
화를 받으러 가기 전에 아이들부터 안에 들여놓아야지. 버나뎃
은 분개했다.

향초를 파는 건 내일로 미뤄야 할 것 같았다. 여자가 둔해 보여
서 집에 들어가기가 쉬울 것 같기는 했지만, 버나뎃이 보고 싶은
건 집 자체가 아니라 제러드와 아이들이었기 때문이다. 게다가 그
여자는 향초 같은 건 사지 않을 것 같았다. 그러니까 다음 기회를
노리고, 오늘은 그냥 살짝 들여다보기만 하자. 내일 다시 한번 시
도하자. 버나뎃은 길을 건넜다. 어쩌면 여자가 다시 나오기를 기
다리는 동안 닐과 짧은 대화를 나눌 수도 있을 거야. 그리고 물론
닐을 지켜보기도 해야지.

제시카가 닐이 잡은 공을 탁 치자, 공이 버나뎃의 발밑으로 데
굴데굴 굴러왔다.

"여기 있어."

버나뎃은 그렇게 말하며 공을 아이들에게 돌려주었다. 브랜이
버나뎃에게 다가오더니 킁킁거리며 손을 핥으려 했다. 버나뎃이
귀 뒤를 긁어 주자 브랜은 버나뎃의 다리에 몸을 기댔다. 버나뎃

은 조금 전에 브랜이 보인 지조 없는 행위를 용서해 주기로 마음 먹었다.

닐이 버나뎃을 올려다보며 말했다.

"안녕. 누나도 우리랑 같이 놀래?"

"아니, 어…… 그래, 좋아."

버나뎃은 가방을 길가에 내려놓았다.

"너희 둘이 한편이 돼서 나랑 맞붙는 게 어때?"

"좋아."

닐이 슛을 했지만 공은 링 근처에도 가지 않았다. 제시카가 튀어나온 공을 잡으려고 뛰어갔다. 제시카가 다시 슛을 했지만, 공은 백보드를 맞고 다시 길로 튀어나왔다.

"잠깐, 연습을 좀 해 보자."

버나뎃은 아이들을 세워 놓고 그동안 패트릭과 케빈의 농구 연습을 지켜보면서 터득한 온갖 요령을 일러 주었다. 아이들을 들어 올려서 덩크 슛을 하게 했더니, 아이들은 낮은 어린이용 골대라도 그렇게 위에서 내려다보는 게 신기한지 깔깔깔 즐겁게 웃어댔다. 닐의 허리를 감싸 안을 때는 버나뎃의 가슴이 더 쿵쿵 뛰었다. 하지만 조그마해진 버나뎃의 몸으로는 닐도 제시카도 간신히 들어 올릴 뿐이었다.

"누나 이름이 뭐야?"

닐이 묻는 순간 방충망을 단 문이 덜컥 열렸다. 여자가 다시 나타나서 버나뎃에게 웃음을 지었다. 온화한 얼굴이었다. 향초 같은 것은 기꺼이 사 줄 듯이 보였다. 좀처럼 다른 사람의 부탁을 거절하지 못하는 사람의 얼굴이었다.

버나뎃은 겁이 덜컥 나서 대답했다.

"가야겠어. 숙제해야 되거든. 같이 놀아서 재미있었어."

그리고 차고 앞길을 걸어 내려오는데 집 바로 바깥쪽 전봇대에 붙은 전단이 눈에 띄었다. 햇빛에 노랗게 변한 전단은 집을 바라보는 쪽에 붙어 있어서, 지나가는 사람이나 차들은 볼 수 없게 되어 있었다.

우리 엄마 찾아요. 그리고 밑에는 집 전화번호. 버나뎃은 이를 악물고 전단 옆을 지나쳐 걸었다. 당장 돌아가서 이것을 쓴 아이를 붙들고 아이가 싫다고 할 때까지 끌어안고 싶었다. 하지만 버나뎃은 고개를 숙이고 허겁지겁 걸었다. 굵은 눈물 한 방울이 콘크리트 길 위에 뚝 떨어져 동전만 한 자국을 남겼다.

얼른 집에 가야 했다.

패트릭

"오늘 아침 신문에 너희 엄마 이야기가 나왔어."

아침 등굣길에 패트릭과 길모퉁이에서 만난 더피가 말했다.

"나도 알아. 아빠가 이야기해 줬어."

"걱정이네."

더피가 운동화로 돌멩이를 툭 차며 말했다.

"그래."

패트릭은 자기 앞으로 굴러 온 그 돌멩이를 차며 대답했다. 더피가 그 이야기를 그만했으면 좋겠다는 생각이 들었다.

"나도 별로 얘기하고 싶지는 않았는데, 지난번에……."

더피가 돌멩이를 다시 한 번 찼다.

"그만 됐어, 고마워."

패트릭이 말했다. 돌멩이는 풀밭 속으로 들어갔고, 둘은 아무도 돌을 찾으러 가지 않았다. 그건 규칙이었다. 돌이 콘크리트 바닥을 떠나면 게임은 끝이었다.

패트릭은 그날 하루를 기대하지 않았다. 신문에 기사가 났으니 사람들은 모두 패트릭을 보며 안쓰러워할 것이다. 선생님들은 등을 두드려 주겠지. 학교를 빼먹을까 하는 생각도 들었다.

"응답하라, 패트릭. 응답하라."

카일이었다.

"내 말 들었어?"

"아, 미안해. 딴생각 좀 하느라고."

"그러지 마. 우리도 전염되겠다. 이따 같이 농구부 입단 테스트 안 갈 거냐고 물었어."

아, 농구. 패트릭은 농구를 완전히 잊고 지냈다.

"아니."

"왜? 작년 농구부에 3학년이 많았으니까 올해는 빈 자리가 꽤 있을 거야."

"별로 하고 싶지 않아."

"농구가 싫다고? 언제부터 그랬어?"

카일이 따져 묻자 더피가 말했다.

"그만해, 카일. 싫다고 그랬잖아."

"뭐야, 네가 패트릭 엄마라도 돼?"

카일이 더피를 덤불 쪽으로 밀쳤다가 뜨끔해서 말했다.

"아, 미안해, 패트릭. 네 기분을 상하게 할 생각은 없었어."

패트릭이 말했다.

"아냐, 괜찮아. 어쩌면 농구부 테스트에 갈지도 몰라. 하지만 농구 때문에 집에 자꾸 늦으면 아빠가 좋아하지 않으실 거야. 집에서 해야 할 일이 많거든."

더피가 말했다.

"야, 바보야. 패트릭 좀 그만 들볶아."

그리고 더피는 카일의 팔을 퍽 때렸다. 카일은 더피의 목에 팔을 두르고 손가락 마디로 더피의 머리를 긁었다. 더피가 "휴전!" 하고 소리치자 패트릭은 웃음을 터뜨렸다. 도대체 더피와 카일의 대화가 싸움으로 끝나지 않은 적이 있을까 싶었다.

하루는 느릿느릿 흘러갔다. 패트릭은 어떤 일에도 정신을 집중하지 못했다. 사람들 눈도 똑바로 바라보기 힘들었다. 아침에 만난 사람들 몇이 패트릭을 마치 달리는 차에서 버려진 강아지 보듯 보았기 때문이다.

패트릭은 컴퓨터 시간에도 별로 흥미를 느끼지 못했다. 얼른 하루가 끝나고 빨리 주말이 시작되기만을 바랐다. 다음 주가 되면 사람들은 패트릭의 일에는 관심이 없을 것이었다.

수업을 마치는 종이 울렸을 때, 패트릭은 더피와 카일을 기다리지 않고, 곧바로 할머니의 집으로 갔다.

막다른 골목 입구에 서서 보니, 경찰차도 없고 TV에서 본 노란 테이프도 걷혀 있었다. 앞마당의 잔디가 지저분하게 자라 있었다. 내일 와서 잔디를 깎아야겠다고 패트릭은 생각했다.

할머니 집으로 들어가는 모습을 다른 사람들에게 보이고 싶지 않아서 패트릭은 골목 입구를 지나쳐 계속 걸었다. 자전거 길에서 집 뒤로 들어가는 방법을 알았기 때문이다.

열쇠는 패트릭이 기억하던 장소에 있었다. 전에 보았던 벌레들은 없었지만 대신 건드리면 등을 동그랗게 마는 조그만 청회색 벌레들이 있었다. 놀라운 것은 저절로 자라나는 몇몇 식물들이었다. 지난여름 엄마와 함께 두어 번 이곳에 와 봤지만, 정원에는 먼지만 풀풀 날리고 있었다. 그때 패트릭은 할머니가 그런 모습을 못 보는 게 다행이라고 생각했다.

패트릭이 흙 속에서 열쇠를 파내는데, 검은 토끼 한 마리가 깡충 뛰어 나타났다. 토끼는 엉덩이를 땅에 대고 앉아서 패트릭을 바라보았다.

패트릭이 말했다.

"먹을 걸 찾아 왔니, 토끼야? 할머니가 돌아가신 뒤 너도 별로 먹을 게 없지?"

토끼가 고개를 한쪽으로 돌리자 신기한 눈 색깔이 드러났다. 토끼의 왼쪽 눈은 흐릿한 파란색이었다. 그런 다음 토끼가 고개를 다른 쪽으로 돌릴 때 보니, 오른쪽 눈은 녹색이 감도는 회색이었다. 이상한 토끼도 다 봤네, 패트릭은 생각했다. 왠지 그 토끼가 자신을 훑어보는 듯한 느낌이 들었다.

"걱정 마. 나 도둑 아냐."

패트릭이 그렇게 말하자 토끼는 정원을 이리 깡충 저리 깡충 뛰어 사라졌다.

이 열쇠를 써 본 적은 없지만, 패트릭은 부엌문을 여는 열쇠일 거라고 생각했다. 할머니는 앞쪽의 현관을 전혀 쓰지 않았기 때문이다. 패트릭은 손가락으로 열쇠에 묻은 흙을 떨어낸 뒤 바지에 문질러서 깨끗하게 닦았다. 그런 뒤 부엌문의 열쇠 구멍에 밀어 넣으려 했지만, 전혀 맞지 않았다.

패트릭은 집 옆으로 돌아가서 혹시 현관문에는 맞는지 확인해 보려고 했다. 그런데 그때 막다른 골목 입구에 경찰차가 나타났다. 패트릭은 열쇠를 주머니에 찔러 넣고 집 벽에 납작 몸을 붙인 뒤 동그란 콘크리트 돌멩이들을 밟고 숲 속으로 달아났다.

내일 다시 와야지. 패트릭은 생각했다.

버나뎃

버나뎃은 빙글빙글 스케이트장을 돌면서 성적표를 생각하고, 또 경찰이 그걸 안에다 넣어 준 일에 대해 어머니가 한 말을 생각했다. 어머니의 집에서 지낸 한 달 반 동안 다른 우편물은 전혀 없었다. 편지도, 잡지도, 심지어 요금 청구서도 오지 않았다. 버나뎃은 왼발을 들어 오른발 앞으로 밀었다. 차가운 공기가 생각도 날카롭게 만드는 것 같았다. 스피커에서는 새미 데이비스 주니어의 노래 '캔디맨'이 요란스레 흘러나왔다. 몇십 년 동안 좀처럼 들을 수 없는 노래였는데, 요사이 어머니가 부엌에 틀어 놓은 라디오에서 이 노래가 자주 나온 기억이 났다.

그리고 전화도 전혀 울리지 않았다. 전기는 들어왔다. 어머니가 돌아가신 뒤에도 버나뎃은 짐 정리와 나중에 팔 때를 대비해서 전기를 끊지 않았다. 하지만 전화는 끊었다. 어머니의 주소로 발송된 우편물은 자신의 집으로 배달되도록 주소 이동 신고를 했다. 그때 버나뎃은 일종의 무의식 상태에서 기계적으로 일들을 처리하면서, 어쨌건 이렇게 무미건조하고 사무적인 일을 해야 한다는 사실을 다행으로 여겼다. 하지만 이제 버나뎃은 얼른 집에 돌아가서 지금까지 생각하지 못했던 것들을 확인하고 싶었다. 그것은 지금 자신이 어디에 있는지 어떻게 여기 이르게 되었는지, 그리고 돌아갈 방법은 무엇인지를 밝혀내는 데 도움이 될지도 몰랐다.

"사람이 안 사는 집 같구나."

도나의 어머니가 버나뎃 어머니의 집 앞에 차를 세우며 말했다.

"엄마가 벌써 주무시나 봐요."

버나뎃은 이렇게 말하면서 속으로 다행이라고 생각했다. 만약 어머니가 문 앞에서 기다렸다면? 그랬다면 자신은 어머니를 인사시켰을까?

"우리 엄마는 일찍 자고 일찍 일어나시거든요."

도나의 어머니가 물었다.

"열쇠는 있니?"

"집 뒤로 들어갈 거예요. 부엌문은 늘 열려 있으니까요."

"들어가면 우리한테 손을 흔들어 주렴. 네가 잘 들어갔는지 볼 수 있게 말이다. 어쨌건 오늘 이렇게 만나서 반가웠다."

"태워다 주셔서 고맙습니다. 월요일 날 보자, 도나."

버나뎃은 차문을 닫고 부엌문을 열면서 두 사람을 돌아보았다.

집은 부엌만 빼고 모두 어둠에 잠겨 있었다. 버나뎃은 도나 모녀가 자신을 볼 수 있도록 거실의 불을 켰다. 도나가 방긋 웃었고, 차는 푸르스름한 연기를 내뿜으며 막다른 골목을 빠져나갔다. 버나뎃은 안도의 한숨을 쉬었다. 집으로 오는 길에 버나뎃은 도나의 엄마가 패트릭의 할머니가 윌리엄 거리에 산다는 사실을 기억하지 않을까 조바심을 쳤다. 주소가 신문에 나왔기 때문이다. 그 일을 물어보면 어떡하지? 그러면 버나뎃은 대답할 말이 없었다.

버나뎃은 다시 커튼을 내리고 부엌으로 돌아갔다. 혹시나 싶어 수화기를 들었지만, 예상대로 아무 소리도 나지 않았다. 그러니 전화가 올 리 없었다. 도나도 버나뎃의 전화번호를 묻지 않았다. 하지만 이제 도나가 물어볼 때를 대비해서 무어라 둘러댈 말을 생각해야 했다.

그런 다음 어머니가 각종 서류를 보관하는 조리대 위의 바구니에서 학교에서 보낸 성적표를 꺼냈다. 성적표 봉투에는 '주소 이동하지 말 것. 배달 불가능할 경우 반송 바람.'이라는 도장이 찍혀 있었다. 이 지역 담당 집배원에게 무슨 일이 생겼나? 그가 있었다면 아마도 우편물을 학교로 반송시켰을 것이다. 학교에서 우편물이 자꾸 온다면 분명히 사람들은 낌새를 챌 것이다. 학교에 처음 간 날 피아자 부인의 책상에서 본 반송된 시간표들이 생각났다.

버나뎃은 이층으로 올라가서 복도에 불을 켜고 어머니 방을 들여다보았다. 어머니는 잠들어 있었다. 몸이 어찌나 가냘픈지 불룩한 표시도 별로 나지 않았다. 그냥 이불에 주름이 좀 잡힌 것 같을 뿐이었다.

버나뎃은 허리를 굽혀서 어머니의 가느다란 어깨에 손을 얹고 뺨에 입을 맞추었다. 어머니의 뺨은 차가웠고 또 로션 냄새가 났다.

"엄마, 저 왔어요."

"재미있었니?"

어머니는 눈은 뜨지 않은 채 버나뎃의 손을 잡고서 물었다.

"네, 아주 재밌었어요."

"그래, 다행이구나. 가서 쉬어라. 아침에 이야기하자."

"안녕히 주무세요."

버나뎃은 이불을 어머니의 목 위로 끌어올리고 머리 뒤쪽에 살짝 둘러 주었다. 그러고는 복도로 나와 불을 끄고 자기 방의 스탠드를 켠 뒤, 문을 살그머니 닫았다.

버나뎃은 무릎을 꿇고 앉아 조용히 온풍기 철망을 열었다. 경찰이 이곳을 눈치 채지 못했다는 건 이미 확인한 터였다. 버나뎃은 배낭에서 책을 꺼낸 뒤 노트북 컴퓨터를 넣고 배낭의 지퍼를 힘겹게 잠갔다. 스케이트를 타는 동안 버나뎃은 노트북을 고쳐서 패트릭에게 메일을 보낼 수 있을지도 모른다는 생각을 했고, 그렇게 되면 메일에 뭐라고 쓸까 하는 걸 계속 궁리했다. 배낭 바깥쪽 주머니에 지갑을 넣고 배낭을 침대에 기대 세워놓았다. 그리고 아침에 옷 입을 시간도 아끼기 위해 그날 하루 종일 입었던 옷을 그대로 입은 채 침대에 누웠다. 내일 과연 어떤 결과를 만나게 될지,

불안과 초조의 밤이 버나뎃 위로 내려왔다.

 토요일 아침에는 비가 내렸고, 공기는 이슬비를 머금어 축축했다. 버나뎃은 일찌감치 일어났다. 버나뎃이 알고 있는 컴퓨터 수리점은 헴스테드 고속도로 초입에 있는 것뿐이었다. 거리가 몇 킬로미터나 되었기 때문에 한참을 걸어야 하는 데다 노트북 컴퓨터가 비에 젖지 않도록 조심도 해야 했다. 어머니는 아직도 자고 있었다. 버나뎃은 어머니한테 외출 용건은 말하지 않고 점심시간까지는 돌아오겠다는 짤막한 메모를 남겼다. 그리고 복도 벽장에서 망토 우비를 꺼낸 뒤 폭우가 쏟아질 때를 대비해서 배낭까지 완전히 덮어썼다.
 길을 걷는 동안 버나뎃은 만약 이 컴퓨터가 신문사 물품이란 게 들통이 나면 뭐라고 대답할까를 궁리했다. 이미 드라이버로 노트북 밑에 붙은 금속 명패는 떼어 냈지만, 보안 체계 같은 데 대해서는 별로 아는 게 없었기 때문에, 회사 장비의 도난을 막기 위해 다른 사람은 못 쓰게 하는 비밀 장치 같은 걸 해 놓았는지는 짐작할 수 없었다. 부딪혀 보는 수밖에 없었다. 문제가 생기면 달아나야지. 그래서 버나뎃은 운동화를 신었다.
 가게에 도착했더니 아직 문을 열기 전이라서 버나뎃은 길 건너 세탁소 앞으로 가서 그 집 차양 밑에서 기다렸다.
 9시가 조금 못 돼서 파란색 뷰익 승용차가 수리점 앞으로 오더니 뒤쪽의 쓰레기 수거함 옆에 주차했다. 육중한 몸집의 남자가 도시락통과 신문을 끼고 내려 건물 뒤쪽으로 돌아갔다. 그리고 몇 분 후에 남자는 가게 안에 나타나서 '영업 끝' 표지판을 '영업 중'으로 돌려놓고 입구의 유리문을 열었다. 버나뎃은 조금 더 기다린 뒤 신호등이 있는 곳까지 반 블록을 걸어가서 길을 건넜다.

버나뎃은 딸랑 울리는 종소리와 함께 어둡고 서늘한 가게 안으로 들어섰다. 어둠에 눈이 익어 사물들을 분간하는 데 몇 초가 걸렸다. 남자는 벌써 고무줄 달린 확대경을 머리에 두르고 두꺼운 손가락 사이에 뾰족한 집게를 든 채 뒤쪽에 앉아 있었다.

"잠시만 기다리세요."

남자는 회로 판에서 눈도 떼지 않고 말했다.

버나뎃은 주변을 둘러보았다. 작업대마다 키보드와 모니터와 하드 드라이브가 놓여 있었고, 그 중에는 전선들이 복잡하게 비어져 나온 것도 많았다. 직접 파는 컴퓨터도 몇 대 있었는데, 그건 아마도 남자가 고쳐서 파는 중고품인 것 같았다.

"무슨 일로 오셨나요, 꼬마 아가씨?" 남자가 물었다.

버나뎃은 배낭을 열어서 노트북을 꺼내고 있었다. 작업대는 버나뎃의 턱에 닿을 만큼 높았다. 그래서 버나뎃은 까치발을 한 채 한 손으로 배낭을 잡고 다른 손으로 컴퓨터를 꺼내느라고 몸을 이리저리 비틀었다.

"내가 여길 잡고 있으마."

남자가 그렇게 말하며 배낭 아래쪽을 붙들어 주었다.

"뭐가 잘못된 거냐?"

"아빠가 그러시는데, 아예 작동이 안 된대요."

"심부름을 온 거로구나. 음……. 전원 코드가 닳은 걸 수도 있겠군. 새 걸 한번 끼워 보자."

남자는 노트북 컴퓨터 뒤쪽을 살펴보며 말했다.

남자는 작업대 아래 상자로 손을 뻗어서 기다란 검은색 코드를 꺼냈다. 그리고 코드 한쪽 끝을 컴퓨터의 접속 장치에 꽂고 다른 쪽 끝은 작업대 위에 있는 전원 콘센트에 꽂았다. 모니터가 파란빛으로 깜박이더니 부팅 과정을 거쳐 아무 일 없다는 듯 작동이 되었다.

"코드가 문제였나 보구나."

남자가 말했다.

버나뎃은 어리둥절했다. 전원 코드가 문제였다면 배터리를 사용할 때는 왜 작동이 안 됐다는 말인가?

"얼마 드리면 되죠?"

"글쎄, 스위치 올려본 걸로 돈을 받을 수는 없겠지만, 전원 코드가 필요하다면 거기 진열 선반에 몇 개가 있다."

남자는 버나뎃 뒤쪽 벽을 가리켜 보였다.

"49달러 99센트란다."

버나뎃은 가격에 움찔하고는 지갑을 꺼냈다. 남자가 가리켜 보인 쪽을 향해 돌아서다가 지갑을 보고 깜짝 놀랐다. 현금 인출기에서 빼낸 빳빳한 20달러 지폐 15장을 넣어 둔 가죽 지갑 속에 돈이 한 푼도 없었기 때문이다. 있는 것은 나뭇잎뿐이었다. 초록색 나뭇잎들.

남자가 웃으며 말했다.

"신용 카드도 받지만, 나뭇잎은 안 되지."

버나뎃은 빗속을 힘겹게 걸어 집으로 돌아왔다. 어떻게 해서 돈을 도둑맞았을지 생각에 생각을 거듭해 보았다. 현금 인출기 앞에서 피아자 부인을 본 뒤 버나뎃은 철물점과 도서관에 들렀다가 집으로 왔다. 돈을 넣은 지갑은 가방에 넣어 온풍기 속에 넣어 두었다. 돈의 일부는 장을 보는 데 썼다. 어저께도 20달러를 꺼내서 스케이트 타러 가는 데 썼고, 남은 동전은 아직도 버나뎃의 주머니에 있었다. 그런데 나머지 돈은 다 어디로 갔다는 말인가? 그리고 그 잎사귀들은 어떻게 거기 들어가 있다는 말인가?

집으로 오는 내내 비가 내렸다. 숲에 다다랐을 무렵에는 발이 시리고 아팠다. 자전거 길은 젖은 나뭇잎들로 번들거렸고, 바지는 이미 흠뻑 젖었지만, 나뭇가지들이 빗물을 막아 준 덕분에 배낭 위로는 빗방울이 덜 떨어졌다.

"다녀왔습니다."

부엌문 앞 깔개 위에서 신발을 벗으며 버나뎃이 말했다.

"참 좋은 날도 골라서 외출했구나."

"뭐 좀 알아볼 게 있어서요."

"옷을 벗어라. 차를 끓여 주마."

버나뎃은 머리 위로 망토 우비를 벗었다. 빗물이 리놀륨 바닥으로 폭포처럼 떨어졌다. 바지도 벗었지만 배낭은 벗지 않았다. 그대로 얼른 이층으로 올라가고 싶었다. 뒷걸음질로 부엌을 나오는데, 발은 시리고 다리는 추위로 시퍼레졌다. 참담한 기분이었다.

방에 돌아와서 버나뎃은 노트북을 켜 보았다. 아무 일도 일어나지 않았다. 전원 코드가 닿은 순간 배터리도 기다렸다는 듯이 방전된 모양이었다. 그렇다면 다른 사람에게서 전원 코드를 빌리면 어떨까? 도나의 부모님에게도 노트북 컴퓨터가 있을까?

컴퓨터를 다시 온풍기 속에 밀어 넣은 뒤, 버나뎃은 양말을 신고 깨끗한 청바지를 꺼내 입고서 어머니에게 내려갔다. 어머니는 거실에서 바느질 바구니를 옆에 놓고 TV를 보고 있었다.

"부엌 조리대에 차 끓여 놓았다, 버나뎃."

"네."

버나뎃은 차를 가지러 갔다. 찻잔 양옆에 소다빵이 한 조각씩 놓여 있었다. 간식거리를 만들어 주는 어머니의 손길에서 더할 수 없는 애정이 느껴졌고, 버나뎃은 자신이 아이들에게 쿠키나 컵케이크를 만들어 줄 때 느끼던 기쁨이 떠올랐다. 자신이 만든 과자를 아이들이 맛있게 먹는 모습은 뭐라 말할 수 없는 행복을 주었다.

지금 당장 집으로 돌아가 오븐에서 쿠키 판을 꺼내며 닐이 "다 식었어요, 엄마?" 하고 재촉하는 소리를 듣고 싶었다. 버나뎃은 찻잔과 잔 받침을 들고 거실로 가서 벽난로 옆에 앉았다.

"뭘 보세요?"

"로렌스 웰크 쇼. 오늘 아일랜드 출신 테너가 나왔어."

"로렌스 웰크 쇼요? 그 프로그램이 아직도 해요?"

"봐, 로렌스 웰크 맞잖아."

버나뎃이 알기로 로렌스 웰크는 이미 죽었다. 하지만 토요일 오후니 옛 프로그램을 재방송하는 건지도 몰랐다. 그렇게 TV를 보고 있는데 광고가 나왔다. 첫 번째 광고는 정치 광고였다. 대통령 재선 추진 위원회에서 내보내는 광고.

그 대통령은 닉슨*이었다.

버나뎃은 아무 말도 하지 않고 머릿속 현미경을 작동시켰다. 유리판 아래 놓인 이 사건에 초점을 맞추기 위해 렌즈 위치를 정밀하게 조절했다.

그 시절이라면 벽장 속 구닥다리 옷들이 어울리는 시절이었다.

그래서 새미 데이비스 주니어의 어처구니없는 노래 '캔디맨'이 라디오에서 쉴 새 없이 흘러나온 거구나.

1972년으로 돌아간 것은 버나뎃과 어머니만이 아니었다. 집 전

---

* 닉슨 | 1969년부터 1974년까지 재임했던 미국의 제37대 대통령.

체가 한꺼번에 옛날로 돌아가 있었다. 하지만 집의 겉모습은 30년 전이나 몇 달 전 어머니가 돌아가실 무렵이나 별 차이가 없었기 때문에, 버나뎃은 조금 전까지도 이 사실을 인식하지 못했다. 어머니는 집을 장식하거나 고치는 일에 별로 취미가 없는 분이었다. 돌아가실 때까지 손가락을 넣어 돌리는 다이얼식 전화기를 썼고 (패트릭과 케빈은 이 전화기를 아주 재미있어했다.) 메츠가 올라간 월드 시리즈 야구 경기를 보기 위해 아버지가 샀던 낡은 텔레비전을 계속 보았다. 그 월드 시리즈는 1969년에 열렸다.

버나뎃은 찻잔을 내려놓고 부엌으로 들어가 라디오를 들었다. '내 사랑 그대를 원해'가 흘러나왔다. 역시 옛날의 히트곡이었다. 버나뎃은 라디오를 끄고 플러그를 뽑았다.

그리고 잡동사니 서랍에서 건전지 두 개를 꺼내서 라디오 뒤쪽의 건전지함에 꽂아 넣었다. 그리고 뒷문으로 빠져나와 숲 가장자리로 걸어갔다.

비는 그쳐 있었지만 아직도 사방에는 거뭇거뭇한 그림자가 가득했다. 버나뎃은 엄지손가락으로 라디오의 전원과 음량을 조절하는 다이얼을 돌렸다. 딸깍 하고 전원 올리는 소리가 난 뒤에도 계속 돌렸다. 소리가 커졌다……. 스포츠 토론 프로그램이었다. 새미 데이비스 주니어는…… 집 밖에서는 존재하지 않았다. 그레이트넥에 사는 버트라는 사람이 휴대폰으로 전화를 걸어 미식축구 팀인 뉴욕 제츠의 수비에 불만을 토하고 있었다.

버나뎃은 왜 집에서 노트북 컴퓨터가 작동되지 않았는지를 알았다. 1972년이라면 그런 게 발명되기도 전이었으니까.

버나뎃은 부엌으로 돌아와 라디오를 본래 있던 개수대 위 선반에 올려놓았다. 버나뎃이 어머니 곁을 지나쳐 계단을 향해 갈 때까지도 어머니는 로렌스 웰크 쇼를 보고 있었다. 버나뎃은 조용히 자기 방문을 닫았다. 마음속으로 자신을 타일렀다. 흥분하지 말라고, 어머니가 잠든 다음에 해야 한다고. 하지만 도저히 그때까지 기다릴 수가 없었다. 버나뎃은 노트북 컴퓨터를 배낭에 쑤셔 넣었다.

"비가 그쳤어요. 산책 좀 하고 올게요."

버나뎃은 그렇게 말하고 대답을 들을 새도 없이 밖으로 나갔다.

숲길에 들어선 뒤 얼마 지나지 않아 가지를 넓게 벌린 나무를 발견하고 그리로 갔다. 버나뎃은 노트북 컴퓨터를 꺼내고 배낭을 땅바닥에 내려놓았다. 그리고 쭈그려 앉은 자세로 무릎에 컴퓨터를 올려놓고 스위치를 올렸다. 윙 하는 소리가 울리더니 경쾌한 신호음이 들렸다. 그런 뒤 버나뎃은 컴퓨터와 휴대폰을 연결하는 코드를 꺼내서 컴퓨터에 꽂았다. 그리고 회사에서 제발 자신의 휴대폰 서비스를 중단시키지 않았기를 간절히 기도했다.

마침내 컴퓨터가 작동 준비를 마치자 버나뎃은 커서를 이메일 아이콘으로 가져갔다. 모래시계가 깜박거리는 동안 버나뎃은 숨도 제대로 쉬기 힘들었다.

"제발 돼라, 돼."

버나뎃은 속삭였다.

잠시 검은 화면이 깜박거리더니 **메일함이 가득 찼습니다.**라는 메시지가 떴다.

버나뎃은 얼른 목록을 살폈다. 자동 발송되는 편집국 공지 메일이 수십 통 와 있었다. 한 달 반 동안 회사에 안 나타났다는 이유만으로 버나뎃의 이름을 직원 명단에서 빼지는 않은 것 같았다. 그리고 그 사이사이에는, 발신 주소가 회사가 아닌 또 다른 메일이 20통 이상 와 있었다.

그 주소는 pmcbride@saltzmanms.edu였다.

패트릭

10월 19일, 월요일

    할머니 집 마당의 잔디를 깎겠다는 패트릭의 계획은 토요일과 일요일에 연달아 내린 비로 취소되었다. 칙칙한 주말의 날씨는 패트릭의 마음하고도 똑같았다. 패트릭만 그런 게 아니었다. 집에 갇힌 네 명 모두가 짜증과 무기력 속에 늘어져 있었다. 케빈은 TV에 볼 게 없다고 우울해했다. 야구 플레이오프 경기가 일찍 끝났는데 월드 시리즈는 화요일에야 시작하기 때문이다. 요즘 들어 우는 일이 거의 없어진 닐은 공책에서 숙제한 부분을 떼어 내다가 종이가 찢어지자 더는 못 참겠다는 듯 울음을 터뜨렸다. 아빠가 닐을 들어올려 아기처럼 흔들면서 달랬다. 아빠가 그런 식으로 닐을 어르는 것은 정말로 오랜만에 보는 모습이었다.

    어쨌건 월요일이 되자 사람들은 패트릭에게 눈길을 덜 주는 것 같았다. 패트릭은 자신의 존재 자체가 조그맣게, 눈에 띄지 않게 오그라든 듯한 느낌이 들었다. 마치 돌멩이에 깔린 벌레처럼. 컴퓨터 시간이 되자 어쨌건 그날 하루가 거의 다 지나갔다는 데 안

도감이 느껴졌다.

　패트릭은 모니터의 버튼을 눌렀다. 연초록 불빛이 깜박한 뒤 윙 소리를 내며 컴퓨터가 작동했다. 마우스를 잡고 pmcbride라고 씌어진 아이디를 클릭한 뒤 비밀번호를 입력했다. 패트릭은 언제나 메일함을 가장 먼저 확인했다. 물론 처음에 카일과 더피에게 메일을 보내던 때의 신기함은 이미 사라지고 없었다. 둘은 답장으로 달랑 한 줄을 써 보내거나 그나마도 잘 보내지 않았기 때문이다.

　새 편지가 1통 있습니다. 모니터에는 그런 메시지가 떠 있었다.

　패트릭은 커서를 메일함 아이콘으로 이동시켜서 마우스를 클릭했다.

　메일을 열었을 때 패트릭은 거의 소리를 지를 뻔했다. 하지만 막상 무슨 소리라도 내려고 하니 아무 소리도 나오지 않았다. 패트릭은 얼른 메일을 읽었다.

받는 사람 : pmcbride@saltzmanms.edu
보내는 사람 : bmcbride@newsday.com
제목 : 네가 보낸 편지들
보낸 날짜 : 10월 17일 오후 12:12:24 서머타임 적용 동부 시간

패트릭.
네가 보낸 편지 받았다. 이제야 겨우 노트북 컴퓨터를 쓸 수 있게 되

없어.

　너한테 소식을 듣게 되어서 얼마나 기뻤는지 모른다. 케빈의 머리는 어떤지 궁금하구나. 하긴 옛날부터 우리 둘째 왕자 엉덩짝 군의 머리는 엄마의 오랜 걱정거리였지. ^^;;

　다른 일은 걱정하지 마라. 집이야 좀 더러우면 어떠니? 내가 돌아가도 청소부 아줌마는 그대로 쓰도록 하자꾸나!

　내가 지금 어디에 있는지는 말할 수 없지만, 어쨌건 나는 무사하고 집으로 돌아가려고 애쓰는 중이라는 걸 알아주렴. 너에게 해야 할 중요한, 아주 중요한 부탁이 두 가지 있다. 첫 번째 부탁은 이 편지를 읽은 즉시 지우고 아무에게도 이야기하지 말라는 거야. 네가 비밀을 지키지 않으면 너하고 이렇게 연락할 방법마저 없어질지 몰라.

　두 번째 부탁은 조금 더 까다로운 건데, 아빠하고 동생들한테 내가 잘 있다고 알려달라는 거야. 나는 다친 데도 없고, 다만 어려운 상황에 빠져서 나가지 못할 뿐이야. 황당무계하게 들릴 거라는 거 알아. 나도 지금은 뭐라 말할 수 없지만, 언젠가 설명할 수 있게 될 거다. 내가 무사하다는 걸 마음으로 느낀다고 식구들한테 이야기해 줄 수 있겠니?

　사랑해. 사랑해. 사랑해. 사랑해. 우리 식구 네 명에게 각각 '사랑해' 하나씩을 보낸다. 모두들 너무 보고 싶구나.

　잊지 말기를. 영화 '미션 임파서블'에 나온 것처럼 이 편지는 5초 안에 자동 삭제되어야 해!

패트릭은 너무나 놀라서 눈을 껌벅이는 것 이상의 어떤 행동도 할 수 없었다. 선생님이 수업을 하고 있었지만, 귀에 마취주사라도 맞은 것처럼 아무 소리도 들리지 않았다. 그런데 누군가 뒤쪽에서 낮은 목소리로 패트릭의 이름을 부르는 바람에 뒤를 돌아보았다.

빅토리아 캐번디시였다.

"이런 세상에, 패트릭한테 여자 친구 생겼네."

빅토리아는 입술을 오므리더니 요란스레 "쪽!" 소리를 냈다.

빅토리아가 자기 어깨 너머로 메일을 보았을 거라고 생각하니 패트릭은 혼비백산해졌다. 뭐라고 대응을 해야 할 것 같았지만, 아무 생각도 떠오르지 않았다. 네 일이나 신경 쓰라고 말하려는 찰나, 빅토리아 옆자리의 여학생이 빅토리아의 배낭을 잡아당겨 지퍼를 열더니 안에 든 것들을 바닥으로 쏟아냈다.

"야, 너 뭐하는……!"

빅토리아가 소리쳤다.

"거기 두 여학생, 무슨 일이지?"

도브스 선생님이 물었다.

패트릭은 나중에 그 여자 아이에게 고맙다고 말해야겠다고 생각했다. 그리고 얼른 컴퓨터로 고개를 돌려 '삭제' 키를 눌렀다.

버나뎃

진정! 진정! 버나뎃은 빅토리아 캐번디시의 깡마른 목을 확 비틀어 버리고 싶은 충동을 누르며 스스로에게 말했다. 그런데 숨을 가라앉히고 보니 빅토리아가 패트릭의 모니터에서 읽은 것은 아마도 **'사랑해'**라는 부분이었을 것 같았다. 그 부분을 특별히 굵은 글씨로 썼기 때문이다. 하지만 버나뎃은 할 일이 많았고, 그것들을 해내기에도 시간이 빠듯한 형편이었는데, 이제 빅토리아의 접근을 막는 것도 추가해야 했다.

토요일에 패트릭에게 메일을 보낸 뒤 버나뎃은 집에 있는 아일랜드의 전설에 관한 책을 한 권 더 읽었다. 그것은 무슨 요리 책과도 비슷했다. 요정 마법이란 걸 설명한 장이 있는데, 톱풀과 꼬리풀을 함께 끓여서 무슨 약을 만들면 버터를 망쳐 놓는 악마를 물리칠 수 있다며 만드는 방법을 자세히 설명하고 있었다. 또 진정한 사랑을 알아보는 마법도 있었다. 깨끗한 쟁반에 재나 밀가루를 뿌리고 그 위에 달팽이를 올려놓으면, 달팽이의 몸 빛깔이 그 사람의 얼굴빛을 말해 주고, 달팽이가 지나가면서 남긴 자국이 그 사람 이름의 첫 글자를 말해 준다는 것이다. 버나뎃은 달팽이가 제러드의 첫 글자인 G를 쓰는 모습을 상상했다. 아주 영특한 달팽이가 아니면 안 될 것 같았다.

하지만 요정들이 사람을 훔친다는 대목에 이르자 버나뎃은 진지해졌다. 그럴 때 요정들은 흔히 자기 모습을 바꾸거나 아니면 훔쳐 갈 사람의 모습을 바꾼다고 했다. 요정들은 시간을 가로질러 여행하고, 짚으로 말을 만들고, 인간을 자기들 세상에 데려갈 수 있다고 했다. 요정들이 인간 속에 섞여 살기도 한다는 말인가? 어머니가 '영혼'을 가지고 장난치지 말라고 한 것은 그런 의미였을까? 어쨌건 어머니는 버나뎃이 인정하던 것 이상으로 요정 세계와 깊은 관계를 맺고 있는 게 분명했다. 하지만 만약 버나뎃이 그런 사실을 '인정했다' 해도, 누가 그 말을 믿었겠는가?

책에는 자신이 요정의 마법에 걸렸는지를 알아보는 방법에 대해서도 언급되어 있었다. 버나뎃은 책을 마구 뒤진 끝에 83쪽의 각주에서 그 방법을 찾았다.

토요일 밤 어머니가 잠자리에 든 뒤, 버나뎃은 아래층으로 내려가 부엌으로 들어갔다. 그리고 도자기 그릇을 넣어 두는 장식장 앞으로 가서, 한쪽 유리문에 손을 대고 유리 소리가 나지 않도록 다른 쪽 문을 조심조심 열었다. 그리고 받침대가 달린 큼직한 크리스털 술잔을 하나 꺼냈다. 어머니가 할머니, 할아버지에게 결혼 선물로 받은 워터포드 회사의 고급 제품이었다. 버나뎃은 술잔을 달빛에 대고 빙빙 돌렸다. 어두운 방 안에 유리에 반사된 달빛이 흩뿌려졌다. 완벽해, 버나뎃은 생각했다.

버나뎃은 술잔을 조리대 위에 조용히 내려놓았다. 그리고 캐비닛에서 즉석 오트밀 상자를 꺼내서 술잔 속에 오트밀 알갱이를 가득 채웠다. 그런 뒤 술잔을 아마포 천으로 덮고 책에 씌어진 대로 심장과 등, 허리 양옆에 갖다 댔다.

버나뎃은 술잔을 조리대에 다시 내려놓고 책의 구절을 다시 읽었다.

만약 요정의 마법에 걸렸다면, 술잔에 담긴 곡물의 한쪽 절반이 사라질 것이다.

아마포 천을 벗겼다. 술잔은 여전히 가득 차 있었다.

젠장, 버나뎃은 실망해서 내뱉었다. '곡물'이 무엇인지 자세히 말해 준다면 좋을 텐데. 퀘이커 회사의 즉석 오트밀은 그 곡물이 아닌 모양이었다. 요정들은 퀘이커 오트밀을 별로 안 좋아할 것 같았다. 버나뎃이 이 책을 읽고 요정에 대해 뭔가 알게 된 것이 있다면, 그것은 그들이 아주 까다롭다는 것이었다.

월요일 문학 시간에 버나뎃은 앞으로 어떻게 할지를 곰곰 궁리했다. 버나뎃이 전부터 알고 있던 아일랜드 상점에 가면 책에서 말하는 진짜 아일랜드 곡물에 가까운 것을 구할 수 있을지도 몰랐다. 하지만 그 가게는 걸어갈 만한 거리가 아니었다. 점심시간에 버나뎃은 체육관 옆 공중전화에서 전화를 걸어 가게가 그날 오후에도 영업을 한다는 것을 확인했다. 그런 뒤 역과 터미널에 전화를 걸어 운행 시간표도 알아 두었다. 카멘스 로드에서 오후 2시 45분 버스를 타고 마사피카 공원 역으로 가서 3시 35분 기차를 타면, 4시까지는 메릭에 도착할 수 있을 것 같았다. 거기서 가게까지는 몇 블록 거리였으니 금방 걸어갈 수 있었다.

하지만 버나뎃은 돈이 모자랐다. 남은 지폐와 동전을 모두 합해 봐야 9달러도 되지 않았다. 버나뎃은 그 돈을 지퍼 달린 주머니에 넣어 늘 가지고 다녔고, 잘 때도 몸에서 떼어 놓지 않았다. 그 돈마저 나뭇잎으로 변해 버리는 일을 막기 위해서였다.

어느 날 밤은 누군가 그 돈을 빼앗아 가는 꿈을 꾸고 깜짝 놀라 깨어나기도 했다. 맨살에 닿은 금속 지퍼의 촉감이 차갑게 느껴졌을 뿐이었다. 버스를 타려면 돈을 내야겠지만, 기차에는 몰래 숨어들어 무임승차를 하고 마지막으로 그 '곡물' 가격이 7달러를 넘지 않기를 바라는 수밖에 없었다. 그 가게에서 나뭇잎을 받지 않는다면 말이다. 버나뎃은 혹시 나뭇잎들이 도로 돈이 되지 않았을까 싶어 일요일 밤에 지갑을 한 번 더 열어 보았다. 하지만 그런 일은 없었다.

버스와 기차는 문제없이 타고 내렸다. 마사피카 공원 역에서 메릭까지 달리는 동안 버나뎃은 차장과 객차 한 칸 거리를 유지하며 숨바꼭질을 했다. 차는 서쪽으로 계속 덜컹덜컹 달렸고, 불어오는 바람은 버나뎃의 머리를 흩날렸다. 왠타그에서 차장이 마지막 객차에 이르러 돌아서자, 버나뎃은 기차에서 내려 승강장을 맹렬히 달린 끝에 반대편 끝의 객차를 탔다. 심장이 미친 듯이 방망이질했다. 어쩌다 보니 거짓말 속에 살게 되었지만, 버나뎃은 아직 사기를 치는 데 익숙하지 않았다. 만약 아이들이 이런 일을 했다면, 버나뎃은 펄펄 뛰며 화를 냈을 것이다.

메릭에서 내려 도로로 가는 에스컬레이터를 타자, 햇빛이 강렬하게 눈을 때렸다. 버나뎃은 가게로 거의 뛰어가다시피했다. 전에 어머니랑 같이 간 적도 있고 어머니 심부름도 간 적이 있었기 때문에 위치는 잘 알았다.

"어서 오세요."

가게 안의 여자가 인사했다. 여자의 말투에서 희미한 아일랜드 억양이 느껴졌다. 버나뎃은 그 여자가 주인이라는 걸 알았다. 주인 여자는 혼자 가게를 지키면서 높다랗게 쌓인 모자 더미를 정돈하고 있었다. 마치 트위드 직물로 만든 팬케이크 더미 같았다.

"무얼 할 거니?"

여자가 물었다.

버나뎃은 그 말이 "무얼 사러 왔니?"라는 뜻임을 알았다. 그렇게 아일랜드 식으로 특이하게 변형되는 영어가 버나뎃에게는 늘 듣기 좋았다. 일부러 말을 그렇게 한다는 생각도 들었다.

"아까 전화 드렸는데요. 곡물을 사러 왔거든요. 어머니 심부름으로요."

"곡물? 어떤 곡물?"

"어떤 곡물이 있나요?"

"다 있지. 밀, 밀기울, 오트밀, 고운 것도 있고 거친 것도 있고……."

"뭐가 제일 좋아요?"

"그건 어디에 쓰느냐에 따라 달라지지."

"엄마한테 드릴 선물이거든요. 엄마는 아일랜드 분인데 '요정을 찾을 만한 좋은 곡물'이라는 말씀을 많이 하세요."

"아! 요정 곡물! 제대로 찾는구나. 플라하테 고운 오트밀이 있어. 저기 맨 아래 선반 홍차 옆에 있단다."

주인 여자는 가게 뒤편에 쌓인 상자들을 가리켜 보였다.

곡물은 1파운드 포장에 4달러 50센트였다. 버나뎃은 곡물 상자를 황금덩이처럼 움켜쥐고서, 방향만 동쪽으로 달라졌을 뿐 갈 때와 똑같은 방법으로, 기차의 객차를 옮겨 다니며 집으로 왔다. 다행히 이번 기차에는 퇴근길 승객들이 많아서 버나뎃은 어른들의 외투 자락과 펼쳐든 신문 사이에 쉽게 몸을 숨길 수 있었다.

기차가 마사피카 공원 역에 들어섰을 때는 이미 밤이었지만, 버나뎃은 마지막 남은 돈을 쓰는 게 아까워서 집까지 걸어갔다. 길고 긴 길이었다. 린턴 거리의 자전거 길 입구, 공원도로 위로 뻗은 다리, 거기서 고등학교로 이어지는 지선 도로를 모두 지나서 마침내 어머니의 집 뒤편 숲에 이르렀다.

　버나뎃이 어두운 부엌으로 들어서자 어머니가 거실에서 큰소리로 말했다.

　"조리대에 있다."

　버나뎃은 어머니가 또 차를 준비해 놓으셨나 보다 생각하며 침침한 불빛 속에서 고개를 돌렸다. 하지만 그곳에 있는 것은 크리스털 술잔과 아마포 천이었다.

　어머니는 알고 있었다. 버나뎃이 무엇을 하는지. 버나뎃은 깊은 안도를 느꼈다. 그래서 배낭에서 플라하테 고운 오트밀을 꺼내 그 알갱이를 술잔에 채웠다. 그리고 어저께 했던 순서를 그대로 반복했다. 천을 걷자 이번에는 곡물의 절반이 사라지고 없었다.

　"그러니까 우리는 마법에 걸린 거구나."

　어머니가 거실의 창백한 불빛을 등진 채 문 앞에 서서 말했다. 어머니는 유령처럼 투명해 보였다.

　"그런 것 같아요. 어머니는 모르셨어요?"

　"나도 뭔가 이상하다고 생각은 했지. 이제 뭔지 알 것 같구나. 너는 네 가족한테 돌아가고 싶은 거지?"

"돌아갈 방법이 있나요?"

"아마 있을 게다. 그 전에 나한테 한 가지만 말해 주렴."

"네."

"내가 죽은 게냐?"

그 말을 듣자 버나뎃의 눈에 눈물이 차올랐다.

"엄밀하게 말하면…… 제 말은…… 그러니까…… 네, 맞아요. 어머니는 돌아가셨어요."

어머니가 죽었다고 생각하는 것도 어려웠는데, 그걸 입으로 말하는 건 몇 배로 더 어려웠다.

"그러면 이게 죽은 거냐?"

어머니는 두 손을 앞으로 내밀고 바라보았다. 마치 거기서 어떤 설명이라도 찾으려는 것처럼.

"무언가 정상이 아니라는 건 알았어. 하지만 정원에서 패트릭을 보기 전까지는 정확히 몰랐지."

"패트릭이 여기 왔어요?"

"그래, 그 애를 본 순간 나는 네가 아이가 아니라 어른이었다는 게 생각났어. 버나뎃, 죽음은 우리 기억을 강력하게 흔들어 놓거든."

"그 애가 언제 왔는데요?"

"네가 스케이트 타러 가던 날. 나는 너무 놀라서 바로 침대에 쓰러졌단다."

"그 애랑 이야기도 했어요?"

"아니. 그 애는 나를 보지도 못했어. 하지만 이상한 일을 하더구나. 정원 창고의 열쇠를 가져다가 부엌문을 열려고 했어. 집 열쇠는 정원 동쪽에 있다는 걸 잊은 모양이야."

"그 열쇠는 저도 찾았어요!"

"창고 열쇠를? 필요하다면 예비 열쇠가 하나 더 있다만. 장식장 속 벨리크 도자기 꽃병에 넣어 놨지."

"아, 맞네요. 살아가는 일도 기억을 강력하게 흔드는 것 같아요."

"버나뎃, 패트릭을 이 집에 들이면 안 된다."

"왜요?"

"그 애가 없어지지 않을까 걱정된다."

"여긴 아직 그 애가 태어나기 전이니까요?"

"그래."

어머니는 잠시 말을 멈추었다 입을 열었다.

"버나뎃. 이건 좀 곤란한 질문이다마는…… 내가 어떻게 죽었니?"

"아 어머니, 너무 끔찍했어요. 교통사고를 당하셨거든요."

"난 원래 그 자동차라는 물건을 싫어했지. 네가 운전한 건 아닌가 보구나."

"네. 어머니는 교회 친구인 몰리 브래디와 같이 계셨어요."

"그럼 몰리도 죽었니?"

"아니요, 그분은 무사하셨어요."

"그래. 몰리는 언제나 나보다 튼튼했지. 그렇다면 하나 더 물어보자. 너하고 내가 작별 인사는 했니?"

버나뎃은 그날 직장에서 전화 받던 순간을 떠올렸다. 전화를 받고 병원으로 급하게 달려가느라, 버나뎃 자신도 교통사고를 일으킬 뻔했다. 응급실 바깥의 불빛은 어찌나 가혹해 보이던지. 녹색 수술복을 입은 의사가 버나뎃을 작은 회의실로 데리고 가서 문을 닫았다. 등 뒤에서 울리는 딸깍 소리가 너무도 무겁게 들려 버나뎃은 그 소리만으로도 모든 걸 알 수 있었다. 의사의 말을 들을 필요도 없었다. 그때의 느낌이 생생히 떠올랐다. 폐에서 공기가 빠져나가는 느낌. 머리를 쪼갤 듯한 두통. 그때 제러드가 다가와서 버나뎃은 남편의 어깨에 얼굴을 묻고 울었다.

"아니요. 제가 병원에 도착했을 때 어머니는 이미 숨을 거두셨어요."

어머니는 앞으로 다가와서 버나뎃을 끌어안았다. 버나뎃은 다시 울음을 터뜨렸다. 그때처럼 깊고 고통스런 흐느낌이었다.

"그래, 그래. 울고 싶은 만큼 울어라. 너는 언제나 내 곁을 지켜 준 귀염둥이 막내였지."

어머니가 말을 이었다.

"그런 식으로 엄마를 잃는다는 건 끔찍한 일이지. 지금 네 아이들이 어떨지를 생각해 봐라."

"알아요! 그러니까 제가 아이들에게 돌아갈 수 있도록 어머니가 도와주셔야 돼요!"

버나뎃은 어머니를 살짝 밀치고 화장지 상자로 손을 뻗었다. 화장지를 한 장 뽑아 코를 풀었다.

"전부 제 잘못 같아요. 너무 피곤하고 힘들어서 이렇게 할 일이 많지 않았으면 좋겠다고 생각했거든요……."

버나뎃은 더 말을 잇지 못했다.

"버나뎃, 얘기해 보렴. 전에 내가 너한테 물었더니 네가 대답을 피한 적이 있었어. 혹시 식품 저장실에 간 적이 있니?"

"제 생일 전날 밤에 여기 와서…… 거기 있는 음료수를 마셨어요. 무언지 보여 드릴게요."

버나뎃은 식품 저장실로 가서 그곳 선반에서 아몬드 냄새가 나는 병을 가지고 왔다.

"아! 포리오 게러흐! 몇 번째 생일이었니?"

"마흔 번째 생일이었어요. 나는 내가 젊어졌으면 좋겠다고 생각했죠. 그리고 어머니가 옆에 있으면 좋겠다고 했어요. 병에서 나는 냄새가 너무 좋았어요. 그게 대체 뭐죠?"

"이건 후회를 없애는 약이야. 포리오 게러흐를 마시면서 소원을 빌면 요정들을 부를 수 있지. 버나뎃, 네가 그 정도는 알 거라고 생각했는데."

"어떻게 알 수 있었겠어요?"

"이걸 푸는 방법이 있다. 하지만 나 말고 널 도울 사람이 더 있어
야 해. 인간의 육체가 영혼 세계를 빠져나가려면 안에서는 아무리
힘을 써도 안돼. 밖에서 끌어내야 하니까."

"끌어낸다고요?"

"방법은 두 가지야. 요정들은 사람을 납치할 때 주로 회오리바람
을 이용하거든. 바람 속에서 말발굽 소리가 나면 그건 바로 요정
들이 사람을 훔쳐가고 있다는 뜻이야."

"아, 그날 밤 강한 바람이 한 차례 불긴 했어요. 현관문이 덜컹
열릴 정도였죠."

버나뎃은 기억을 떠올리며 말했다.

"그럴 때는 옆에서 그걸 본 사람이 발밑의 먼지를 집어서 회오
리바람 속에 던져 넣어야 해. 그러면 요정들은 잡은 사람을 그대
로 되돌려 주지."

어머니는 그렇게 말하고 난로 앞으로 걸어갔다. 난로 위에서는
찻주전자가 끓고 있었다.

"차를 한 잔 마시는 게 좋을 것 같다."

어머니는 찬장을 열어 찻잔과 잔 받침을 꺼내면서 계속 말했다.

"하지만 너는 이미 그 기회를 놓쳤어. 이럴 때는 영혼 케이크를
만들어야 해."

"영혼 케이크라고요? 어머니 책에서 본 것 같아요."

"어떤 책?"

"책장에서 이 책을 꺼내 읽었거든요. 『아일랜드 민간 전설』이요. 요정 테스트도 이 책을 보고 생각한 거예요."

"그래, 거기 보면 영혼 케이크 만드는 법도 나와. 그 책이 집에 있었다는 것도 잊었구나. 하지만 그 책에는 엉터리도 많아."

찻주전자가 삑삑거리자 어머니는 난로의 불을 껐다.

"차 마실래?"

"네. 그 영혼 케이크라는 건 마법인가요?"

"마법? 아, 사람들은 마법이 뭐 대단한 거라고 생각하지. 그건 그저 자기가 원하는 것에 마음을 집중하고 자연에서 도움을 좀 받는 거야. 하지만 너는 바깥에 있는 다른 사람의 도움을 받아야만 해."

어머니는 그렇게 말하면서 턱짓으로 앞마당, 그 너머의 길, 그 너머의 세상을 가리켰다.

"마법을 아는 사람이어야 하나요?"

버나뎃이 차에 넣을 우유를 찾아 냉장고 문을 열며 물었다.

"아니. 필요한 건 너하고 똑같은 것을 간절하게 바라는 사람뿐이야. 내가 볼 때 패트릭이 제격이지 않을까 싶다. 그 애가 여기 온 건 열쇠를 찾으려는 이유만은 아니었을 거야. 여기서 네 자취를 찾으려고 한 걸 보면 똑똑한 아이인 거지."

어머니는 차를 한 모금 마셨다. 그러더니 찻잔을 내려놓고 문 앞으로 가서 문을 열고는 밤하늘을 올려다보았다.

"보름달이 뜨려면 2주일은 지나야겠구나. 만성제 전야가 얼마나 남았니?"

"만성제 전야요? 할로윈 말씀하시는 거예요?"

"그래, 할로윈. 얼마나 남았니?"

"다음 주 토요일이에요."

"그렇다면 기다리는 게 좋겠구나. 만성제 전야. 그날 자정이다."

패트릭
10월 20일, 화요일

패트릭은 엄마에게서 또 한 통의 이메일을 받았다. 그런데 이번에 받은 메일은 그야말로 수수께끼 자체였다. 엄마는 패트릭더러 몇 가지 물건을 구해 달라고 부탁했다. 쉬운 것도 있었지만, 어려운 것도 있었고, 아예 불가능해 보이는 것도 있었다.

그리고 그것들은 패트릭이 직접 구해야 했다. 다른 사람에게는 비밀로 해야 했다.

패트릭은 메일을 몇 차례 반복해서 읽으며, 자신이 해야 할 일을 머릿속에 정확히 새겨 넣었다.

받는 사람 : pmcbride@saltzmanms.edu
보내는 사람 : bmcbride@newsday.com
제목 : 중요한 물건들
보낸 날짜 : 10월 19일 오후 6:48:12 서머타임 적용

패트릭.

믿기 어렵겠지만, 내가 여기서 빠져나가려면 케이크를 만들어야 하는데, 거기엔 아주 특별한 재료들이 필요하단다. 그러니까 아예 굉장히 특이한 보물찾기 놀이를 한다고 생각하렴.

필요한 것들이다. 물냉이 줄기 세 개, 종류는 상관없어. 구스베리 열매 열 알, 그리고 구스베리 덤불에 난 가시 열 개. 물냉이는 패스마크 슈퍼마켓에 가면 구할 수 있을 거고, 구스베리는…… 근처의 온실을 찾아가 보지 않겠니?

가장 어려운 건 이거야, 패트릭. 4월 30일, 그러니까 5월 1일 전야에 지핀 불에서 나온 불씨가 필요해. 여기 롱아일랜드에서 아일랜드 식으로 4월 30일에 붙인 불을 1년 내내 간직하는 사람을 찾아봐야 할 거야. 나도 요즘에야 알았지만 할머니도 그 풍습을 지키셨어! 그러니까 어딘가 할머니 같은 사람이 또 있을 거야. 메릭에 있는 아일랜드 상점(가게 이름은 에메랄드란다.)을 찾아가서 거기 주인한테 혹시 그런 사람을 아느냐고 물어봐도 좋을 거다. 학교 숙제 때문이라고 하면 어떨까?(물론 이건 엄밀하게 말하면 거짓말이지만, 이번 한 번은 그래도 괜찮을 거야.) 불씨를 구했으면 절대로 꺼뜨려선 안 돼. 그걸로 다른 불을 지필 수 있어야 하거든. 불이 꺼지면 아무 소용없단다.

되도록 빨리 마련해 주면 좋겠지만, 늦어도 10월 28일까지는 구해 주렴.

또 한 가지, 다른 누구에게도 이 일을 말하면 안 돼. 아빠한테도 도움을 받지 않고 네 힘으로 이 물건들을 구하는 게 가장 좋단다. 물건을 다 구했으면 나한테 메일을 보내렴. 아니면 문제가 생겨도 메일로 알려 다오. 그런 다음 10월 28일이 지나기 전에 네가 이 물건들을 전해 줄 장소와 시간을 정하자.

사랑하는 엄마가.

패트릭은 도대체 어떤 납치범이 몸값으로 케이크를 요구할까 하는 생각을 했다. 도대체 이런 물건들이 어떻게 갇혀 있는 엄마를 풀어 준다는 말인가? 물냉이니 구스베리니 하는 말을 들으니 할머니가 자주 만들던 물약이 생각났다. 한번은 패트릭이 무릎에 큰 상처를 입었는데(곡괭이 위로 넘어졌다.) 할머니가 마늘 냄새가 나는 이상한 풀을 찧어서 천에 얹고 그걸로 상처를 감싼 적이 있었다. 효과는 놀라웠다! 상처가 그 자리에서 싹 나은 것이다. 패트릭은 이 일을 아빠에게 이야기했지만, 아빠는 패트릭이 원래 굉장히 깊은 상처를 입었다는 말을 도무지 믿으려 하지 않았다.

패트릭은 바로 행동을 시작했다. 수요일이 되자 그동안 모은 돈을 가지고 학교에 갔다. 그리고 일부러 자전거를 타고 가서 하굣길에 슈퍼마켓에 들렀다. 물냉이를 사지는 않았지만, 가격을 알아보고(값은 쌌다.) 또 언제든지 오기만 하면 살 수 있다는 것도 확인했다.

다음에 패트릭은 콘클린 거리에 있는 원예 상점에 갔다. 패트릭은 자전거를 상점 울타리에 기대 세우고 호박 더미 옆으로 돌아갔다. 한 남자가 호스로 화분에 물을 주고 있었다.

"안녕하세요. 여기서 일하는 분이세요?"

"그래, 맞다. 무슨 일로 왔니?"

"요즘도 구스베리 나무를 파나요?"

"구스베리 나무라고? 안 팔지. 구스베리 나무는 아무도 안 팔아."

패트릭은 가슴이 덜컹 내려앉았다.

"아무도요?"

"그래, 녹병이 돈 다음부터는 말이다."

"녹병이라고요?"

"그래, 녹병. 구스베리 나무에서 자라는 곰팡이야. 그 곰팡이가 다른 나무에 옮겨 붙으면 나무들이 죽거든. 특히 소나무는 백발백중이야. 그래서 이 근방에서는 구스베리 나무를 다 없앴단다."

이럴 수가, 패트릭은 생각했다.

"까치밥나무는 어떠니? 구스베리 나무랑 아주 비슷한데."

"잘 모르겠어요."

"학교 숙제 같은 데 필요한 거니?"

"아뇨. 엄마가 구해 달라고 하셔서요."

"어머니가 채소를 가꾸시나 보구나. 채소 농사를 짓는 사람들은 벌레를 막으려고 주변에 가시덤불 나무를 심거든."

그 말에 패트릭은 한 가지 생각이 떠올랐다.

"구스베리 나무가 어떻게 생겼는지 사진 같은 거 볼 수 있나요?"

"그럴 수 있을 게다. 안쪽 사무실에 가면 아주 커다란 옛날 책이 하나 있는데, 그 책에는 이 세상 온갖 식물이 다 들어 있어. 우리 집사람이 거기 있을 거야."

사무실에는 진흙 화분과 짚 바구니들이 가득했다. 반짝이는 알루미늄 쓰레기통에는 자루가 긴 판매용 곡괭이와 삽들이 꽂혀 있었다. 어떤 아줌마가 책상에 앉아서 열심히 옛날식 계산기를 두드렸다. 털컥, 털컥, 소리에 맞추어서 기다란 테이프 끈이 둥글게 말려 들어갔다. 패트릭은 아줌마를 방해하고 싶지 않았다. 아줌마는 장부에 숫자들을 써넣은 뒤 패트릭을 향해 고개를 돌렸다. 패트릭이 용건을 말하자 아줌마는 말없이 책상 위의 책꽂이에서 책을 꺼내 계산대 위에 놓았다.

책은 식물 백과사전처럼 아주 두꺼웠다. 거기 소묘로 그려 놓은 그림을 보니, 구스베리는 길쭉한 모양에 흰 줄무늬가 희미하게 난 열매였다. 패트릭은 줄쳐진 공책을 꺼내서 그 그림을 엉성하게나마 열심히 베껴 그렸다.

"학교 숙제니?"

아줌마가 물었다.

"네."

패트릭은 고맙다고 말하며 아줌마에게 책을 돌려 준 뒤 공책을 가방에 넣었다. 집에 가기 전에 들를 곳이 한 곳 더 있었다. 어둡기 전에 가야 했다.

　패트릭은 자전거를 타고 숲으로 가서 할머니 집을 향해 내달렸다. 나무들 틈으로 할머니 집이 간신히 보였다. 패트릭은 참나무 옆에 자전거를 세우고 나무들 사이를 걸어 할머니의 정원에 이르렀다.

　아까 원예 상점 아저씨가 채소밭 이야기를 했을 때, 패트릭은 할머니 정원에서 상추들 옆에 자란 잡초를 뽑다가 여러 번 가시에 찔린 일을 떠올렸다. 패트릭은 공책을 꺼내서, 할머니가 늘 상추를 심었던 구역 주변에 자란 식물들 앞에 쭈그리고 앉았다. 한 손으로 나뭇가지를 잡고 공책의 그림에 대보았다. 열매도 비슷하게 생겼고, 날카로운 가시들이 직각으로 돋아난 것도 그림과 똑같았다. 구스베리 나무들을 다 없앤 건 아니군, 패트릭은 생각했다.

　이제 남은 것은 그 불가능한 과제뿐이었다. 목요일에 사회 시간이 다가오자 패트릭은 몇 분 일찍 교실에 갔다.

"포스낵 선생님, 제가 이민에 대해 썼던 글 있죠?"

"그래, 패트릭. 아주 훌륭한 글이었지."

"제가 아일랜드 역사에 대해 조금 더 조사를 하고 싶어서요."

"그래? 아주 훌륭한 생각이구나."

"제가 관심이 가는 건요, 아일랜드 풍속이에요."

"어떤 풍속?"

"그러니까 5월 1일 전야의 불씨를 간직하는 것 같은 거요."

"거기에 대해서는 네가 나보다 많이 아는 것 같은데. 하이버니언*은 확인해 봤니?"

"하이버니언이요?"

"그래. 고대 하이버니언 회. 아일랜드 사람들의 단체거든."

"정확히 어떻게 쓰나요?"

포스낵 선생님은 정확한 이름을 가르쳐 주었다.

"웹사이트는 없나요? 'www.Hibernians.org' 같은?"

"웹사이트? 그런 건 모르겠다. 하지만 도서관의 피츠제임스 선생님은 알고 계실 것 같은데, 그 선생님을 찾아가 봤니?"

"아뇨, 듣고 보니 그래야겠네요."

"학생들의 지식 향상에 도움을 주는 게 내 기쁨이란다."

학생들이 교실을 채우기 시작했다. 패트릭은 "고맙습니다."라고 우물우물 말한 뒤 자리에 가 앉았다.

패트릭은 2학년 교실들로 들어가는 현관 앞의 차가운 콘크리트 계단에 앉아 도시락을 허겁지겁 먹었다. 수업이 없는 시간을 이용해서 도서관에 갈 생각이었다. 피츠제임스 선생님 생각을 왜 미처

---

* 하이버니언 | '아일랜드 인(Irishman)'의 문어식 표현.

못 했을까. 피츠제임스 선생님은 패트릭이 지난 신문을 보러 도서관에 갈 때마다 열람 허가증을 안 가져올 거냐고 다정하게 나무랐고, 그러는 사이 두 사람은 전보다 조금 더 친밀해졌기 때문이다. 선생님은 패트릭을 경찰에 넘기겠다고 했고, 패트릭이 선생님을 위해 도서관의 상자들을 나르거나 책 정리를 도우면 그때서야 살짝 누그러지는 척했다. 피츠제임스 선생님은 그런 식으로 학생들의 도움을 많이 받는 편이었다.

실제로 피츠제임스 선생님은 패트릭이 만난 사서 선생님 가운데 가장 재미있는 분이었다. 선생님과 같이 있으면 도서관은 마치 스포츠 경기장 같았다. 학생이 찾던 책이나 자료를 발견하면 득점한 축구 선수처럼 승리의 춤을 추기도 했고, 또 두 사람의 손바닥을 짝 소리 나게 부딪히기도 했다. 선생님은 금요일이면 가슴에는 자기 이름이, 등에는 411이라는 번호가 적힌 운동복을 입었다.

"전화번호 물어보는 411번을 뜻하나요?"

패트릭은 언젠가 그렇게 물어보았다.

"그래! '정보' 서비스를 하는 게 똑같으니까. 거기다 411은 알파벳에 대한 책을 가리키는 십진분류법의 숫자이기도 해! 정말 기막힌 우연 아니니?"

피츠제임스 선생님은 자신의 직업을 사랑하는 게 분명했다.

하지만 선생님에게서 패트릭이 가장 좋아하는 것은 책상 위에 올려진 사진이었다. 사진 속 선생님은 아들들인 듯한 세 명의 남자 아이와 함께 있었다. 아이들은 모두 정글짐에 거꾸로 매달려 있었고, 피츠제임스 선생님도 마찬가지였다. 우리 엄마는 정글짐에 거꾸로 매달리는 일 같은 건 절대 하지 않을 거야, 패트릭은 그렇게 생각했지만 다시 생각해 보니 자신도 그런 일은 절대 하지 않을 것 같았다.

이제 보니 케빈이 왜 피츠제임스 선생님의 교리문답 수업을 좋아했는지 알 수 있었다. 피츠제임스 선생님은 모든 일을 재미있게 만드는 능력이 있었다. 그리고 지금은 이게 가장 중요했는데, 선생님은 아이들의 진심을 믿어 주는 어른이었다.

패트릭이 도서관에 들어갔을 때 피츠제임스 선생님은 안경 너머로 컴퓨터 모니터를 보고 있었다.

"안녕, 맥브라이드 군. 열람 허가증은 갖고 왔겠지?"

패트릭은 웃었다.

"아뇨, 그리고 여기까지는 열람 허가증이 필요 없는 것 아닌가요?"

"그래?"

선생님은 패트릭을 똑바로 바라보았다.

"전 지금 점심시간이에요. 선생님에게 도움을 청하려고요."

"놀라운 학구열이구나. 그래 무슨 도움?"

"아일랜드 민속에 대한 거예요."

"제대로 찾아왔습니다. 피츠제임스 사서가 지키는 도서관은 아일랜드 민속에 대한 연구를 시작할 최적의 장소지. 하지만 민속도 여러 가지인데, 정확히 어떤 민속을 연구하겠다는 거지?"

어디까지 이야기를 해야 하는 걸까? 비밀을 지켜야 했다. 하지만 왜 필요한지만 말하지 않는다면 무얼 찾는지는 말해도 되지 않을까?

"모닥불에 대해서 좀 알고 싶어서요. 5월 1일 전야의 모닥불을 간직하는 풍습 있잖아요."

"아. 그건 마법과 관련된 거지. 재미있는 주제로구나. 웹사이트를 한번 찾아보자."

선생님은 검색어를 입력해 넣고, 컴퓨터가 검색을 수행하는 동안 걸려온 전화를 받았다.

선생님은 수화기를 손으로 막고 말했다.

"아일랜드 민속 관련 사이트가 3백 개 가까이 되는걸. 네가 한번 살펴보고 그 가운데 모닥불에 대한 내용을 찾아보겠니?"

"네."

패트릭은 조용히 대답했다.

"이쪽으로 오너라. 그런데 어디에 필요한 거니? 숙제니?"

"아니요."

피츠제임스 선생님에게 거짓말을 할 수는 없었다. 그렇다고 진실을 말할 수도 없었다.

"좀 개인적인 일이에요."

"개인적인 일? 그렇구나. 더 묻지 않으마. 우리 사서들은 개인 생활을 존중한단다. 네, 듣고 있습니다."

선생님은 다시 수화기에 대고 말했다.

"지금 학생 한 명이 옆에 있어서요."

패트릭은 검색된 화면을 밑으로 내렸다. 아일랜드 축구, 스텝 댄스, 아일랜드 음악. 두 번째 검색 화면에서 중간쯤 내려갔는데, '뉴욕의 아일랜드 모임'이라는 제목이 보였다. 패트릭은 그 항목을 클릭했다.

검색 창에 '민속'이라고 치고 엔터 키를 누른 순간, 화면 오른쪽에서 눈길을 끄는 것이 있었다.

채팅 방.

엄마는 패트릭에게 인터넷 채팅을 허락하지 않았다. 하지만 이곳의 채팅 방에 들어가 보면 지금 패트릭에게 필요한 것, 바로 지난 4월 30일부터 6개월 동안 줄기차게 타오른 불을 찾을 수 있을지도 몰랐다.

패트릭은 피츠제임스 선생님이 전화를 하는 사이 사이트의 주소를 베껴 적은 뒤 "고맙습니다." 하고 조용히 인사했다.

선생님이 수화기를 막고 말했다.

"찾았니?"

패트릭은 손을 위로 올려 손바닥을 펼쳤다. 선생님은 웃으며 패트릭의 손바닥을 딱 쳐 주었다.

"너도 이제 알았구나, 맥브라이드."

버나뎃
10월 20일, 화요일

버나뎃은 학교에 일찍 갔다. 사물함도 그냥 지나쳐서 곧장 계단을 향해 갔다. 계단을 다 오르자 복도 저쪽에서 선생님 한 분이 손에 커피를 든 채 다가오고 있었다.

컴퓨터실은 다른 교실들과 달리 아침 조회 시간에는 비어 있었다. 교실에는 아직 불도 안 켜져 있었지만, 손잡이를 돌리니 문이 스르르 열렸다.

버나뎃은 빅토리아가 쓰는 컴퓨터 앞에 쪼그리고 앉아서 집에서 가져온 플라스틱 병을 꺼냈다. 그리고 병 속에 든 꿀을 키보드의 Q-W-E-R-T 글쇠들 위로 뿌리고, 이어 J-K-L- ; 글쇠 위에도 뿌렸다. 그렇게 키보드 여기저기에 끈끈한 꿀 자국을 남긴 뒤, 모니터 위와 옆에도 흠뻑 쏟았다. 꿀을 다 쏟자 병뚜껑을 닫은 뒤 외투 주머니에 넣어 온 다른 통을 꺼냈다. 거기에는 개미들이 들어 있었다. 버나뎃은 꿀 바른 도넛을 통에 넣어 숲 속 개미굴 옆에 뉘어 놓는 방법으로 개미들을 거기 잡아 둔 터였다. 학교 기물을 그런 식으로 파괴한다는 게 가슴 아팠지만, 빅토리아를 생각하면 어쩔 수 없었다.

그런 뒤 버나뎃은 문을 닫고 컴퓨터실을 나왔다. 그리고 아래층에 내려와 학교 밖으로 나온 뒤 천천히 동네를 걸었다. 그러다가 누군가의 집 밖에 놓인 쓰레기통에 병 두 개를 버렸다. 그때 종소리가 울려서 버나뎃은 다시 학교로 돌아갔다.

"학생 지도실로 가자."

교감 선생님이라고 알고 있는 여자 분이 버나뎃과 다른 지각생들을 불러 모으고 말했다.

"지각 이유들을 들어보자."

1교시 문학 수업 도중 인터폰이 울렸다. 추리소설에 대한 단원이 끝나고 새로이 신화에 대한 단원으로 넘어가 있었다. 십자말풀이를 좋아하는 사람이 아니라면 굳이 신화를 배울 필요가 있을까? 중학교에서는 정말 쓸데없는 걸 많이 가르친단 말이야, 버나뎃은 그렇게 생각했다.

"네?"

크리스티 선생님이 밖에 대고 말했다.

"데타 다우니 학생을 학생과로 보내 주세요."

크리스티 선생님이 버나뎃을 바라보았다.

"짐을 싸가지고 가야 되나요?"

"아뇨, 그냥 학생만 오면 돼요."

피아자 부인의 목소리였다. 컴퓨터실에서 한 일이 들킨 걸까? 아예 여기서 그냥 학교를 나가 버릴까 하는 생각도 들었지만, 가방을 두고 갈 수는 없었다. 거기에는 아일랜드 전설에 대한 책이 들어 있었으니까.

"다우니 학생. 오랜만이야."

"무슨 문제가 있나요?"

"그래, 문제가 좀 있어."

버나뎃은 현금 인출기 앞에서 피아자 부인을 만난 일을 떠올렸다. 이마 위로 식은땀이 솟아올랐다.

"아."

버나뎃이 할 수 있는 말은 그것뿐이었다.

"앉아, 데타. 꼭 놀란 토끼 같군."

그러면서 피아자 부인은 책상 위에 쌓인 문서 더미에서 서류철을 하나 꺼냈다.

"고맙습니다."

"여기 있군."

피아자 부인이 서류철 안에서 종이 한 장을 꺼내며 말했다.

"데타가 적어 낸 사회보장 번호야. 그런데 확인해 보니까 다른 사람의 번호였어. 벨포트에 사는 40세 남자 모리스 신바움이라는 군. 아는 사람은 아니겠지?"

"네."

"그래 그렇겠지. 그럼 데타의 사회보장 번호는 어떻게 되지?"

"음, 영구구."

버나뎃은 거기서 멈추었다.

"거기까지밖에 몰라요. 영구구로 시작하는데."

"데타, 네가 뭘 모른다고 하는 말은 처음 듣는구나. 어쨌거나 진짜 사회보장 카드를 제출해 주렴. 아마도 숫자의 위치가 약간 뒤바뀐 것 같지만, 어쨌거나 그 카드를 복사해서 그쪽 사람들한테 확실한 증거를 보여 줘야지."

"네, 이제 돌아가도 되나요?"

"그래, 가렴."

버나뎃은 카드를 가지고 올 수 없었지만, 그 순간에는 컴퓨터 사건을 들키지 않았다는 데 안심했다.

"저기, 데타?"

"네?"

"급한 일이다. 되도록 빨리."

버나뎃은 학생과를 나와 복도를 잠깐 걸은 뒤 큰 한숨을 쉬었다. 이제 카드 없이는 두 번 다시 피아자 부인을 만날 수 없을 것이다. 그러니 오늘이 학교에 있을 수 있는 마지막 날이었다.

체육 시간에는 체조를 했다. 앨리는 버나뎃에게 '글라이드 킵'이
라는 평행봉 기술을 가르쳐 주었다. 평행봉 위에 올라가는 간단
한 동작이지만, 엄청난 복근력이 필요했기 때문에 앨리는 버나뎃
에게 날마다 윗몸일으키기를 시켰다. 그런 일까지 한다는 건 버나
뎃에게는 일종의 사치였지만, 그래도 어쨌거나 뱃살이 빠져서 허
리가 날씬해지는 일은 좋았다.

앨리가 말했다.

"뛰어올라서 봉을 잡고 몸을 그네처럼 흔들면서 앞으로 뻗어, 끝
까지 쭉. 발끝으로 저쪽 벽을 친다고 생각해. 끝까지 쭉 펴야 돼."

버나뎃은 정신을 집중했다. 앨리 말에 따르면 이 한 가지 기술을
완성하는 데는 여섯 가지 동작이 필요했다. 버나뎃은 체조 선수
들이 한 번에 그렇게 여러 가지에 정신을 집중하는 것이 놀라웠지
만, 다시 생각해 보니 엄마들 또한 언제나 한 번에 여러 가지 일에
정신을 집중했다. 그건 적응하기 나름이었다. 버나뎃은 낮은 봉으
로 뛰어올라서 다리를 V자 모양으로 내뻗었다가 얼른 다시 모았
다. 그런 뒤 허리를 접어서 발끝을 낮은 봉에 살짝 대고 이어 팔
에 힘을 주어서 상체를 위로 밀어 올렸다. 이 모든 동작이 5초 안
에 이루어져야 했다.

앨리가 소리쳤다.

"잘했어! 진짜 멋있었어. 자세도 좋았고, 다 좋았어."

버나뎃은 기뻤다.

"내일은 여기서 조금 더 발전된 랩어라운드 기초를 가르쳐 줄게."

앨리의 말에 버나뎃이 대답했다.

"당분간은 그냥 글라이드 킵 기술을 즐기는 것도 좋을 것 같은데."

앨리가 웃었다.

"그렇다면 내 야심은 잠깐 접어야겠는걸."

"아냐. 너는 그러지 마. 그래야 될 건 나야."

버나뎃이 말했다.

점심시간에 앤매리는 수학 시간에 자기 옆자리에 앉는 여자 애와 지금 옆 테이블에 앉은 남자 애 사이의 연애 이야기를 자세히 설명해 주었다.

앤매리가 속삭였다.

"내일이면 사귄 지 딱 3주가 돼. 근데 문제는 남자 애가 학교에서는 아무 말도 안 한다는 거야. 전화로만 이야기를 한대."

주디가 물었다.

"왜?"

"누가 알겠어? 어쨌건 친구들이 옆에 있으면 남자 애는 여자 애를 본 척도 안 한대."

도나가 말했다.

"나 같으면 그런 애랑 안 사귄다."

"그래도 좋아 죽겠다는데 어쩌니? 여자 애 공책을 보면 가장자리에 온통 남자 애 이름뿐이야."

버나뎃은 도나, 앤매리, 주디의 얼굴을 둘러보았다. 아름다운 얼굴들이었다. 이 아이들을 다시 볼 수 있으면 좋겠다는 생각이 들었다. 패트릭의 엄마로 학교에 와서 이 아이들이 연극이나 합창 발표를 하는 걸 보고 싶었다. 어느 날 패트릭이 집에 와서 버나뎃에게 "같이 파티에 갈 여자 애를 구했어요. 이름은 도나라고 하는데 엄마도 좋아할 거예요."라고 말하면 얼마나 기쁠까 하는 생각도 들었다. 도나가 패트릭의 이상형일까? 패트릭의 이상형이 있기는 하나? 혹시 빅토리아 캐번디시가 패트릭의 이상형이라면 어쩐담?

그만 하자, 버나뎃은 생각했다.

버나뎃은 밴드 선생님에게 숙제가 너무 많아서 활동을 계속할 수 없다며 플루트를 반납했다.

"아무리 애써도 잘 불 수가 없네요."

버나뎃이 말하자 선생님이 말렸다.

"하지만 열심히 했잖니. 완전히 포기하기 전에 다른 걸 좀 시도해보는 건 어떨까? 최선을 다하기 전에 그냥 포기하는 건 잘못이야."

"네, 선생님. 제가 다시 생각해 볼게요."

버나뎃이 말했다.

그날 오후 컴퓨터실에 들어가자 빅토리아는 마지막 줄 책상에 앉아 우울한 표정을 짓고 있었다. 빅토리아의 자리에 있던 컴퓨터는 없어졌다. 키보드도 하드 드라이브도 모니터도 싹 치워졌다. 하지만 무슨 일이 있었는지에 대해서는 아무 말도 없었다.

버나뎃이 자리에 앉은 뒤 패트릭이 들어왔다. 패트릭은 자리에 앉아 가방을 바닥에 내려놓더니 버나뎃에게 고개를 돌렸다.

"이봐, 어저께 빅토리아 일은 고마웠어."

패트릭이 말했다. 아이들이 계속 들어와서 자리를 채웠다.

버나뎃은 잠시 멍하게 있다가 간신히 입을 열어 "아냐, 아무것도." 하고 말했다.

"내 이름은 패트릭이야."

"난 데타야."

그러면서 버나뎃은 교실 앞쪽으로 눈길을 던져 도브스 선생님이 빨리 수업을 시작해서 이 대화를 끝내 주기를 바랐다. 패트릭이 자신의 정체를 알아차릴지도 모른다고 생각하니 버나뎃은 말할 수 없이 불안해졌다.

"오늘은 아예 멀찌감치 쫓아냈구나."

패트릭이 턱짓으로 버나뎃의 빈자리를 가리키며 말했다.

"그래, 컴퓨터도 같이 말이야."

버나뎃은 필요 이상 말을 하지 않도록 조심조심 대답했다.

"암튼 고마웠어. 그런데 너 우드워드 파크웨이 초등학교 안 다녔니? 얼굴이 낯이 익어."

"아니, 난 올해 이사를 왔어."

"어디 사니?"

패트릭이 묻는데 수업이 시작됐다.

"나중에 다시 이야기하자."

패트릭은 그렇게 속삭이고 앞으로 고개를 돌렸다.

버나뎃은 패트릭이 어제 자신이 보낸 메일을 읽고 베끼고 지우는 것을 지켜보았다. 나 자신도 못 구할 것 같은 물건들을 저 아이가 어떻게 구할 수 있을까. 버나뎃은 아득했다.

그때 버나뎃에게는 기이하게도 앨리와 처음 짝을 이룬 날 앨리가 뒤로 굽히기를 가르쳐 준 뒤 한 말이 떠올랐다.

"나만 믿으면 돼. 그리고 너 자신을."

버나뎃은 앨리를 믿었다. 앨리는 똘똘하고 다부졌다. 앨리를 믿으면서 자기 아이는 믿지 못할 이유가 무엇인가? 물론 버나뎃이 패트릭에게 아주 기이한 일을 시키기는 했다. 하지만 패트릭도 누구 못지않게 똘똘하고 다부졌다. 이제 버나뎃은 패트릭이 그 물건들을 구하는 묘기를 펼치고도 무사히 착지할 수 있을 거라 믿어야 했다. 어쩌면 곤두박질을 칠지도 모르고, 어쩌면 어지럼증에 비틀거릴지도 모르지만, 그래도 괜찮을 것이다.

경찰이 다녀간 날 이후로 버나뎃은 윌리엄 거리의 이웃들이 자꾸만 신경 쓰였다. 그 사람들이 지금껏 버나넷을 눈치 채지 못했다는 사실이 놀라웠지만, 버나넷 자신도 낮 동안에는 집에 사람이 있는 것을 거의 보지 못했다. 한번은 지나가다가 커닝엄 씨네 옛집에서 누군가 커튼을 드리우는 걸 언뜻 본 적은 있었다.

어쨌거나 안전을 위해서 버나넷은 학교가 끝나면 도서관에 가서 문 닫을 때까지 버티다가 자신의 집이 있는 잭슨 거리를 지나서 고등학교 뒤쪽의 숲으로 들어선 뒤 뒷마당을 통해 어머니의 집으로 들어갔고, 그때쯤이면 날은 이미 저물어 있었다.

책은 모두 사물함에 두고 다녔기 때문에 가방은 가벼웠다. 읽을 게 더 필요했지만, 대출 카드를 또 다시 사용하는 건 별로 현명한 일 같지가 않았다. 하지만 대출 담당 직원이 처음 보는 사람이라면 시도는 해 보자고 마음먹었다.

그런데 도서관에 가 보니 바깥에 순찰차가 서 있었다. 설마 나랑 관계된 일일까? 아니겠지? 도서관도 은행처럼 이용자들의 행적을 다 기록하나?

하지만 모험을 할 수는 없었다. 유리창을 통해 건물 안쪽을 들여다보니 두 명의 경찰관이 대출대 앞에 몸을 기울이고 여자 직원 두 명과 이야기를 하고 있었다. 버나넷은 모자를 앞으로 당겨 쓰고 달아났다.

패트릭

10월 22일, 목요일 저녁

  거실 텔레비전에서는 월드 시리즈 야구 경기 3차전이 막 시작되고 있었다. 평상시 같으면 월드 시리즈 동안은 그 어떤 일도 패트릭을 TV에서 떼어 놓지 못했을 것이다. 하지만 학교 컴퓨터로는 그 채팅 방에 들어갈 수 없었던 데다 이층에 있는 부모님 컴퓨터는 쓰지 못하게 되어 있었다. 그렇기 때문에 이번이 기회였다. 이런 날 아빠와 동생들은 지진이 일어나지 않는 한 TV 앞에 붙어 앉아 있을 테니까. 어쩌면 지금 당장 엄마가 현관에서 초인종을 눌러도 꼼짝하지 않을지 몰랐다.

  "금방 올게."

  패트릭은 셰릴 크로가 국가 부르는 것을 들으며 거실을 빠져나왔다.

  뉴욕의 아일랜드 모임 사이트의 주소를 입력했다. 사이트가 열리자 패트릭은 채팅 방 아이콘을 클릭했다.

  대화 명을 입력하세요.라는 메시지가 떴다.

패트릭은 '무키'라고 쳤다. 조금 전에 TV 해설자들이 뉴욕 메츠가 진출했던 마지막 월드 시리즈의 영웅 무키 윌슨에 대해 이야기를 했다. 패트릭은 그 월드 시리즈 다음 해에 태어났고, 아빠는 아들에게 무키라는 이름을 붙이고 싶어 했다. 엄마의 반대로 패트릭은 패트릭이 되었다.

처음 오신 분은 회원 가입을 해 주세요.라는 메시지가 떴다.

이런저런 약관이 길게 떴지만 패트릭은 그냥 다 읽고 동의한다는 버튼을 클릭했다. '무키'가 채팅 방으로 뛰어 들어가는 모습이 보였다. 채팅 방에는 무키 외에도 일곱 명이 더 있었다. 시오반, 허튼수작, 수재너, 로리타, 패디, 모이라 J., 그리고 빅존이었다.

패트릭이 들어가자 사람들은 인사를 했다.

허튼수작 : 초가집에 오신 걸 환영합니다, 무키님! 어떻게 야구를 안 보고 여기 들어 왔나요? 하하하.

무키 : 저 좀 바쁜데요, 여기 분들 중에 4월 30일의 모닥불을 간직하고 계신 분이 있나요?

로리타 : 무키님, 그건 옛날 풍습이잖아요. 아무리 여기가 초가집이라고 해도 인터넷 채팅을 하는 사람들이 그런 걸 신경 쓰겠어요?

으~, 패트릭은 신음 소리를 냈다. 그 말이 맞았다.

수재너 : 하이버니언은 시도해 보았어요?

무키 : 하이버니언이 누구예요? 거기랑 연락하려면 어떻게 해야 하죠?

빅존 : 하이버니언은 모르겠지만, 우리 어머니가 그 풍습을 지켜요. 내가 아무리 관두라고 해도 말을 안 듣죠. 사실 그건 불법이에요. 뒤뜰에서 하니까요. 어쨌거나 우리 어머니는 그 모닥불에서 불씨를 얻어야 일년 내내 액운이 안 낀다고 믿고 있어요. 그래서 나도 불씨가 딴 데 튀지 않도록 옆에서 지키고 있죠.

무키 : 그 불이 지금도 살아 있나요?

빅존 : 그럼요. 일 년 내내 한 번도 꺼뜨리지 않아요. 더위가 기승을 부리는 8월에도 말이에요. 아기처럼 돌본다니까요. 그런데 그게 왜 궁금한 거죠?

패트릭은 기쁨을 이기지 못하고 고함을 지를 뻔했다. 그리고 학교 숙제 때문에 필요하다고 글을 입력했다가, 엔터 키를 치기 전에 모두 지웠다. 아까 언뜻 본 약관 중에 채팅을 하려면 18세가 넘어야 한다는 게 있었던 것 같았기 때문이다.

무키 : 뭐 연구를 좀 하는 게 있어서요.

허튼수작 : 초가집에 학자가 오셨군요. 어디 학자님 말씀을 들어 볼까. 다른 분들은 괴로워도 참아요. 최고급 순정 영어를 들어 보라고요.

빅존 : 하지만 어머니는 컴퓨터를 잘 못하세요. 아무튼 물어볼 게 있으면 물어 봐요. 내가 전해 줄 테니.

무키 : 그분께 직접 물어보고 싶은데요.

빅존 : 어, 전화도 잘 못하시는데.

무키 : 직접 만나는 건 어때요?

모이라 J. : 설마 사기꾼은 아니겠죠? 이 디지털 초가집에서 그런 일은 용납되지 않아요.

무키 : 아뇨, 전 정직해요.

허튼수작 : 정직한 학자로군요. 역시 이 초가집에서 처음 보는 종류의 사람이에요.

빅존 : 기다려 봐요, 무키님. 어머니한테 물어볼 테니. 1회 말이 끝나면 그때 다시 봅시다. 나도 점수를 확인해야 하니까.

패트릭은 아래층으로 내려갔다.

케빈이 말했다.

"야구도 안 보고 뭐해?"

"숙제 때문에 그래."

"월드 시리즈 기간에 숙제를 내 주다니, 뭐 그런 악독한 선생님이 다 있어? 그리고 그렇다고 숙제를 하는 형은 또 뭐야?"

아빠가 말했다.

"그만해라, 케빈."

"몇 대 몇이야?"

"영 대 영."

닐이 대답했다.

패트릭은 메츠 공격이 끝나 공수가 바뀌는 걸 보고 말했다.

"점수가 날 것 같으면 불러."

그리고 위층에 올라가서 다시 채팅 방에 들어갔다.

무키 : 빅존님, 계세요?

빅존 : 괜찮다고 하시네요, 나만 옆에 있으면. 어머니는 옛날 풍습 지키는 일을 워낙 좋아하시거든요. 거기 어디예요?

무키 : 롱아일랜드의 파밍데일이요, 거기는요?

빅존 : 별로 안 머네요. 퀸스의 우드사이드예요. 알아요?

퀸스? 안 멀다고? 그야 차를 운전하고 간다면야, 패트릭은 생각했다.

무키 : 기차를 타고 갈 건데요.

빅존 : 그러면 롱아일랜드 철도를 타겠네요.

무키 : 네.

빅존 : 쉬워요. 기차역에서 두 블록 거리니까.

됐어, 한고비 넘었어, 패트릭은 생각했다.

무키 : 가는 방법을 알려 주세요. 그리고 언제 가면 될까요?

빅존 : 메일 쓰죠? 내가 메일을 보내서 설명할게요. 허튼수작한테도 우리 집을 알려 주고 싶지는 않거든요. 허튼수작은 강도예요.

허튼수작 : 이봐 빅존, 교수님한테 잘못된 편견을 심어 주면 어떡해?

빅존 : 왜, 뭐가 문제야?

허튼수작 : 나는 친구들한테만 돈을 뜯는단 말이야, 모르는 사람은 절대 안 건드려. 그리고 술집에서만 그러잖아. 집으론 안 찾아간다고.

무키 : 언제 찾아가면 될까요?

빅존 : 내일이랑 월요일은 일해야 되니까 안 되고, 그리고 토요일이랑 일요일은 야구 표가 있으니까 야구장에 가야 되고, 하지만 화요일은 켈리 데이니까, 화요일이 어때요? 12시쯤에.

무키 : 화요일 12시, 좋아요. 그런데 켈리 데이가 뭐예요?

빅존 : 비번 날이요. 소방수가 근무 안 하고 쉬는 날.

소방수였구나, 소방수의 엄마가 일 년 내내 불씨를 간직한다는 말이지. 그러니까 패트릭은 소방수의 집에서 살아 있는 불씨를 가지고 나와서 기차를 타고 50킬로미터를 돌아와야 했다. 패트릭은 메일 주소를 알려 주었다. 메일 주소 끝에 붙은 ms라는 글자를 보고 중학교(middle school)란 걸 알아차리면 선생님이라고 둘러

대야지, 하고 생각했다.

빅존과 어머니가 순순히 불씨를 줄까? 뭐라고 이야기해야 두 사람이 자기 말을 들어줄까? 소방수가 불씨를 밖으로 가지고 나가게 허락할까? 자신이 교수도 아니고 책을 쓰는 연구자도 아니고 어린아이라는 걸 알고도 허락할까?

아니었다. 그 대답은 결단코 아니라는 쪽이었다.

그러니까 패트릭은 불씨를 훔쳐야 했다.

그리고 또 다른 계획을 세워야 했다.

이번에는 케빈의 도움이 필요할 것 같았다.

버나뎃

버나뎃은 집에 갇힌 죄수가 된 것 같았다. 하지만 결과적으로는 잘된 일이었다. 어머니는 버나뎃에게 소다빵 만드는 법을 가르쳐 주었다. 버나뎃은 언젠가부터 소다빵을 만들지 않았다. 아무리 해도 어머니처럼 맛있는 빵을 만들 수 없었기 때문이다.

"지방을 뺀 우유를 쓰는 게 중요해."

어머니가 조리대 위의 밀가루 더미에 우유를 부으면서 말했다.

"네가 얼마만큼을 쓰는지는 모르겠지만, 나는 양을 재서 쓴 적이 없어. 그냥 반죽이 약간 질척해질 때까지 넣으면 돼."

"그런데 왜 그릇에 넣어서 반죽하지 않으세요?"

"그릇에 넣으면 반죽을 제대로 치댈 수가 없잖아. 평평한 데서 해야 돼."

저녁이면 둘은 벽난로 앞에 앉았다. 버나뎃이 취재라도 나온 것처럼 질문을 하면, 어머니는 정원에서 키우는 풀들의 종류와 쓰임새에 대해서, 요정에 대해서, 그리고 버나뎃의 어린시절에 대해서 여러 가지 이야기를 들려주었다.

버나뎃이 마침내 용기를 내서 물었다.

"어머니, 혹시 마녀세요?"

"내가 마녀냐고? 너 미쳤니?"

"전 이해가 잘 안 돼요."

"마녀라는 말은 아주 복잡한 관념을 일으키지."

"관념, 말씀이죠?" 버나뎃이 웃었다.

"그래, 관념. 하지만 나는 마녀가 아니야. 나는 그저 이 세상을 주의 깊게 관찰하는 사람일 뿐이야. 물론 마녀들도 열심히 관찰을 하지만 마녀들은 배운 걸 가지고 나쁜 일을 하지. 나는 그냥 내가 아는 것을 가지고 요정들을 움직일 뿐이야. 우리 할머니가 그랬던 것처럼."

"어머니의 할머니가 이 모든 걸 다 가르쳐 주었나요?"

"할머니는 내게 요정 다루는 법, 요정들 움직이는 법을 가르쳐 주셨어. 사실 너무 잘 가르쳐 주신 게 문제지. 요정들이 대서양을 건너 여기까지 따라왔으니까. 나는 요정들을 결코 떨쳐 버릴 수 없었단다."

월요일이 되자 버나뎃은 학교에 결석하는 구실을 지어내야 할 것 같은 생각이 들었다. 주말 내내 패트릭이 시킨 일을 잘 하고 있을까 궁금해하다 보니, 아이들이 학교에 안 간 날에는 결석을 알리는 메시지가 담긴 자동 전화가 집으로 걸려 왔던 기억이 났다. 전학 서류에는 지어낸 전화번호를 적었다. 그 번호로 전화를 걸면 어디가 나올까? 버나뎃이 아무 말 없이 며칠 동안 학교에 안 가면 피아자 부인이 확성기와 성벽 파괴 장치 같은 걸 가지고 대문 앞에 나타나는 건 아닐까 하는 생각도 들었다. 아무래도 학교에 전화를 걸어 두는 게 좋을 것 같았지만, 남은 돈 20센트로는 공중전화마저 걸 수가 없었다.

버나뎃이 월요일 아침에 잠옷 바람으로 계단을 내려왔을 때 어머니는 아침 식사를 하고 있었다.

"이제 학교 안 가니?"

"더 이상 갈 수가 없어요."

버나뎃은 그렇게 말하면서 찬장 속에 든 찻잔을 꺼냈다.

"내가 진짜 학생이 아닌 게 조금씩 밝혀지고 있거든요."

"저런, 안됐구나. 성적도 그렇게 좋았는데."

"어머니, 학교에 전화를 해서 뭐라고 거짓말을 해야 할 것 같아요. 안 그러면 출결 관리하는 직원이 집에 찾아올지도 몰라요. 동전 좀 있으세요?"

"커피 깡통 속에 봤니?"

"아, 커피 깡통. 아직도 거기 돈이 있나요?"

버나뎃은 끓는 물을 찻잔 속에 부었다. 어머니가 살림에 쓰는 돈은 언제나 식품 저장실의 낡은 맥스웰 커피 깡통에 넣어 둔다는 걸 잊고 있었다.

"그래, 거기 제법 돈이 많단다. 요정이 가져가지 않았다면 말이다."

"뭐라고요?"

버나뎃은 너무 놀라서 뜨거운 주전자를 아래로 떨어뜨릴 뻔했다.

"요정이 돈을 훔쳐가요? 요정은 꽃 속에서 잠을 자고 이슬을 먹고 살지 않나요? 요정이 돈까지 훔친다는 말은 처음 듣는데요?"

"요정들은 안 훔치는 게 없단다, 버나뎃. 훔칠 만한 것은 다 훔치지."

"그러면 커피 깡통의 돈은 왜 안 훔쳐가죠?"

"요정들은 금속으로 된 물체는 가까이 하지 않으니까. 버나뎃, 이거 다 옛날에 너한테 얘기해 준 거야."

"얘기해 줬다고요? 난 팅커벨이 어쩌고 하는 것밖에는 생각나는 게 없는데요. 아니, 잠깐만요. 그래서 어머니가 나보고 용돈을 늘 쿠키 깡통에 넣어 두라고 그러셨던 건가요?"

"그렇지."

버나뎃은 머리를 흔들었다.

"우리 집에는 아직도 그 깡통이 있어요. 거기다 닐이 돌멩이를 모으거든요."

버나뎃은 식품 저장실의 디딤 의자에 올라서서 맨 꼭대기 선반

에 놓인 커피 깡통을 내렸다. 깡통은 놀라울 만큼 무거웠다. 버나
뎃은 깡통의 플라스틱 뚜껑을 비틀어 열었다. 수북이 쌓인 동전
위에 두툼한 지폐 뭉치가 따리를 틀고 앉아 있었다. 버나뎃은 지
폐 뭉치를 꺼내 들고 부채 모양으로 펼쳐 들었다. 대부분 백 달러
짜리 지폐라서 액수가 수천 달러에 이르렀다. 얼마인지 한눈에 헤
아리기도 어려웠다.

"어머니, 도대체 이렇게 큰 돈을 가지고 뭘 하셨던 거예요?"

"나는 한참 전에 은행에 다니고 어쩌고 하는 일을 그만두었어.
그 돈은 이제 네 돈이다. 이 집도 마찬가지지만."

"저는 그저 25센트짜리 동전만 있으면 돼요."

버나뎃은 말은 그렇게 하면서도 손으로는 동전을 한 움큼 집어
냈다. 머릿속에 떠오른 생각에 버나뎃은 웃었다.

어머니가 물었다.

"뭐가 웃기냐?"

"이 돈을 아주 잘 쓸 수 있는 방법이 생각났거든요."

버나뎃의 눈앞에는 벌써 명패의 글귀가 보이는 것 같았다. '피오
나 다우니 컴퓨터실'이라는 명패가.

버나뎃은 얼른 옷을 입고 부엌문으로 나가서 집 근처의 쇼핑센
터까지 걸어갔다. 태양은 밝게 빛났지만, 공기 속에는 이미 선득
한 기운이 느껴졌다. 쇼핑센터 신문 판매대 앞의 공중전화는 문

을 열고 들어가는 구식 공중전화였다. 버나뎃은 헐렁한 흰색 바지 주머니에 손을 넣어 — 이건 쉬운 일이 아니었다. — 35센트를 꺼내고는 문을 닫았다. 그리고 학교 전화번호를 눌렀다.

"폴 A. 살츠만 중학교입니다."

"출석과 부탁합니다."

잠시 침묵이 이어지고 전화가 연결되었다.

"캐롤라인입니다."

"안녕하세요. 제 이름은 데타 다우니인데요. 저 지난주에 사흘을 결석했거든요."

그리고 버나뎃은 수화기에서 입을 살짝 떼고 거짓으로 기침하는 체했다.

"다우니 학생이라. 그래, 금요일에 부모님께 메시지를 남겼어. 전화번호가 이게 맞니?"

출석과의 여자는 버나뎃이 피아자 부인에게 지어서 써낸 전화번호를 불렀다.

"예, 맞아요. 그래서 제가 전화한 거예요."

버나뎃은 자동 응답기라는 기계가 고마웠고, 일하러 나가는 많은 엄마들이 고마웠다. 그 메시지를 받은 사람들이 잘못 걸린 전화로 생각하고 그냥 무시해 버린 게 분명했다.

"오늘도 학교에 못 갈 것 같아요. 수두에 걸렸는데, 의사 선생님이 이번 주 내내 쉬어야 한다고 그랬어요."

"이번 주도?"

"제가 좀 심한 경우래요."

"그렇다면 친구들한테 도움을 부탁하는 거 잊지 말아라. 그리고 어머니 좀 바꿔 주겠니? 결석자 명단에서 빼놓아야 매일같이 녹음된 통보 전화를 안 받을 테니까."

"엄마는 소염 로션을 사러 약국에 가셨어요. 몸이 가려워서 미치겠어요."

"안됐구나, 얘야. 내가 명단에서 네 이름을 빼 주마. 하지만 어머니께 꼭 한번 전화를 달라고 말씀드리렴. 아니면 결석계를 가지고 학교에 오시든가."

"네."

"얼른 낫길 바란다."

"고맙습니다."

공중전화 부스에서 나온 뒤 버나뎃은 그 앞에 있는 신문 판매대에서 신문의 제목을 읽었다. 사람들은 여기서 주로 담배와 복권을 샀지만, 버나뎃은 언제나 어머니가 읽을 '아일랜드의 메아리' 신문이나 자신이 읽을 일요일판 '뉴욕타임즈' 신문을 샀다. 뉴스 판매대는 부부가 운영했는데, 두 부부는 늘 그곳에서 함께 일했다. 버나뎃이 처음 보았을 때 그들은 중년이었다. 이제 그들은 백발이 되어 있었다. 할머니는 돈을 받았고, 할아버지는 매대를 관리했다. 지금 할아버지는 버나뎃 뒤에 서서 새로 도착한 잡지 묶음의 끈을 자르고 있었다.

할머니가 계산대 앞에 신문을 펼쳐 놓고 말했다.

"영감, 이것 좀 봐요. 그 실종된 여자 말이우. 누가 그 여자 컴퓨터도 썼다는데?"

"그래? 그걸 어떻게 알았대?"

버나뎃은 '뉴스데이' 신문을 한 부 집어 들고 뒷면을 읽는 척했다. 가슴이 쿵쿵 뛰었다.

할머니가 말했다.

"그 여자가 신문 기자래잖수. 그 컴퓨터는 신문사의 컴퓨터 같다는구려. '현재 회사 이메일 계정이 사용된 흔적을 감지했지만,' 이게 뭔 소리래? '관계자들은 더 이상 자세한 내용을 밝히지 않았다.' 그러고는 끝이네. 이 신문사는 자기네 기자 이야기로 특종을 건지겠구려."

할아버지가 대답했다.

"그래서 내가 그 인터넷인지 뭔지 하는 것들을 믿지 않는 거야. 정부는 마음만 먹으면 다 추적할 수 있다고. 정보 슈퍼마켓에서 신용 카드를 써? 그건 화를 자초하는 일이야. 그런데 꼬마 아가씨, 지금쯤 학교에 있을 때 아닌가?"

"네, 죄송합니다."

버나뎃이 말했다. 두 사람의 이야기를 열중해서 듣는 걸 들켰기 때문이다. 버나뎃은 신문을 들고 계산대로 걸어갔다.

"50센트란다."

할머니가 말했다. 버나뎃은 계산대에 돈을 내려놓고 신문을 겨드랑이에 낀 채 물러났다.

집에 돌아와 전체 기사를 읽어 보니, 편집국장이 일부러 자세한 내용을 알리지 않고 있음을 알 수 있었다. 신문사는 원래 경찰에게 쉽게 회사 컴퓨터 접속을 허락하지 않는다. 하지만 전산 분야 직원은 버나뎃의 메일을 읽고, 지금 버나뎃이 범죄자에게 잡혀 있는 게 아니라는 걸 알았을 것이다. 그 때문에 편집자들은 뉴스 가치가 있는 자료를 경찰에게 섣불리 넘겨주는 일을 더욱 더 하지 않으려고 할 것이다.

어쨌거나 신문 판매대 할머니의 말은 옳았다. 이러한 새로운 발견이 경찰 수사와 버나뎃의 가족에게 어떤 의미를 갖는지, 또 실종자 버나뎃은 어떤 상태라는 건지 기사는 아무것도 밝히지 못했다.

하지만 분명한 것도 있었다. 더 이상 컴퓨터를 쓸 수 없다는 것이었다. 버나뎃이 열두 살짜리로 세상에 나타나고 싶지 않다면 말이다. 만약 패트릭이 영혼 케이크 만들 재료를 구하지 못하면 어떻게 해야 하는 거지? 그리고 만약 — 버나뎃이 볼 때 그럴 가능성도 분명히 있었다. — 영혼 케이크가 아무 효과가 없으면 어떻게 해야 할까? 그냥 집으로 돌아가서 식구들에게 "안녕, 나 왔어."라고 말할 것인가?

"그건 좋은 생각이 아니야."

버나뎃이 그 이야기를 하자 어머니가 말했다.

"왜요?"

"너는 지금 요정의 손아귀에 붙들려 있어. 네 집에 그걸 들여놓고 싶지는 않을 거 아니니. 너는 거기서 빠져나와야 돼. 요정들은 너그러운 종족이 아니란다."

하지만 이제 버나뎃은 무슨 수로 패트릭과 연락을 한다는 말인가?

패트릭

10월 27일, 화요일

패트릭과 케빈은 평상시처럼 학교에 가는 듯 집을 나서기로 했다. 패트릭은 길모퉁이에서 더피와 카일을 만나 아프다고 거짓말한 뒤, 집으로 돌아가는 척할 예정이었다. 케빈은 닐을 학교에 데려다 주고 자신은 재빨리 밖으로 나올 예정이었다.

"아홉 시까지 기차역으로 와."

패트릭이 케빈에게 다시 한 번 상기시켰다.

"네, 알고말고요, 대장님."

"케빈, 지금 장난하는 게 아냐. 중요한 일이라고."

"그럼 중요한 일이고말고. 우리 범생 나리께서 학교를 빼먹고 거기다 나까지도 빼먹게 하시는데 어디 보통 일이겠어? 그런데 무슨 일인지는 왜 말을 안 해 주는 거야?"

"일단 아홉 시에 거기 오기나 해."

"동부 시간 오전 아홉 시, 중부 시간 여덟 시. 알았어."

패트릭은 배낭 속에 오븐 장갑과 부젓가락, 그리고 도자기 냄비를 넣었다. 냄비 바닥에는 '오븐에 넣어도 안전함.'이라는 말이 찍혀 있었다. 그리고 아침 신문을 넣은 뒤 마른 낙엽을 채워 넣은 비닐 봉투도 챙겼다.

어제 패트릭은 수업을 마친 뒤 패스마크 슈퍼마켓에 가서 물냉이를 샀다. 그런 다음 할머니 집 정원에 가서 구스베리 가시 열 개와 열매 열 개를 따 가지고 왔다. 할머니 집의 열쇠가 주머니에 들어 있었지만, 현관문을 열어 볼 시간이 없었다. 콤프턴 부인 ─ 케빈이 멍텅구리 부인이라 부르는 ─ 이 이가 아파서 네 시에 치과에 가기로 했기 때문이다. 패트릭은 아줌마가 떠나기 전에 집에 오겠다고 아빠에게 약속을 했다. 그러면 아줌마 급료의 일부도 내가 받아야 되는 건가? 패트릭은 속으로 하하 웃음이 나왔다.

엄마가 말한 기한은 하루 앞으로 다가와 있었다. 만약 오늘 모든 것이 계획대로 진행된다면 엄마의 부탁을 완수할 수 있을 것이다. 하지만 문제는 패트릭에게 계획이 없다는 것이었다. 모르는 사람의 집을 찾아가 그 집 난로의 불씨를 훔쳐 내는 계획을 어떻게 세운단 말인가.

또 하나 이상한 것은 1주일 전부터 엄마에게서는 아무 소식이 없다는 점이었다. 패트릭은 메일을 잘 받았다는 내용의 답장을 보냈고, 그런 다음에는 화요일 오후까지 세 가지를 다 구할 수 있을 것 같다는 메일을 한 번 더 보냈지만, 엄마는 답하지 않았다. 걱정이 뭉글뭉글 피어올랐다.

패트릭이 승강장에서 기다리는데, 케빈이 에스컬레이터를 타고 올라오는 게 보였다.

케빈이 다가와 물었다.

"어디로 가나요, 박사님?"

"서쪽으로. 그런데 시간이 좀 남아. 열두 시까지만 가면 되니까."

"뭐 하는 건지 언제 얘기해 줄 거야?"

"왜 이런 일을 하는지는 말하지 않을 테니까 졸라도 소용없어. 하지만 네가 할 일이 뭔지는 가르쳐 줄게. 우리는 크론 부인이라는 할머니를 만나러 갈 거야. 할머니 아들도 같이."

"기차가 와."

케빈이 턱짓으로 선로를 가리켰다.

"할머니가 우리한테 모닥불 이야기를 할 거야."

기차 소리가 커지자 패트릭은 악을 쓰며 말했다.

"내가 할머니랑 이야기를 하는 사이, 너는 그 집 난로에 있는 불씨를 꺼내서 얼른 밖으로 가지고 나가."

"형, 지금 제정신이야?"

케빈이 소리치는 사이 기차는 우르릉 우르릉 역으로 들어섰다.

"그리고 집으로 오는 동안 불씨가 꺼지면 안 되니까, 되도록 큼직한 덩어리를 꺼내야 돼. 도자기 냄비에 들어갈 만한 크기면 돼. 냄비는 이 안에 있어."

패트릭이 배낭을 가리켜 보였고, 기차가 멈추어 섰다.

"오븐 장갑이랑 부젓가락도 가지고 왔어."

패트릭은 속삭이듯이 조용히 말했다.

"우리는 그 불씨를 꺼뜨리지 않고 가지고 와야 돼. 그걸로 새로운 불을 피울 수 있도록."

"형 귓속 좀 살펴봐야겠어. 어이쿠, 내 예상이 맞는걸. 아무것도 없잖아."

"기차에 타자."

"형, 도대체 무슨 일이야?"

"아무 말도 하지 마. 자리에 앉자."

기차 여행은 30분밖에 걸리지 않았다. 패트릭과 케빈은 역 근처의 커피숍에 들어가서 아침을 다시 한 번 먹었다.

케빈이 물었다.

"형이 돈 내는 거지?"

"그래."

"어쩌면 이게 내 손으로 먹는 마지막 식사일지도 몰라. 그러니까 디저트도 먹으면 안 돼?"

"무슨 소리를 하는 거야?"

"뜨거운 불씨를 훔쳐야 한다며? 내 가련한 장갑이 어떻게 될지 누가 알겠……."

"그래, 디저트 먹어."

빅존의 집을 찾는 데는 아무 어려움이 없었다. 오전 10시 45분이었다.

패트릭이 말했다.

"열한 시까지 기다리자. 조금 일찍 가도 괜찮을 거야."

"그래, 불타는 장작을 훔치려면 약간의 놀라움은 필요한 법이지."

"어떻게 해야 되는지 알아?"

"가방 줘 봐."

케빈은 부젓가락과 오븐 장갑을 꺼내서 외투 주머니에 넣었다.

"이거 엄마가 푸딩 만드는 냄비 아냐? 엄마가 가만 두지 않을 걸."

"되도록 빨리 불씨를 거기다 넣어. 그리고 봉투 속에 신문지들을 넣어 놨으니까, 그걸로 불씨를 계속 살려. 하지만 너무 크게 피우면 안 돼. 그걸 가지고 기차를 타야 하거든."

"형, 돈 얼마나 있어?"

"좀 돼. 왜?"

"보석금을 내고 감옥에서 나올 만큼 돼?"

패트릭은 다시 배낭을 잠그고 어깨 위로 둘러멨다.

"불씨를 훔치면 기차역으로 먼저 가. 내가 나중에 따라갈 테니까. 준비 됐어?"

"이거 혹시 무슨 내기야? 형이 나한테 이런 일 시킬 수 있나 없나 더피 형이 보자고 했어?"

"이건 더피나 카일하고는 아무 상관이 없어. 이건 네 별 볼일 없는 일생 동안 네가 할 수 있는 가장 중요한 일이야."

그러자 케빈은 외투 깃을 세우며 말했다.

"그렇다면, 대장님. 준비됐습니다."

크론 부인은 폭이 좁은 3층짜리 적갈색 벽돌집에 살았다. 현관 앞에는 가파른 계단이 있었고, 시든 제라늄 화분이 놓여 있었으며, 현관문에는 손으로 직접 쓴 초록색과 황금색 글씨의 표지판이 못에 걸려 있었다. 표지판은 '디아 고 레가 안 라흐 오트'라고 씌어 있었다.

케빈이 물었다.

"스페인 할머니야?"

"이건 스페인어가 아냐. 게일어야."

"어떻게 알아?"

"그냥 그럴 거 같아. 그리고 빡빡 씨, 모자 벗지 마. 할머니가 놀라실 수도 있으니까."

패트릭이 초인종을 누르며 덧붙였다.

"그리고 말은 한 마디도 하지 마."

문이 살짝 열렸다. 믿어지지 않을 만큼 몸집이 작은 할머니가 울퉁불퉁한 지팡이에 양손을 얹고 문 앞에 나타났다.

"올해는 쿠키를 안 살 거유."

열린 문틈으로 할머니가 말했다. 문에 걸린 안전 사슬이 코 높이에 걸쳐져 있었다.

"아니에요, 할머니. 크론 부인이신가요? 저는 패트릭 맥브라이드예요. 아드님이 할머니를 만나면 모닥불 이야기를 들을 수 있다고 하셔서요."

"내 눈이 좀 흐려지긴 했지만, 교수님 치곤 너무 젊은 분 같구려."

"저는 학생이에요. 연구 중이거든요."

"조수도 같이 온다고 하지 않았나?"

"제 동생이에요."

"그렇다면 들어와. 나쁜 짓할 사람들 같지는 않네. 만약 다른 생각을 품었다면 실망할 거야. 훔칠 만한 게 전혀 없으니까."

집은 어두웠고, 눈에 보이는 표면은 모두 정교한 흰색 레이스 무늬로 덮인 것 같았다. 크론 부인은 패트릭과 케빈을 응접실로 데리고 들어갔다. 벽난로 선반 위에 교황의 사진이 액자에 꽂혀 있었다. 사진 속 교황은 지금 교황이 아니었다. 아마도 예전의 교황 같았다. 그리고 바로 그 아래 벽난로 속에 불꽃이 타닥타닥 타고 있었다.

"존도 집에 있는데 잠들었어. 오늘 새벽 두 시에 근무를 마치려는데 브라이튼 해변에 화재가 발생해서 다시 출동했거든."

그러면서 할머니는 의자에 주저앉았다.

"아들 녀석 말이 5월 1일 전야 풍습에 관심이 있어서 그런다고……?"

"네, 정확히 말하자면 그날 피우는 모닥불에 대해서요."

패트릭의 눈은 벽난로에 꽂혀 있었다.

"저 불이 5월 1일 전야 모닥불의 불씨로 피운 건가요?"

"그렇지. 아주 작은 모닥불이었어. 존이 잘못하다간 불을 낸다고 야단야단을 해서 말이지."

패트릭이 물었다.

"모닥불은 여기서 피우셨나요?"

"아니, 여기가 아니라 마당에서 했지. 당연히."

"저도 마당을 말한 거예요. 정확히 어디인지 보여 주실 수 있나요?"

"별로 볼 건 없는데? 지금은 불도 없고."

"알아요. 하지만 불을 피운 장소를 직접 보면 제가 그 풍습을 이해하는 데 도움이 될 것 같아요."

"글쎄, 도움이 될까? 그냥 네모난 풀밭인데."

"구덩이를 파서 하나요?"

케빈이었다. 패트릭은 깜짝 놀라 케빈을 성난 눈길로 쏘아보았다.

"아니, 아냐. 새들이 물 마시는 접시 있잖아. 존이 그걸 옮겨다 주지. 접시가 바윗덩이처럼 무겁다고 끝까지 얼마나 투덜대는지. 우리는 접시를 둘러싼 원형 돌 안에서 불을 피우지."

"원형 돌이라고요?"

패트릭이 소리쳤다.

"원형 돌 안에서 불을 붙이는 이유가 있나요? 정원에도 원형 돌이 있잖아요."

"정원에 원형 돌? 무슨 소리를 하는지 당최 모르겠구나. 그건 그냥 장식의 일종이야. 존이 돌 안에서 불을 피워야 덜 위험하다고 해서 그런 거야. 참 끈질긴 학생들이로구먼. 이리 따라와 봐. 문제의 접시를 보여줄 테니. 어쩌면 새도 한 마리 앉아 있을지 몰라."

크론 부인이 의자에서 몸을 일으킬 때 패트릭은 케빈에게 재빨리 눈길을 던졌다. 케빈은 알았다는 듯 살짝 윙크를 하고 엄지손가락을 위로 올렸다.

패트릭은 크론 부인을 따라 좁다란 부엌을 지나 집 뒤쪽의 복도로 들어섰다. 크론 부인이 문을 열고 콘크리트 계단으로 나섰다.

"저기 접시가 보이지? 참 멋진 접시야, 그렇지 않아?"

접시에는 회색 비둘기 두 마리가 올라앉아 있었다. 두 마리 모두 고개를 들어 패트릭을 똑바로 쳐다보았다.

패트릭이 무슨 질문을 해야 저 접시를 되도록 오래 바라볼 수

있을까 머리를 쥐어짜고 있을 때 등 뒤에서 '피시시' 하는 소리가
들렸다. 케빈이 오븐 장갑을 낀 손으로 장작을 툭툭 치며 집어 올
리고 있었다.

"나쁜 비둘기들. 저것들이 접시를 차지하고 있으니까 노래 부르
는 새들이 못 오잖아."

크론 부인이 투덜거렸다.

"이 정도면 돼?"

케빈이 조그맣게 묻자, 엉뚱하게 크론 부인이 대답했다.

"그래, 이 정도면 됐어. 아까도 말했지만, 볼 게 아무것도 없다
니까."

그리고 부인은 문을 닫았다.

"나가!"

패트릭이 입 모양으로 케빈에게 말했다.

크론 부인은 몸을 부르르 떨었다.

"바깥은 꽤 춥군. 차를 좀 끓여야겠어."

패트릭은 정말로 무례를 저지르고 싶지 않았지만 어쩔 수가 없
었다.

"저기요, 할머니. 말씀 고맙습니다. 제 연구 보고서에 많은 도움
이 될 거예요."

"뭐? 아직 아무 말도 안 했잖아."

"네, 하지만 아주 짧은 보고서예요. 그 정도면 충분해요. 다시

한 번 감사드립니다."

　패트릭은 그렇게 말하며 현관까지 뒷걸음질쳐 갔다. 문 앞에서 돌아서자 살짝 열린 문틈으로 케빈이 보도 위에서 펄쩍펄쩍 뛰는 모습이 보였다. 케빈은 아직도 장작을 양손으로 툭툭 치며 쩔쩔 매고 있었다.

　"만나서 반가웠습니다."

　패트릭은 그렇게 소리치고 현관 앞 계단을 한달음에 뛰어 내려 갔다. 크론 부인이 몸이 불편해서 자신을 쫓아올 수 없다는 게 더 없이 다행이었다.

　케빈이 말했다.

　"우아! 이거 진짜 뜨거워."

　"당연하지, 바보야. 불타는 장작인데. 얼른 냄비에 넣어."

　"냄비는 배낭에 있잖아, 바보야."

　"미안해."

　패트릭은 배낭을 내린 뒤 얼른 지퍼를 내려서 그릇을 꺼냈다.

　"할머니가 우리 보고 계시니?"

　"그럴 리가. 아들을 깨우고 계시겠지."

　기차역에서 패트릭은 무릎 위에 냄비를 얹고 앉았다. 그러다가 너무 뜨거워 견딜 수가 없자 벤치 아래 승강장 바닥에 내려놓았다.

　패트릭이 말했다.

"이걸 숨긴 채 기차를 타야 해."

"아무렴 그래야지."

"좌석 밑에 잘 감추어야 돼. 그리고 뚜껑을 조금 열어서 숨도 쉴 수 있게 해야 되고."

"내 친구들한테 학교를 처음 빼먹고 한 일이 뭔지 얘기하면 뭐라고 할까? 어떤 할머니 집에 가서 벽난로에서 불타는 장작을 훔치고, 그걸 숨긴 채 기차를 탔다고 말이야. 중학생들은 이런 일을 재미있어해?"

동쪽으로 가는 기차가 역으로 들어왔다.

패트릭이 말했다.

"사람이 가장 적은 칸을 찾아봐."

패트릭은 올 때 이미 왕복표를 샀고, 차장은 틀림없이 차표 검사를 하러 올 것이다. 패트릭이 장작을 간수하는 사이 케빈은 망을 보았다. 대여섯 정거장을 지나는 동안에는 아무 일도 없었다. 패트릭은 지금은 붐비는 시간도 아니니 차표 검사 같은 건 안 했으면 좋겠다고 생각했다.

기차가 왠타그에 섰다. 그때 제복 차림의 여자가 패트릭과 케빈이 탄 바로 앞 객차에서 승강장으로 내려서는 게 보였다. 승강장에 있던 사람 두 명이 여자에게 다가가 말을 걸었다. 그러더니 셋이 한꺼번에 앞 객차에 올라탔다. 문이 닫히고 기차가 출발했다.

"연기가 나."

케빈이 좌석 밑을 가리키며 말했다.

"젠장, 불씨를 너무 많이 살렸나 봐. 이제 차장도 올 텐데."

"아픈 친구를 위해 찜 요리를 해 가는 거라고 하면 어떨까?"

"찜에서 연기가 나냐?"

"연기 나는 특별 찜 요리라고 하지 뭐. 이리 줘 봐. 그 장갑도."

차장이 객차로 들어서는 순간 케빈은 냄비를 들고 뒤쪽으로 갔다. 객차 끝에 작은 화장실이 있었다. 패트릭은 케빈이 화장실 문을 열고 안으로 들어가는 걸 보았다. 차장에게 눈길을 돌리자 차장도 케빈을 바라보고 있었다.

"차표 검사할게요."

"저 애랑 저랑 두 사람 표예요."

패트릭이 그렇게 말하며 표를 내밀었다.

"지금…… 저 애가 급하대요."

"설마 여기서 담배를 피운 건 아니겠지? 여긴 금연 객차야."

"우린 담배 안 피워요."

"그럼 이게 무슨 냄새람. 그리고 지금 학교에 있어야 할 시간 아닌가?"

"우리는 홈스쿨 해요."

"홈스쿨이라. 그런 게 있군."

차장은 패트릭에게 표를 돌려주었다.

"나쁜 짓 하면 안 돼, 학생. 두 정거장만 더 가면 되니까."

"고맙습니다."

차장은 다음 객차로 건너갔다. 기차가 다음 역으로 들어서고 있었다. 기차가 느려지자 패트릭의 눈에 '시포드'라는 표지판이 보였다. 패트릭이 이제 됐다고 나오라고 화장실 문을 두드리려는 순간, 화장실 안에서 귀청을 찢는 듯한 요란한 소리가 울렸다. 문이 덜컥 열렸다.

"연기 감지기야."

케빈은 그렇게 말하고 냄비를 든 채 출구로 달려갔다.

"이제 우린 끝장이야."

패트릭과 케빈은 문이 열린 순간 기차에서 뛰어내려 계단을 향해 달려갔다.

케빈이 소리쳤다.

"이거 받아. 손이 구이가 될 것 같아."

패트릭은 외투 소매를 쭉 잡아당겨 손을 덮고 냄비를 받았다. 그리고 불씨에 공기가 통하도록 뚜껑을 약간 열고서 어정쩡한 자세로 뛰어갔다. 역 앞의 큰길을 건넌 뒤에야 둘은 비로소 발걸음을 늦추었다. 계속 걸으니 작은 전망대가 있는 조그만 광장이 나왔다.

패트릭이 말했다.

"장갑 좀 줘. 불씨가 어떻게 됐나 봐야 돼."

장작은 아직도 이글거리고 있었다. 패트릭은 냄비 속에 신문지를 더 넣었다.

케빈이 물었다.

"이제 어떻게 해야 되나요, 아인슈타인 박사님? 이제 변장을 하고 다음 열차를 타야 되나요?"

"택시를 타야겠어."

"택시라고! 요금이 장난 아닐 텐데. 도대체 돈을 얼마나 준비한 거야?"

"생일 때 받은 용돈이 아직 있어."

"난 형이 그 돈으로 새 앰프를 살 줄 알았는데."

"나도 그럴 줄 알았지."

택시 운전사는 냄비에 대해서 아무것도 묻지 않았고, 패트릭은 있는 돈을 몽땅 다 주고 택시를 내렸다. 그렇게 해도 운전사가 받아 마땅한 팁의 액수에는 못 미치는 것 같았다.

자동 응답기에는 불빛 두 개가 반짝거리고 있었다. 메시지를 들어보니 하나는 패트릭의 학교에서 온 것이고, 다른 하나는 케빈의 학교에서 온 것이었다. 패트릭은 메시지를 지웠다.

패트릭이 말했다.

"네가 아기를 좀 돌봐야 할 것 같다."

케빈은 이미 소파 앞에 앉아 있었다.

"닐이 학교에서 오려면 한 시간이나 남았어."

"닐이 아냐. 불씨를 말하는 거지. 불이 꺼지지 않도록 잘 간수해 줘. 신문지하고 낙엽을 넣어. 보이 스카우트에서 불을 꺼뜨리지 않는 법 많이 배웠지? 네 인생이 여기에 달렸어."

"어디 가는 거야?"

패트릭은 현관문을 열다가 돌아섰다.

"케빈, 오늘 도와줘서 정말 고마워. 너 정말 훌륭했어."

"그러니까 내가 앞으로 훌륭한 불씨 도둑이 될 거라는 말이지? 그쪽 분야가 유망하다는 말은 많이 들었어."

패트릭은 고개를 저었다.

"절대 불씨를 꺼뜨리면 안 돼. 금방 올게."

학교로 들어가는 여러 개의 문 가운데 늘 열려 있는 것은 정문뿐이었다. 하지만 정문으로 들어가다가는 학생 지도실에 걸릴 게 뻔했다. 그래서 패트릭은 학교 뒤쪽으로 돌아가 체육관 쪽으로 갔다. 기도하는 마음으로 손잡이를 당겼더니 문이 열렸다. 체육관에서는 수업이 진행되고 있었지만, 선생님은 패트릭을 신경 쓰지 않았다.

패트릭은 곧장 컴퓨터실로 갔다. 수업이 이미 시작되어 있었다.

"늦어서 죄송합니다. 도브스 선생님."

"무슨 일이니?"

패트릭은 선생님이 앉아 있는 책상에 다가가서 조용히 말했다.
"배가 아파서 계속 화장실에 있었어요."
"그럼 집에 가야 하지 않겠니?"
"아무래도 그래야 될 것 같아요. 하지만 먼저 아빠한테 메일을 보내려고요. 전화를 드렸더니 진료 중이라 안 받으셨어요. 하지만 메일은 자주 확인해 보시거든요."
"그러렴."
그리고 도브스 선생님은 다시 읽던 책으로 돌아갔다.
패트릭은 더피의 눈길을 느꼈지만 아는 척하지 않고 자기 자리에 앉아 전원 버튼을 누르고 모니터를 뚫어지게 바라보았다. 그리고 메일함을 클릭했다. 수신된 편지 : 0통이라는 메시지가 떴다.
패트릭은 마우스를 움직여서 편지 쓰기를 클릭했다.

받는 사람 : bmcbride@newsday.com
보내는 사람 : pmcbride@saltzmanms.edu
제목 : 급해요
보낸 날짜 : 10월 27일 오후 1:44:24 동부 표준 시각

엄마, 다 구했어요. 어디서 만나죠?

버나뎃

10월 27일, 화요일 오후

　버나뎃은 하루 종일 기차역에 나가 있었다. 주말이 지나면서 서머타임이 끝났기 때문에 다섯 시가 되자 역은 캄캄한 어둠에 휩싸였다. 승강장에 높다랗게 선 등불들만이 어둠을 드문드문 밝히고 있었다. 추웠다. 외투 주머니에 넣어 온 먹을거리는 벌써 다 떨어졌고 다시 배가 고파졌다. 마음속에 간절하게…… 커피 생각이 났다. 얼른 다시 마흔 살이 되어서 커피를 마시고 싶었다. 열두 살로 산다는 게 이렇게 힘든 일인 줄은 까맣게 몰랐다. 열두 살의 버나뎃은 돈도 없고 자동차도 없었다. 버나뎃은 심지어 집안일도 하고 싶어졌다. 청소를 하면 언제나 마음이 깨끗해지는 듯했던 기억이 났다.

　어제 버나뎃은 중학교 맞은편에 있는 나무에 올라가서 패트릭을 관찰했다. 패트릭이 패스마크 슈퍼마켓에 가고, 할머니의 집에 들렀다 집으로 돌아가는 걸 모두 보았다. 그리고 오늘 아침에는 잭슨 거리 끝의 무화과나무 울타리 뒤에 웅크리고 앉아 패트릭이 길모퉁이에서 더피와 카일을 만나는 걸 보았다. 패트릭이 배를 움켜쥐고 아이들에게 뭐라고 이야기를 하더니 돌아서서 집을 향해 갔다. 버나뎃은 패트릭이 정말로 아픈 게 아님을 직감했다. 어쨌거나 버나뎃은 패트릭의 엄마였으니까.

버나뎃은 한 블록 정도 거리를 두고 패트릭을 뒤따라 기차역까지 갔다. 패트릭이 승강장으로 내려가는 에스컬레이터를 타자, 버나뎃은 반대편 계단으로 내려갔다. 그리고 누군가 벤치에 두고 간 '월스트리트 저널' 신문을 펼쳐들고 주식 시장에 대한 기사를 읽는 척하면서 신문 너머로 패트릭을 힐끔힐끔 보았다. 그러다 케빈이 에스컬레이터의 세 번째 계단에서 승강장으로 뛰어내리는 걸 보고 놀라 벤치에서 떨어질 뻔했다.

패트릭이 케빈에게 뭐라고 말했을까? 그 때문에 이 계획에 타격이 생기는 건 아닐까?

아냐, 버나뎃은 생각했다. 그렇다면 나를 끌어내 줄 사람이 두 사람이 되는 거야. 타격이 될 수는 없어. 케빈이 얌전히 행동해 주기만 하면. 버나뎃은 다시 조바심이 났다. 패트릭이 케빈에게 전부 다 이야기하지는 않았을 거야. 그런데 어디로 가는 거지? 메릭에 있는 선물 가게 여자가 필요한 정보를 준 것인가?

오후가 지나가는 동안, 기차들은 연신 들어오며 사람들을 끝없이 토해냈다. 버나뎃은 그 많은 사람들이 여러 출구로 드나드는 모습을 다 관찰할 수가 없었다. 패트릭과 케빈을 놓치지 않고 본다는 보장이 없었다. 아이들은 아직도 기차를 타고 간 그곳에 있는 걸까? 아빠에게는 뭐라고 말했을까? 내가 아이들에게 너무 위험한 심부름을 시킨 걸까?

조바심, 걱정, 조바심, 걱정, 조바심. 버나뎃은 속이 울렁거렸다. 머릿속이 차츰 멍해졌다. 이제 남은 시간도 얼마 없었다. 결국 버나뎃은 기다리는 일을 포기했다.

버나뎃은 멀고 먼 길을 걸어 잭슨 거리에 있는 집으로 갔다. 제러드의 차는 없었지만, 집 안에 불이 켜져 있었다. 누군가 집에 있는 거였다. 버나뎃은 길을 건너서 거실 유리창 안을 들여다보며 집 앞으로 천천히 다가갔다.

케빈의 머리가 보였다.

그리고 또 한 가지가 보였다. 굴뚝을 빠져나오는 연기 한 줄기. 벽난로에 불이 피워져 있었다.

아이들이 결국 해낸 거야! 버나뎃은 보도 위에서 펄쩍펄쩍 뛰며 하늘로 주먹을 휘둘렀다. 그러다가 자기 모습이 얼마나 우스꽝스러운지를 깨닫고는 달려갔다. 어머니가 있는 집까지 쉬지 않고.

수요일 아침, 버나뎃은 다시 무화과나무 울타리 뒤에 웅크리고 앉았다. 패트릭이 길을 걸어오는 것이 보였다. 더피와 카일이 모퉁이에서 서로를 덤불로 밀어뜨리는 놀이를 하고 있었다. 저게 재미있을까? 버나뎃은 이해가 되지 않았다.

"저기, 패트릭."

버나뎃이 패트릭을 불렀다. 패트릭이 버나뎃을 보고 앞쪽의 백스터 쌍둥이를 보더니 길을 건넜다.

"너희 엄마가 부탁한 물건들 받으려고 왔어."

"컴퓨터 수업 같이 듣는 애 맞지? 이름이 데타였던가?"

"맞아. 지금 집에 가서 그 물건들 좀 가져다 줄래?"

"네가 어떻게 엄마 일을 알아?"

"내가 네 엄마를 도와드리거든."

패트릭이 이 말을 믿을까? 차라리 조르는 것은 어떨까?

"그 말을 어떻게 믿어?"

"안 그러면 너희 엄마가 너한테 그런 부탁한 걸 내가 어떻게 알겠어?"

패트릭은 미심쩍은 눈치였다. 버나뎃은 다른 작전을 시도했다.

"내가 알고 있는 게 또 있어. 아빠가 네 이름을 무키라고 지으려고 하지 않았니?"

"내 또래 애들한테는 무키란 이름이 엄청나게 많아. 여자 애들 중에도 무키가 있는걸. 그런데 너는 올해 이사 왔니? 아니면 너도 작년부터 살츠만 중학교에 다녔니? 왜냐면 널 어디서 많이 본 것 같아."

"우린 전에 만난 적이 있어."

"어디서?"

"전생에. 증명해 줄게."

버나뎃은 손가락을 관자놀이에 갖다 대고 눈을 감았다.

"네 주머니 속에는 열쇠가 하나 있어. 그건 너희 집이 아닌 다른 곳의 열쇠야."

패트릭은 어리둥절한 표정이 되었다.

"그래, 맞아. 어떻게 알았어?"

패트릭은 힘들게 얻은 물건을 잘 알지도 못하는 사람에게 선뜻 내주는 아이가 아니었다. 버나뎃은 아들의 성품을 그만큼 잘 알고 있다는 사실이 기뻤다. 그날 아침 집을 나서기 전에 버나뎃은 벨리크 도자기 꽃병에 든 열쇠를 꺼내서 창고의 자물쇠를 땄다. 그리고 그 자물쇠를 외투 주머니에 넣어 왔다. 사각형 황동 몸체에 은색 고리가 달린 자물쇠였다.

"그 열쇠로 이거 열어봐. 맞을 거야."

패트릭은 자물쇠를 받아들고 열쇠를 황동 몸체 바닥의 구멍 속에 밀어 넣고 돌렸다. 고리가 딸깍 열렸다.

"이건 우리 할머니네 집 열쇠인 줄 알았는데. 너 이 자물쇠 어디서 났어?"

"너희 엄마가 나한테 줬어. 이 열쇠가 자기 심장을 여는 열쇠라고 말하면서. 하지만 이런 말을 하면 네가 얼굴이 빨개질 테니까 너한테는 말하지 말라고 했어."

패트릭은 웃고 말했다.

"잠깐 기다려."

그리고 패트릭은 길모퉁이로 가서 덤불 속의 더피를 끌어냈다.
그건 이 밀치기 게임에서 패배를 인정하는 행동이었다. 패트릭은
카일에게 뭐라고 이야기를 했다. 그러자 카일은 패트릭의 배를 퍽
치는 시늉을 하더니 야구 모자를 바로 쓰고 학교를 향해 돌아섰
다. 더피는 패트릭에게 뭐라고 말을 하고는 곧 카일을 뒤쫓아 뛰
어갔다.

패트릭은 집으로 들어갔다가 몇 분 후에 작은 종이 쇼핑백을 팔
에 걸고, 오븐 장갑을 낀 두 손에 도자기 냄비를 들고 나타났다.

내 푸딩 냄비, 버나뎃은 생각했다. 아이들한테 푸딩을 만들어 준
지도 벌써 한참 됐구나.

"원래 가져온 그 불씨여야 되는 건가? 밤사이 다 타버릴 것 같
아서 그 불씨로 새로 불을 붙였거든."

패트릭은 그렇게 말하며 냄비를 땅에 내려놓았다.

"이건 그 불에서 떼어낸 불씨야."

"괜찮을 거야. 그리고 패트릭, 나중에 엄마도 직접 말하겠지만,
지금 너를 엄청나게 자랑스러워하실 거야. 네가 이 일을 해냈다
는 데 대해 말이야."

"그런데 그건 사실 우리 막내를 먹이고 둘째를 깨우는 일보다
는 덜 힘들었어."

버나뎃은 자기도 모르게 몸을 움찔했다.

"왜 그래?"

그런 버나뎃을 보고 패트릭이 물었다.

"아무것도 아냐. 앞으로는 그런 일 안 해도 될 거야."

버나뎃은 말했다. 생각해 보면 그동안 버나뎃과 제러드는 패트릭에게 너무 많은 책임을 맡겼다. 단지 패트릭이 그런 일을 할 수 있다는 이유만으로. 이러다 감정이 북받쳐서 무슨 이야기를 할지 모른다는 생각이 들자 버나뎃은 재빨리 돌아섰다.

"얼른 가야겠다."

"잠깐만, 우리 엄마는 언제 오는 거야?"

"아마 일요일 아침? 사흘이 걸리거든."

"사흘?"

패트릭은 한숨을 쉬고 물었다.

"그런데 너 성이 다우니니?"

버나뎃이 깜짝 놀라서 패트릭을 돌아보았다.

"그건 왜?"

"사회 선생님이 다른 반에 다우니라는 여학생이 있다고 그랬거든. 우리 엄마 처녀 때 성이 다우니었어. 그러니까 어쩌면……."

"맞아. 내 성은 다우니야. 그리고 네 말대로 우리는 친척이야."

"그런데 왜 여태 한 번도 안 만났지?"

"이야기하자면 길어. 엄마가 나중에 잘 설명해 주실 거야……."

버나뎃은 제발 패트릭이 자신을 놓아 주길 바라며 발길을 옮겼다.

"그래, 빨리 가야겠다. 불씨가 영원히 타지는 않을 테니까. 컴퓨터 수업 때 보자."

"그런데 나 그 수업을 그만두게 되었어."

만약 버나뎃의 손에 뜨거운 냄비가 들려 있지 않았다면, 버나뎃은 패트릭을 끌어안았을 것이다.

"정말 고마워. 너희 엄마도 너를 빨리 보고 싶어 하실 거야."

패트릭은 다시 얼굴이 빨개졌지만, 얼른 돌아서서 학교 쪽으로 걸어갔다. 그러다가 자리에 멈춰 돌아섰다.

"그런데 무슨 전생?"

"뭐라고?"

"우리가 전생에 만났다며?"

"아, 그건 너희 엄마가 사라지기 전의 전생."

버나뎃은 그렇게 소리치고 다시 돌아섰다.

"가야겠어! 이거 정말 뜨겁다!"

버나뎃의 마음은 뿌듯하기 짝이 없었다. 저렇게 잘 컸다니. 버나뎃은 그동안 앞으로 해야 할 여러 가지 일들을 다짐하고 있었다. 집에 돌아간다면 가족을 당연한 것으로 여기지 말아야지. 함부로 소원을 빌지 말아야지. 윗몸일으키기를 계속해야지. 그런데 이제 거기에 한 가지를 더 보태야 했다. 앞으로 패트릭에게 훨씬 더 많은 자유를 줘야지. 그건 패트릭의 수고에 대한 정당한 보답이야.

그러자 버나뎃에게 또 다른 생각이 떠올랐다.

그래, 커피 깡통에 든 돈으로 패트릭을 위해 차고에 방음 장치를 해 주고 새 앰프를 사 줘야지. 어머니도 좋아하실 거야. 패트릭에게는 할머니가 주는 선물이라고 말해야지.

버나뎃은 곧장 어머니의 집으로 갔다. 나가기 전에 벽난로의 불을 미리 꺼 놓았다. 그래야 돌아오자마자 그 불씨로 새 불을 피울 수 있으니까. 버나뎃은 집 앞에 이르러 굴뚝을 보고는 생일 전날 밤부터 오늘까지 벽난로에 계속 불이 피워져 있었지만, 굴뚝으로 연기가 솟는 걸 한 번도 본 적이 없다는 사실을 깨달았다. 역시 마법이었다.

버나뎃은 아일랜드 전설 책을 가져다가 영혼 케이크 만드는 대목을 다시 읽었다. 그것은 요정의 마법에 걸렸는지를 알아보는 시험에 대한 각주에 적혀 있었다.

영혼 케이크 치료법 : 요정의 마법에 걸린 사람이 거기서 벗어나기를 원한다면, 남아 있는 곡물로 타원형 케이크를 세 개 만들어야 한다. 그리고 그 케이크를 5월 1일 전야 모닥불의 불씨로 피운 불로 구워야 한다.

그런 뒤 다음 날부터 사흘 동안 아침마다 물냉이 줄기 한 개와 함께 그 케이크를 먹는다. 케이크는 그 불 옆에서 먹어야 하며, 케이크를 만들거나 먹는 동안에는 개든 고양이든 살아 있는 생물이 케이크와 마법에 걸린 사람 사이를 지나가면 안 된다. 케이크를 세 개 다 먹은 다음에는 구스베리 열매 아홉 개의 즙을 짜서 모은다. 열 번째의 구스베리 열매는 왼쪽 어깨 위로 던진다. 그리고 그 즙을 마시는데, 마시는 동안 눈을 감으면 안 된다.

구스베리 나무의 가시 아홉 개를 마법에 걸린 부위에 대고 누르고, 열 번째 가시는 왼쪽 어깨 너머로 던진다. 나흘째 되는 날 아침에 마법은 풀릴 것이다. 마법에서 풀린 사람은 이 치료법에 대해서 누구에게도 말을 하면 안 된다.

버나뎃은 곡물에 물을 넣고 반죽을 이겨서 세 개의 조그만 타원 모양을 만든 뒤, 구스베리와 가시, 물냉이 봉지를 꺼냈다. 그리고 주철 프라이팬과 철망으로 된 건조대를 준비했다. 그런 뒤 버나뎃은 어머니에게 갔다.

"어머니, '가시 아홉 개를 마법에 걸린 부위에 대고 누르고' 이 대목 말예요."

버나뎃은 어머니에게 책을 내밀며 그 부분을 가리켰다.

"마법에 걸린 부위란 어디를 말하는 거죠?"

"그거야 네 심장이지."

"아, 그렇군요."

"준비 다 됐니?"

"이제 케이크를 구워서 내일 아침부터 하나씩 먹으려고요."

"그럼 나는 네 곁에서 떨어져 있어야겠구나. 내가 끼어들지 않는 게 좋으니까, 마지막 날 밤에는 큰 옷을 입고 자거라. 그리고 아마 밖에서 자야 될 거야. 그렇다고 정원에서 자라는 건 아냐. 거기도 마법이 가득하니까. 모포를 가지고 나가서 현관 앞에서 자렴. 그리고 버나뎃, 중요한 것은……."

"네?"

"자정이 되기 전에 여기서 나가야 한다."

"어머니는 어디 계실 거예요?"

"네가 요정들을 물리치는 동안 조용히 비켜나 있어야지. 그 다음에는……."

어머니는 마음을 다스리려는 듯 침을 꿀꺽 삼켰다.

"그런 다음에는…… 모르겠구나. 아무리 해도 내가 여기 다시 불려 오기 전에 어디에 있었는지 기억이 나질 않는다."

"아, 어머니."

버나뎃은 어머니를 올려다보았다. 어머니는 여간해서는 우는 사람이 아니었다. 그런데 지금 어머니 눈 속에는 눈물이 고여 있었다.

"두려우세요?"

"아주 조금."

"하지 말까요?"

"무슨 소리. 이번에야말로 작별 인사를 할 수 있지 않니?"

버나뎃은 이런 순간이 올 것이 두려웠지만, 예전에 못한 말을 하는 것도 중요하다는 걸 알았다.

"어머니, 이런 일이 생기기 전까지는 제가 얼마나 어머니를 그리워했는지 미처 몰랐어요. 어머니를 떠나보내는 게 얼마나 힘들었는지……."

말이 목에 걸렸다. 어머니가 다가와 가느다란 팔로 버나뎃을 끌어안았다.

"떠나보내야 해, 버나뎃. 이 집을 팔고, 잘 살도록 해라."

어머니는 그렇게 말하고는 옷소매로 버나뎃의 뺨 위로 떨어진 눈물방울을 닦았다.

"우리가 인생에서 하는 선택 가운데 정말로 중요한 것은 얼마 되지 않아. 아이를 낳을 때 우리는 인생을 계속 이어나가기를 선택한 거지. 너는 여기서 나가야 할 멋진 이유가 셋이나 있지 않니? 남편까지 포함한다면 넷이고 말이야. 식구들에게 내 입맞춤을 전해 다오."

버나뎃은 어머니를 꼭 끌어안고, 어머니의 몸속 깊이깊이 파고들었다. 어머니가 이미 버나뎃에게서 스르르 빠져나가고 있는 것만 같았다.

"어머니, 사랑해요. 우리가 다시 볼 수 있을까요?"

"죽음이 딸과 엄마 사이를 갈라놓을 수 있을 것 같니? 네가 아이들에게 주는 사랑 속에 내가 있는 거다."

어머니는 버나뎃을 살짝 밀친 뒤 딸의 이마와 양볼, 그리고 마지막으로 입술에 가볍게 입을 맞추었다.

"이제 가서 케이크를 구워."

버나뎃은 목요일, 금요일, 토요일 아침에 케이크를 하나씩 먹었다. 설탕이 더 들어 있었다면 먹을 만했을 것이다.

토요일 저녁에 버나뎃은 개수대 옆 건조대에서 찻잔을 하나 꺼냈다. 구스베리 열매에서 즙을 짜내는 일은 엄청나게 힘이 들었지만, 어쨌건 있는 힘껏 짜서 즙을 모았다. 집에서 쓰는 마늘 찧는 기구가 그리웠다. 즙을 충분히 짜지 못한 건 아닌가 걱정이 되었기 때문이다. 마법의 법칙을 얼마나 철두철미 지켜야 하는지는 알 수 없었지만, 그래도 모험을 할 수는 없었다. 버나뎃은 천장의 검은 점에 시선을 고정한 채 찻잔을 비웠다. 저건 무슨 점이지? 천장에 비가 새는 건가? 버나뎃은 생각했다. 그리고 부엌문을 연 채 정원을 등지고 서서 왼쪽 어깨 너머로 구스베리 열매 한 알을 던졌다. 할로윈 풍습대로 아이들이 동네를 돌아다니며 사탕을 달라고 하는 떠들썩한 소리가 들렸다.

버나뎃은 다시 집 안으로 들어가서 블라우스 단추를 풀고는 가시를 심장 있는 곳에 대고 살갗이 따끔하도록 눌렀다. 열 번째 가시는 불을 등지고 서서 왼쪽 어깨 너머 벽난로 속으로 던졌다.

그런 뒤 버나뎃은 위층으로 올라가서 입고 있던 코듀로이 우주

복을 벗고 꼬깃꼬깃해진 주름을 폈다. 그러고는 우주복을 옷걸이에 걸고 똑딱 단추를 잠가 벽장 속 가로대에 걸었다. 그런 뒤 마지막으로 온풍기를 열어 노트북 컴퓨터와 옷가방을 꺼내고, 가방 안에서 생일 전날 밤에 입었던 옷을 꺼내 털었다. 헐렁한 빨간 스웨터와 검은색 스판덱스 바지였다. 버나뎃은 옷을 입었다. 어깨솔기가 팔뚝 중간까지 내려왔다. 소매를 걷고 바짓단도 서너 번 접어 올렸다.

버나뎃은 이불장에서 이불을 여러 장 꺼냈다. 영혼 케이크를 만든 이후 어머니의 모습은 좀처럼 보이지 않았다. 하지만 목요일에는 어머니가 이층으로 올라가는 모습을 보았고, 금요일에는 버나뎃과 난로—그러니까 난로 속 프라이팬에 든 케이크—사이에 끼어들지 않도록 조심하면서 부엌을 지나 뒷문으로 나가는 모습을 보았다. 그런데 토요일이 되자 어머니의 모습은 마치 증발되어 버린 것처럼 깨끗이 사라졌다. 그리고 부엌 조리대에는 어머니의 삐뚤빼뚤한 필체로 적힌 종이가 수북이 쌓여 있었다. 그것은 각종 치료약과 음료수, 소다빵, 그리고 전통 빵 스콘 등을 만드는 법이었다. 버나뎃은 종이 다발을 둘둘 말아서 바지 뒷주머니에 넣었다. 그리고 마지막으로 집을 돌아보며 허공에 대고 작별 인사를 했다.

집 밖으로 나온 버나뎃은 현관 앞 계단 위에 이불 한 장을 펼쳤다. 그런 뒤 노트북 컴퓨터와 옷가방을 옆에 놓고 나머지 이불 두 장을 덮었다. 이런 상황에서 어떻게 잠이 들 수 있을지 상상이 되지 않았다.

　막다른 골목은 조용했지만, 한 블록 앞쪽에서는 아이들이 할로
윈 놀이를 마치고 즐겁게 집으로 돌아가고 있었다. 어머니의 집으
로는 사탕을 달라고 찾아오는 아이도 없었다. 불 꺼진 방들과 무성
한 풀들 때문에 정말로 귀신 들린 집처럼 보였을지도 몰랐다.
　버나뎃이 이불 위로 고개를 눕히는데, 지저분하게 자란 잔디
위로 무언가가 움직이는 게 보였다. 검은 토끼였다. 토끼는 어쩐
지…… 낯익어 보였다. 지난번에 어머니의 정원에서 무언가를 갉아
먹던 바로 그 토끼 같았다. 토끼는 자리에 서서 고개를 한쪽으로
기울인 채 버나뎃을 바라보았다. 당근이라도 있어서 토끼를 부를
수 있으면 좋겠다는 생각이 들었다. 잠시 후 눈꺼풀이 무겁게 아
래로 내리덮일 때, 토끼의 보드라운 털이 버나뎃의 뺨에 닿았다.
버나뎃이 잠 속으로 빠져들 때 바람이 웅웅거리며 일어났고, 꿈속
에서는 토끼가 버나뎃의 품속으로 따뜻하게 파고들었다.

　태양이 커닝엄 씨네 지붕을 넘어 비쳐 들 때 버나뎃은 잠에서 깨
었다. 축축하고 뻐근했다.
　버나뎃은 정신이 번쩍 들어 얼른 이불을 끌어당겼다. 검은 스판
덱스 바지 아래로 길고 튼튼한 다리가 보였다. 머릿속에서, 그리
고 가슴속에서 기쁨이 폭죽처럼 터져 올랐다. 버나뎃은 하늘을

우러르며 기도하듯 두 손을 잡고 말했다.

"고맙습니다."

버나뎃은 비틀비틀 자리에서 일어섰다. 접힌 소매와 바짓단을 펴 내렸다. 두 팔을 머리 위로 올리고 발끝으로 서서 기지개를 쭉 폈다. 그리고 조용히 소리쳤다.

"야호!"

버나뎃은 손을 앞으로 내뻗고 마당으로 달려 내려가 무성한 풀밭 위에서 멋지게 '옆으로 재주넘기'를 해냈다.

패트릭

11월 1일, 일요일

패트릭은 전화벨 소리에 잠을 깼다. 어둠 속에서 천장을 바라보면서 아빠가 전화 받는 소리를 들었다. 이어서 아빠가 옷 입는 소리, 책상 위에서 열쇠 집는 소리, 아래층으로 내려가 현관을 나가는 소리가 들렸다. 차고 앞에서 차에 부르릉 시동이 걸렸다. 어딘가에서 어떤 임산부가 진통을 겪으면서 어서 아빠가 와서 아기를 세상에 내보내 주기를 기다리고 있었다.

패트릭은 자리에서 일어나서 케빈의 침대 주변에 흩어진 사탕 껍데기를 피해 방바닥에 내려섰다. 어젯밤에 거둔 풍성한 수확의 흔적이었다. 패트릭은 소리 나지 않게 조심조심 하면서도 서둘러 옷을 입었다. 그리고 옷장 맨 밑 서랍을 열어 작년 크리스마스 때 가족사진을 찍기 위해 엄마가 사 준 빨간 스웨터를 꺼냈다.

아침 여섯 시였다.

부엌에는 아빠가 급하게 남기고 간 메모가 있었다.

패트릭.

병원에 간다. 아홉 시까지 돌아올 수 있었으면 한다. 어쨌건 널에게 아침을 챙겨 주렴.

아빠가

패트릭은 잡동사니 서랍에 든 긴급 봉투에서 20달러를 꺼냈다. 아빠도 뭐라고 하지 않을 게 분명했다.

바깥 공기는 상쾌하고, 거리는 텅 비어 있었다. 깨어진 호박 몇 개와 두루마리 휴지들이 나무에 매달려 있었다. 사람들은 할로윈의 여파로 모두들 잠을 자고 있었다. 어린아이들은 사탕 파티에 들떠서 토요일 밤 늦게까지 잠을 안 잤을 것이다.

빵집에 도착할 무렵 동쪽 대서양 바다 위로 떠오른 태양이 막 하늘로 올라서고 있었다. 패트릭은 빵집 문을 열었다. 따뜻한 빵 냄새가 패트릭을 감쌌다. 엄마처럼 나도 빵집에서 일 해볼까? 어쩌면 엄마가 나를 여기 소개해 줄 수도 있을 거야. 나중에 말이지. 아직은 아냐. 아직은 그냥 손님으로 다니는 게 더 좋아. 유리 진열장은 초콜릿 에클레어 빵, 나폴레옹 과자, 그리고 나무딸기 파이를 품고 반짝반짝 빛났다.

"도넛 열두 개 주세요."

패트릭이 계산대의 여자에게 말했다.

"종류는 어떤 걸로?"

"반은 커스터드, 반은 젤리요."

여자는 종이를 끼워 상자를 만든 뒤, 화장지를 손에 들고 상자 한쪽에 커스터드 도넛을, 다른 한쪽에는 젤리 도넛을 가지런히 넣었다. 도넛들은 마치 종이 요람에 누운 포동포동한 아기들 같았다.

"더 필요한 거 있니?"

여자는 그렇게 물으면서 상자 뚜껑을 접어 넣고 빨간색과 흰색의 포장 끈을 빙글 둘러 묶었다.

"네, 생일 케이크요. 작은 거면 돼요. 딸기 크림 케이크로요."

"케이크에 쓸 말 있니?"

"'생일 축하합니다, 엄마.' 아뇨, 잠깐만요."

여자는 손바닥에 케이크를 들고서 어리둥절해했다.

"엄마 생일이 언제인지 잘 몰라?"

"아뇨. 이렇게 써 주세요. '엄마, 환영합니다.'"

"알았다."

아직도 확실한 것은 아니었지만, 패트릭은 오늘 하루가 지나기 전에 초인종이 울리고, 문을 열면 엄마가 서 있을 거라고 믿기로 했다. 아빠에게도, 동생들에게도 이야기하지 않았다. 그러니까 엄마가 집에 오기 전까지 케이크를 어딘가에 숨겨 놓아야 했다. 패트릭은 주머니에 동전을 넣고 도넛 상자 위에 작은 케이크 상자를 얹었다.

바라기만 해서는 아무 일도 되지 않는다고 엄마는 늘 말했다. 하지만 패트릭은 바라기만 하지 않았다. 희망을 실현하기 위해 직접 움직였다. 엄마가 말한 물건을 다 준비했다. 비밀도 끝까지 지켰다. 게다가 엄마에게 줄 다른 생일 선물도 준비했다. 자신이 쓰던 낡은 기타 한 대와 강습 시간표를.

패트릭은 분명히 축하 파티가 있어야 한다고 생각했다. 가장 큰 이유는 물론 엄마가 돌아오기 때문이었다. 하지만 엄마가 집에 오면 패트릭이 다시 열두 살로 돌아갈 수 있다는 것, 그것도 축하하지 않으면 안 되는 일이었다.

옮긴이의 글

살아 있는 동안 사람은 누구나 나이를 먹습니다. 그러니까 이 세상을 사는 일은 나이를 먹는 일이라고도 할 수 있습니다. 하지만 사람들은 자기 나이에 만족하는 일이 별로 없는 것 같습니다. 어린 시절에는 빨리 나이가 들어 어른이 되고 싶다가도, 정작 어른이 되면 많은 후회에 둘러싸여서 어린 시절 또는 젊은 시절로 돌아가고 싶어 하니까요. 이 책에 나오는 엄마 버나뎃도 마흔 살이 되자 자기도 모르게 좀 더 젊어지고 싶다고 소원을 빌었다가 생각지도 못한 모험을 겪게 됩니다.

이 소설은 갑자기 열두 살이 된 엄마가 아들 패트릭의 곁을 맴돌게 된다는 기발한 상상력에서 출발하고 있습니다. 그리고 그런 일이 일어나게 된 바탕으로 사람들이 미신으로만 알고 있는 신기한 마법 이야기가 가득 펼쳐지지요.

거기다가 패트릭이 엄마 실종 사건의 비밀을 풀기 위해 노력하는 부분은 추리 소설과도 비슷하고, 엄마를 구출하려고 동생 케빈과 함께 기차 여행을 다녀오는 대목은 모험 소설의 한 장면 같습니다. 이런 여러 가지 요소가 어우러져서 이 소설은 처음부터 끝까지 아주 흥미진진하게 읽힙니다.

그렇다고 해서 이 책이 현실과 동떨어진 황당무계한 이야기는 아닙니

다. 엄마 버나뎃의 어리둥절한 학교생활과 엄마 없이 살게 된 패트릭의 온갖 고충 같은 것들이 눈앞에 보이는 듯 생생하게 그려져 있으니까요. 게다가 바쁘게 일하는 엄마, 인터넷으로 채팅을 하는 중학생, 프로야구 경기에 열광하는 식구들, 또 유명 가수의 콘서트에 가고 싶어 하는 여학생들의 모습은 지금 우리 곁에서 흔하게 볼 수 있는, 아주 실감나는 풍경들이지요.

이런 재미있는 이야기 속에 많은 생각할 거리와 깨달음이 담겨 있다는 데 이 책의 또 다른 가치가 있습니다. 엄마는 엄마대로 어떤 후회와 실패와 아쉬움이 있어도 사람은 자기가 살아온 인생을 사랑해야 한다는 걸 깨닫고, 패트릭은 패트릭대로 가족과 자기 뿌리의 소중함을 깨닫게 됩니다.

엄마가 여러분과 같은 나이가 된다면 여러분은 어떨 것 같은가요? 엄마하고 친구가 되어서 좋을까요, 아니면 엄마는 그냥 엄마로 있는 게 좋을까요? 엄마가 여러분의 나이였을 때는 어땠을 것 같은가요? 나이가 갈라놓은 부모님과 여러분 사이의 거리를 상상을 통해 뛰어넘게 하는 것도 이 책이 지닌 크나큰 매력 가운데 하나입니다. 그런 상상 여행을 통해서 어쩌면 여러분도 패트릭처럼 마음의 키가 쑥 자랐을지 모릅니다.

나를 찾아가는
징검다리 소설

엄마가 사라졌다

초판 1쇄 | 2005년 11월 15일
개정판 7쇄 | 2019년 3월 10일

지은이 | 수 코벳
옮긴이 | 고정아

펴낸이 | 황호동
디자인 | 이정연
펴낸곳 | (주)생각과느낌
주소 | 서울시 종로구 평창 14길 22-1
전화 | 02-335-7345~6
팩스 | 02-335-7348
전자우편 | tfbooks@naver.com
등록 | 1998.11.06 제22-1447호

ISBN 978-89-92263-17-7 (43840)